D1629303

C.I. RYZE
SPIRITS OF VIOLENCE

GEDANKENREICH VERLAG

GedankenReich Verlag
N. Reichow
Neumarkstraße 31
44359 Dortmund
www.gedankenreich-verlag.de

SPIRITS OF VIOLENCE

Text © C.I. Ryze, 2023
Cover & Umschlaggestaltung: Phantasmal Image
Lektorat/Korrektorat: Teja Ciolczyk
Satz & Layout: Phantasmal Image
Covergrafik © shutterstock
Innengrafiken © shutterstock
Druck: printed in Poland

ISBN 978-3-98792-080-6

© GedankenReich Verlag, 2023
Alle Rechte vorbehalten.

Dies ist eine fiktive Geschichte.
Ähnlichkeiten mit lebenden oder verstorbenen Personen
sind zufällig und nicht beabsichtigt.

C.I. RYZE
SPIRITS OF VIOLENCE

GEDANKEN REICH

01

»Dankeschön.«

Der Mann hinter der Theke und den dicken Metallstangen nickte nur zufrieden. Die Hand mit dem kleinen, glitzernden Ding verschwand in einer Schublade. Stattdessen holte er aus seiner abgetragenen Manteltasche einen Beutel, den er in die Durchreiche warf. Er drehte die Platte und verhinderte damit, dass man die Hand abgehackt bekam, sollte man versuchen, ohne Erlaubnis in das Fach zu greifen.

Die Brünette krallte sich mit flinken Fingern den Beutel und warf einen prüfenden Blick hinein. Eins, zwei, drei … Sie runzelte die Stirn.

»Hey! Das sind Krakenmünzen! Wir haben uns auf zehn Salamandermünzen geeinigt!« Sie knurrte und trat näher an die Theke. »Damit kann ich nichts anfangen!«

»Solange du hier in der Gegend bist, kannst du das. Nimm sie oder gib sie zurück, aber das Tech bleibt bei mir.«

Bei dem Tonfall von diesem Dreckskerl hätte sie ihm am liebsten direkt den Beutel durch die schützenden Stangen geworfen und ihm den Schädel damit eingeschlagen, steckte das Leder dann jedoch trotzig in die Gürteltasche. Brummend schlug sie sich die Faust genau in die Kuhle des Schlüsselbeines und zog ihren alten Freund aus abgegriffenem Stoff in einer schnellen Bewegung bis über ihre Schulter.

Der Pfandleiher lachte nur.

»Deine Beleidigungen funktionieren nur bei jemandem, der aus deiner Fraktion kommt, Süße.« Sie war aber schon auf dem Weg zur Tür und nahm sein Rufen nur durch einen Nebel von Wut wahr. »Bis zum nächsten Mal, Kenna!«

Mit hochrotem Kopf, so rot er bei ihr werden konnte, stürmte sie nach draußen, warf die halb kaputte Metalltür zurück ins Schloss und ging im Stechschritt aus der dunklen Seitengasse hinaus auf die offene Straße. Darauf brauchte sie erst einmal etwas zu trinken. Nur wenige Schritte später lief das junge Mädchen neben ihr, es trug die Kapuze tief ins Gesicht gezogen und hatte sich den breiten Schal über die schmalen Schultern geworfen.

»Und?«, fragte sie ungeduldig. Ihre Stimme ging im Gerede der Menge fast unter.

»Krakenmünzen hat er uns gegeben, der Bastard. Geben wir sie aus, solange wir noch hier sind.«

Das Mädchen kommentierte es nur mit einem leisen »Oh …«.

Kenna hasste diesen Ort. Die Stadt mitten auf dem Meer war alles andere als das Inselparadies, das einem die Händler immer auftischten. Die auf der ganzen Wasseroberfläche verteilten, riesigen Metallplatten wackelten mit jeder Bewegung der Wellen, wenn sie nicht wie die große Hauptplatte auf dicken Metallstreben über dem Wasserspiegel hingen. Auf das geisterhafte Glitzern der Sonne konnte man sich gar nicht konzentrieren. Noch mal würde sie nicht herkommen.

»Hast du Hunger?«, fragte sie dieses Mal sanfter, das vermummte Mädchen nickte. »Sehen wir mal, ob wir einen Pub finden, in dem ich nicht bei der ersten Welle alles wieder auskotzen muss.«

Auch Kenna zog sich den umfunktionierten Schal über das Gesicht. Besser, keiner erkannte oder erinnerte sich an sie. Zusammen wackelten sie über die schmalen Übergänge, die auf flinken Füßen von den Einheimischen hinter sich gelassen wurden, Kenna und ihre Begleitung aber dazu brachten, sich in das rostige Geländer zu krallen und im Stillen dem Geist des Kraken dafür zu danken, dass er das Meer nicht zu hohe Wellen schlagen ließ.

Sie wählten einen Pub am Rande der Hauptplatte auf einer der unzähligen Streben aus. Erreichen konnte man den nur über eine alte, stellenweise eingebrochene Treppe. Im Pub sah es aus wie überall sonst. Es stank nach Alkohol, Essen, Erbrochenem und dem Restgeruch der täglichen Arbeit, weshalb sie es vorzogen, sich in eine dunkle, ruhigere Ecke mit einem Tisch für zwei Personen nahe einer kaputten Wandplanke zurückzuziehen. Kenna zog sich einen umgefallenen Stuhl unter dem Hintern eines am Boden schlafenden Eingeborenen heraus, um sich zu dem Mädchen zu setzen.

Kurz darauf kam eine schiefgewachsene Barfrau zu ihrem Tisch. Sie war von breiter Statur, was man *Blubber* nannte. Angelehnt an das dichte Fett von Walen oder anderen Säugetieren des Meeres half es dabei, vor der Kälte der rauen See zu schützen, verlieh den Vertretern ihrer Art allerdings grundsätzlich das übergewichtige und aufgequollene Aussehen eines Kugelfisches. Angeblich schmeckte das braune Fett fantastisch zu frischem Gemüse – wenn man auf so etwas wie Kannibalismus stand.

Ihre Füße knickten vom immer bewegten Boden nach innen und sie keuchte mit jedem Atemzug die salzige Luft gewaltsam aus den Lungen. Ihre aus Algenfasern gewebte Kleidung und die Fischschuppen auf dem kahl rasierten Kopf ließen keinen Zweifel aufkommen, zu welcher Fraktion sie gehörte, den sogenannten *Kalmara*. An einigen Stellen zwischen den Schuppen fanden sich kleine Explosionen aus ausgebleichtem, braunem Haar.

»Was darfs sein?«, blaffte sie und stellte ihnen zwei Karaffen mit Bier hin. Etwas anderes gab es vermutlich nicht.

Kenna zog den Schal genug hinunter, um verstanden zu werden, hob den Blick aber nicht und legte eine der perlmuttglänzenden Krakenmünzen auf den Tisch. »Etwas zu Essen für uns beide. Und Wasser, falls ihr so etwas habt.«

Die Barfrau brach in Gelächter aus und warf den Kopf zurück, bis der Blubber sowie die Haut in ihrem Gesicht tiefe Falten warfen. Die wuchtigen, mit Schwimmhäuten versehenden Hände stützte sie in die ausladenden Hüften.

»Zeig erst mal dein Gesicht, dann reden wir darüber, was ihr hier bekommt.«

Kenna rümpfte die Nase. Dafür hatte sie wirklich keine Geduld. Nochmals griff sie in den Beutel und knallte drei weitere der Münzen auf den Tisch. Nachdenklich kratzte sich die Barfrau am Hals, sackte schnell alles ein und legte eine Kehrtwende zur Bar hin. Kenna nutzte die Gelegenheit, sich im Pub umzusehen. So sehr es auch stank und sich der Fischgeruch in das Holz gebohrt hatte, es erlaubte ihr, ein wenig zu entspannen. Gardisten, Soldaten und hochrangige Mitglieder der Gesellschaft, die einem das Leben schwer machten, hielten sich vorzugsweise an sauberen Orten auf. In diesen stinkenden Jauchegruben kämpfte sie höchstens gegen den Verlust ihres Geruchssinns.

»Und? Wohin gehen wir nun?«

»Ich weiß noch nicht.«

Kenna verstummte, als die Barfrau mit zwei Tellern Fischeintopf und einem kleinen Becher Wasser zurückkam, beides zu ihnen stellte und dann wieder verschwand. Kenna tauschte den zweiten Krug Bier mit dem neuen Becher aus und schob letzteren näher zu dem Mädchen. Sie würde den zusätzlichen Alkohol brauchen nach dieser Blamage.

»Suchen wir uns später einen Platz zum Bleiben und brechen morgen früh auf.«

»Ein paar Leute haben geredet«, murmelte das Mädchen in den Eintopf, zog einige Gräten heraus und legte diese fein säuberlich neben den Teller auf den Tisch. »Im Norden gab es einen Erdrutsch. Vielleicht sollten wir es dort versuchen.«

Kenna nickte zustimmend. Das oder gar nichts.

Man musste ihr lassen, dass sie für ein so junges Ding viel hörte und ein glücklicheres Händchen hatte, was Ruinen und Tech anging. Vielleicht half es auch, dass sie mit dieser Generation aufwuchs, die nicht um den Kontakt zu Tech herumkam, und so für die eigene Sicherheit immer auf ihre Umgebung zu achten. Diese neue Macht, die vom Mix aus Metall und Elektrizität herrührte, begleitete sie jeden Tag. So oder so erfüllte Cecil sie mit ihren zarten sechzehn Jahren mit Stolz. Sie war mit den weiß-blonden, kurzen Haaren nicht nur hübsch, sondern besaß einen scharfen Verstand, der den von anderen Leuten in ihrem Alter weit übertraf.

»Wenn uns nicht wieder diese miesen Chimära zuvorkommen. Darauf kann ich echt verzichten.« Der schmale Körper ihrer Begleitung vibrierte unter dem dicken Schal und dem Leder. »Lachst du mich aus?«

»Du klingst immer super dramatisch. Das letzte Mal sind wir doch auch entwischt.«

»Irgendwann kommt der Tag, an dem uns das Glück nicht mehr hilft.«

»Du bist ein laufender Glücksbringer.«

In ihr Essen seufzend schluckte Kenna einen weiteren Kommentar hinunter. Sie war vieles, aber nicht das. Die hellweißen Flecken auf ihrer dunklen Haut waren nur ein Zeichen dafür, dass ihr das Glück langsam ausging. Wurde sie gänzlich weiß, sofern sie diesen Tag überhaupt erlebte, so würden sie die Geister holen und für immer in der Zwischenwelt festhalten. Zumindest erzählte man sich das so, und die Gläubigen der Welt sahen in so jemandem wie ihr nur einen Bringer von Unheil und Zerstörung.

Das meiste Glück war vor rund dreizehn Jahren mit Cecil zu ihr gekommen, zumindest nach Kennas Auffassung. All das verbrauchte Glück von diesem Tag zeigte sich im weißen Halbmond um ihr Auge. Cecil behauptete, der Mond und die vielen weißen Punkte auf der schwarzen Haut verwandelten ihr Gesicht in einen Nachthimmel.

»Worauf wartest du noch?«, lallte es auf einmal lautstark durch den Raum. »Sing was für uns, Vögelchen!«

Die beiden Frauen schielten zur Quelle des Tumults. An einem der Tische, die näher bei der Bar standen, hatte sich eine Gruppe Jugendlicher um eine Blondine gesammelt, die angestrengt eine kleine Tasse zwischen den Fingern hielt. In die kinnlangen, gelockten Haare waren weiße, ausgefranste Federn eingeflochten. Eine Anhängerin des Schwanengeistes, eine *Cygna*.

Gerade setzte sie zu einem weiteren Schluck aus der Tasse an, da wurde sie ihr von dem Jungen neben ihr aus der Hand geschlagen. In seinem unförmigen, vernarbten Gesicht prangten kleine Metallplatten direkt auf der Wange, daneben die Überreste einiger eingewachsener Schuppen. Perplex wirkte die Frau auf den Angriff hin nicht direkt, aber ihre Gesichtszüge spannten sich deutlich an.

»Singen!«, befahl er erneut. »Oder muss ich dich zwingen?«

Er streckte die Hand aus und bekam auf den schlechten Reim ein amüsiertes Grunzen seiner umstehenden Kumpane. Er wollte der Blonden in die Haare greifen, damit er sie vom Stuhl zerren konnte, aber kurz darauf jaulte er vor Schmerz auf, da die Frau seine Hand packte und auf unnatürliche Weise verdrehte. Seine Freunde sprangen ihm direkt zur Seite, ergriffen die Blonde an den Schultern und warfen sie von ihrem Angreifer weg auf den

Boden. Mit ihr flogen ein Gehstock und einer der Stühle umher. Kenna fühlte, wie sich Cecil neben ihr regte, aber sie drückte die Jüngere zurück in den Stuhl, drehte den Kopf weg und blendete das gedrückte Keuchen der Frau sowie die Flüche der Jugendlichen aus.

»Lass es«, murrte sie. »Wir sollten uns nicht einmischen.«

»Aber-«

»Kein Aber. Sonst bist du die Nächste.«

Der Blick ihrer besorgten, grünen Augen huschte unter der Kapuze hin und her, aber sie blieb, zu Kennas Erleichterung, auf ihrem Stuhl. Den Blick konnte sie allerdings nicht abwenden. Kenna starrte stattdessen auf den Boden ihres Bierkrugs, den sie mit einem Zug leerte. Der Alkohol brannte in ihrer Kehle, aber damit kam die Wärme zurück in ihre Gliedmaßen.

»Scheiß Vogel!«, fauchte einer der Jugendlichen, die ohne Schmerzensschreie und dem Flehen um Gnade schnell die Lust an der Prügelei verloren hatten. »Gehen wir.« Er warf der Barfrau eine Krakenmünze entgegen und torkelte mit seinen Kumpanen nach draußen.

Noch bevor Kenna reagieren konnte, stand das Mädchen neben ihr auf und eilte zu der hustenden Frau am Boden. Deren aus bunten Tüchern genähte Kleidung war eng um den ausgehungerten Körper gewickelt. Augenrollend erhob sie sich, schlich zu den beiden und schob sich unter den zweiten Arm der Frau, um sie zurück auf einen Stuhl zu heben.

»Ist alles okay?«, fragte Cecil die deutlich benommene Frau.

Ein paar Tropfen Blut quollen aus einer kleinen Wunde unter den fast weißen Haaren hervor. Die Angesprochene kam jedoch nicht dazu, zu antworten. Die Barfrau kam wieder zu ihnen, diesmal in deutlich ablehnender Haltung und mit verschränkten Armen. Ohne den Anflug eines Lächelns durchdrang der Blick der kleinen Augen Kenna unangenehm.

»Gehört die zu euch? Verschwindet. Alle drei!«

»Nein, wir-«, versuchte Kenna, zu widersprechen.

Das blubberlastige Wesen unterbrach sie jedoch unwirsch, deutete zwischen starrenden Besuchern und betrunkenen Gästen in Richtung Tür. Nur Cecil zuckte bei der abrupten Bewegung zusammen. »Ich sagte: Raus!«

02

Eher widerwillig schob sich Kenna erneut unter den Arm der fremden Frau, hob sie hoch und half ihr nach draußen, während Cecil die andere Seite stützte. Den Gehstock hielt sie fest umklammert, als könnte dieser jeden Moment verschwinden. Bei dem Gebimmel des Säckchens, das an dessen simpel geschnitzten Knauf hing, war für Kenna die Versuchung, das ganze Teil einfach ins Meer zu werfen, verdammt groß. Mit angesäuerter Laune, trotz des Bieres im Bauch, brachte sie die beiden in eine kleine Seitengasse nahe einer weniger geschäftigen Straße, in der sie sich einen Moment auf ein trockenes Stück Boden setzen konnten.

»Ganz schöne Nummer, die du da abgezogen hast. Ich hoffe sehr, für das alles hier bezahlt zu werden. Bier und Essen sind teuer!«

Die Hälfte davon stand noch immer verlassen im Pub! Irgendein Gierschlund hatte sich bestimmt schon darüber hergemacht.

Die Blonde wirkte etwas neben sich, griff aber plötzlich nach dem Stock und zerrte daran, was das Mädchen dazu brachte, vornüber und fast auf ihren Schoß zu fallen.

Kenna packte die Frau am Handgelenk. »Woah, langsam. Alles ist gut.« Sie versuchte, beruhigender zu klingen, als es ihre Laune hergab. Vermutlich vergebens. »Die bösen Jungs sind weg, okay?«

Da trafen sich zum ersten Mal ihre Blicke, wobei ihr unweigerlich ein Schauder über den Rücken lief. Sie hatte schon von den durchdringenden Augen der Anhänger des Schwanengeistes gehört, aber sie bisher nur bei Cecil aus nächster Nähe betrachten können.

Der Rand der Iris war ungewöhnlich dick und schwarz, er hob die blaugrüne Farbe hervor. Die Pupille hingegen war so klein wie ein Nadelstich auf einer glatten Oberfläche. Zahlreiche Falten im Gesicht der Fremden deuteten auf ein fortgeschrittenes Alter hin und die hellweiße Haut, die ihren Haaren Konkurrenz machte, umrandeten ihre schauerlichen Augen weiter. Es war fast, als würde das Blau ihrer Iriden sie einsaugen.

Der seltsame Moment verflog und Kenna senkte den Blick. Zumindest der keuchende Atem der Frau beruhigte sich allmählich. Den Stock zog sie trotzdem aus den Händen des noch immer vermummten Mädchens.

»Wir sollten uns ein Zimmer suchen und sehen, ob du verletzt bist«, flüsterte Cecil kleinlaut unter dem dicken Schal. »Du könntest dir etwas gebrochen haben.«

Erneut schlich sich Unsicherheit in die schmalen Züge der Blonden, aber Kenna hatte gelernt, darüber hinwegzusehen. Unsicherheit begegnete ihr tagtäglich und man musste lernen, solche Sachen zu ignorieren, den Brocken zu schlucken und weiterzumachen. Die Fremde schien auch so zu denken, denn nach einer Bedenkzeit, in der sie die Umgebung abscannte, stimmte sie mit einem kurzen Nicken zu.

»Dann wäre das ja geklärt.« Kenna sah zu Cecil auf. »Ich glaube, auf dem Weg hierher war ein Gasthaus. Frag nach, ob sie dort noch Zimmer haben.« Aus der Gürteltasche holte sie fünf weitere Krakenmünzen heraus. »Das sollte bis morgen reichen. Kein Wort zu niemandem!«

»Ich weiß, ich weiß«, antwortete die Jüngere augenrollend, und binnen weniger Sekunden war sie um die Ecke gehüpft.

Kenna wartete eine kurze Weile, starrte die Blondine an, die das Geschehen der Hauptstraße fixierte.

»Du könntest mir wenigstens sagen, wie du heißt.« Selbst warf sie zwar nie mit ihrem Namen um sich, aber man sollte schon wissen, wen man vor sich hatte, wenn man erwartete, bezahlt zu werden. Keine Antwort, nur ein weiterer Blick. »Zu fein, mhm? Bist du noch vom alten Adel?«

Diesmal bekam sie wenigstens ein Kopfschütteln. Kein Adelsstand also. Das hätte sie aber auch schwer gewundert. Der alte Adel der Anhänger des Schwanengeistes war nach dem Einzug der Chimära komplett ausradiert worden. So wie sie aussah, konnte sich Kenna trotzdem vorstellen, dass sie aus der Hauptstadt dieser Anhänger weit im Norden kam, vermutlich sogar eine Geistliche war. Diese Leute hatten alle einen gewaltigen Stock im Arsch.

Kenna schnaubte, setzte sich der Frau gegenüber und zog sich den Schal vom Gesicht. »Ich rate dir, keine Dummheiten zu machen, wenn wir schon nett zu dir sind.«

Sofort musterte die Fremde, jetzt mit klarerem Blick, Kennas Gesicht. Sie nahm es ihr nicht übel. Die meisten wären inzwischen aufgesprungen und weggerannt bei dem Anblick des weißen Flecks in Form eines Halbmonds direkt an ihrem Auge. Er bedeckte nahezu ein Viertel ihres Gesichts.

Unmerklich bliesen sich die Nasenflügel der Fremden auf und Kenna wurde daran erinnert, warum sie Cygna in der Regel nicht leiden konnte. Die schmalen Augen waren fast gänzlich von der Iris eingenommen, man erkannte kaum das Weiß der Sklera, was ihnen das Aussehen von Raubvögeln verlieh. Da mochte sie die Anhänger des Kraken, die Kalmara, doch lieber. Zwar lauerten diese gerne unter Wasser, aber das Messer in den hässlichen Blubber zu rammen, war schlichtweg zufriedenstellend, auch wenn man für ernsthafte Verletzungen deutlich tiefer stechen musste. Kopfschüttelnd stand Kenna auf. Besser, sie blieben nicht zu lange.

»Kannst du gehen?«

Der Fremden beim Aufstehen und Gehen zuzusehen, hellte Kennas Laune doch irgendwie wieder auf. Sie wollte sich nicht helfen lassen, schwankte etwas hin und her, aber sie fing sich und schaffte es trotz der Kopfwunde, einigermaßen gerade zu laufen. Der Gehstock schien für sie nicht überlebensnotwendig, denn sie benutzte ihn nur, wenn die Plattform aufgrund der Wellen auf eine Seite kippte und sie das Gewicht gänzlich auf das verletzte Bein legte. Beim normalen Gang versteifte sie fast unmerklich, aber belastete es weitestgehend normal. Nur bei einer größeren Welle wäre sie fast gefallen, was bei ihr wie ein Vogel aussah, der rückwärts von einer Stange kippte.

Das Gasthaus stellte nicht viel mehr dar als ein Schuppen mit einigen Abstellkammern. Innen kam ihnen Cecil entgegen, die sich inzwischen den Schal vom unteren Teil des Gesichts gezogen hatte und damit den Blick auf zierliche Gesichtszüge und von der salzigen Luft aufgerissene Lippen freigab. Mit stolzgeschwellter Brust hielt sie Kenna den Schlüssel entgegen.

»Gut gemacht«, lobte die Ältere sie. »Gibt es Wasser?«

»Ein Eimer zum Waschen is aufm Zimmer!«, plärrte der aufgequollene Mann hinter dem Empfang, der nur Augen für die Krakenmünzen hatte, die vor ihm auf dem Tisch lagen.

Kenna warf dem Mädchen einen wütenden Blick zu. Das waren eindeutig mehr als fünf Münzen! Statt zu reagieren, flüchtete das Mädchen leichtfüßig die Treppe nach oben und öffnete die erstbeste Tür. Kenna kam mit der Fremden hinterher, jedoch deutlich langsamer. Es war sicherer, einem Unbekannten nicht den Rücken zuzudrehen, auch wenn diese Person in ihrer Bewegung deutlich eingeschränkt war. Sie wand die Augen erst im Zimmer von ihr ab – wenn man es denn als solches bezeichnen konnte.

Es gab gerade genug Platz für drei Leute. Sie fanden hier ein Bett mit dreieinhalb Bettpfosten, eine weitere modrige Matratze, die in der Ecke aufgestellt worden war, daneben einen kleinen Eimer mit kaltem Wasser sowie zerrupften Lappen und einen mies zusammengeschweißten, metallenen Stuhl. Wenigstens das Fenster ließ sich schließen. Die Fremde half sich selbst auf den Stuhl, lehnte ihren Gehstock behutsam gegen die Wand und zog eines der Bänder auf, die ihr Oberteil zusammenhielten.

Irgendwie wunderte Kenna diese Platzwahl nicht. Er befand sich hinter der Tür, sie hatte das ganze Zimmer und das Fenster bestens im Blick.

Cecil lief gleich zu ihr hinüber.

»Warte. Ich helfe«, sagte sie, nachdem die Fremde ein leicht schmerzhaftes Schnauben zwischen den Lippen hervorgepresst hatte.

Kennas Hand wanderte automatisch an den kleinen Dolch, den sie in der Falte ihrer Kleidung aufhob, und zurecht, wie sich herausstellte. Wie schon im Pub packte die Frau das Mädchen am Handgelenk und hinderte es so daran, sie anzufassen.

»Finger weg!« Kenna war mit einem Satz bei den beiden, den Dolch gezückt und auf Augenhöhe vor der Fremden. »Loslassen.«

Der durchdringende Blick der Frau wanderte prüfend hin und her, blieb dann an Cecils Gesicht hängen, die sie schamlos studierte. Am liebsten hätte Kenna sofort die Kapuze der Jüngeren zugezogen, aber jetzt hatte die Fremde es schon gesehen. Zumindest löste sie die Finger um ihr Handgelenk, ohne jedoch den Blick abzuwenden.

Kenna senkte den Dolch. Den fragenden Blick im Augenwinkel wahrnehmend nickte sie leicht. Freudig zog sich das Mädchen die restlichen Schichten Stoff vom Kopf und gab damit ihr flauschig-kurzes, blonde Haar preis und die durchdringenden grünen Augen, die Cygna den Tieren näher brachte als den Menschen.

»Bringt wohl nichts, es zu verheimlichen«, murrte Kenna und zog sich selbst die Kapuze vom Kopf.

Im Laufe der Jahre hatte sie nie gelernt, wie sie mit dem Blondschopf ihrer Gefährtin umgehen musste, da sich das Haar anders anfühlte als ihr eigenes krauses, braunes Haar, also hielt sie es genauso kurz. Wieder wanderte der Blick der Fremden prüfend über die Statur und das Gesicht des Mädchens.

»Eine Berührte und eine Ungetaufte ...« Die ersten Worte der Fremden.

Wieder lief ein Schauder über Kennas Rücken. Es war kein ... Flüstern im eigentlichen Sinne gewesen. Eher ein tiefes Gurren, fast wie ein Lied, das sie sich selbst sang, mit harten, klaren Worten und einem geschmeidigen Rhythmus. Vielleicht doch eine Geistliche, oder zumindest jemand, der Regeln und Gepflogenheiten in Leib und Blut übergingen.

»Mit diesen Worten solltest du nicht um dich schmeißen.« Kenna warf ihren Überwurf auf das Bett. In den fünfzig Schichten, die sie gegen die Kälte trug, wollte sie nicht den ganzen Abend sitzen.

Die Fremde ignorierte sie und fuhr damit fort, fast schmerzhaft langsam das Oberteil zu öffnen und unter einigen kunstvoll gebundenen und vielschichtigen Stofflagen einen ausgehungerten Körper preiszugeben. Nacktheit zu sehen, hatte Kenna nicht erwartet, besonders nicht bei einer so hochgeschlossenen Cygna, allerdings war das Gerippe aus Haut und Knochen in einige alte, eng anliegende Verbände gehüllt. Sie hatte etwas gänzlich anderes vermutet. Statt heller Haut, die in den Geschichten und Erzählungen verlorener Wanderer voller Farben, Symbolen und Markierungen glitzerte, war hier ... nichts. Nur ein schmaler Körper mit einigen blauen Flecken und Narben. Den dicken Bluterguss an der Seite hatte sie einem der Tritte aus dem Pub zu verdanken. Auf den ersten Blick war sie aber nicht ernsthaft verletzt.

»Hier. Iss ein Stück davon.« Cecil war wieder zu der Fremden gekommen, hielt ihr ein Stück grünen Seetang hin, den sie vor ein paar Tagen einem Kalmara aus den Taschen gezogen hatte, der gemein zu ihr gewesen war. »Das nimmt den Schmerz.«

Kenna sah ein, dass sie verloren hatte. Cecil hatte noch nie jemanden aus ihrem Volk kennengelernt, nicht einmal Personen, die an ihre fast absurde Größe heranreichten. Jetzt war sie entsprechend aufgeregt. Resigniert ließ sie die Schultern fallen und verschränkte die Arme, sofort bereit, den Dolch wieder zu ziehen, sollte es notwendig werden.

»Iss nicht alles davon, sonst fällst du ins Koma.« Kenna setzte sich aufs Bett. »Also? Was will jemand wie du in einer Gegend wie dieser?«

Statt ihr zu antworten, überprüfte die Blonde weiter ihre Wunden.

Gut, dachte sich Kenna. *Dann werden wir uns eben im Stillen anschweigen.*

Ihr Ziehkind schien das aber anders zu sehen. »Wir sind Techsammler. Wir bereisen das ganze Land und finden verborgene Schätze«, erzählte sie freudig. »Ein paar davon reden sogar mit dir! Aber sie erzählen furchtbar verwirrenden Kram ...« Sie zog die Beine unter den Körper und ging in den Schneidersitz. »Ich bin übrigens Cecilliana. Oder Cecil.«

»Du sollst doch nicht ...!« *Na super! So viel dazu.* Der Schaden war getan. »Worüber haben wir gerade noch gestern geredet?«

Das Mädchen konnte kaum lesen und warf mit ihrem Namen durch die Gegend, als wäre er eine Handvoll Süßigkeiten! Dabei wusste sie genau, wie gefährlich das war. Anonym reiste man viel sicherer durch heruntergekommene Ortschaften und große Städte. Nicht zu vergessen, dass die gute Vernetzung der Techkäufer eindeutig dokumentierte, wer gut über den Tisch zu ziehen war und von wem man besser nichts kaufte.

Die Fremde runzelte unmerklich die fast makellose Stirn. Etwas quälte sich durch ihre Gedanken, die sie aber erneut unausgesprochen ließ. Kenna für uninteressant befunden, widmete sie ihre Aufmerksamkeit dem Mädchen.

»Habt ihr Interesse an wertvollerem Tech als verrostete Chips und Tastaturen?«

Es herrschte mehrere Sekunden lang erdrückende Stille im Raum, in denen sich Cecils Gesichtszüge von fragend zu verwirrt und zurück wandelten. Der Themenumschwung schien ihr doch ein wenig abrupt.

»Welches Tech?«, fragte Kenna nach, schob sich unauffällig näher an Cecil heran, den Dolch wieder fester umklammernd.

Das erste Mal brach die Miene der Fremden zu einem amüsierten Schmunzeln. »Das kommt darauf an, wie gut ihr euch anstellt. Linsen, rostfreies Metall, funktionierende Hologramme, Kommunikationsgeräte ... Ihr könntet aussorgen für den Rest eures Lebens. Es würde bestimmt auch für einen Sitz in den Fuchswäldern reichen, wenn ihr richtig verhandelt.«

Die Fuchswälder?

Fast hätte Kenna laut gelacht. Die Wälder kannte sie sehr gut. Es war der einzige Ort auf diesem ganzen verdammten Kontinent, an dem man nicht um jedes Essen kämpfen musste, der wahrlich den Titel *schön* verdiente. Sie standen unter dem Schutz des Fuchsgeistes und, obgleich der Geist gerne seine Spielchen mit den Gläubigen dort trieb, zog sie die dicken Bäume, die kleinen Seen und die Hügel dem Geröll der Salamanderstadt vor. Doch hatte die begehrte Lage, umringt von der riesigen Wüste aus feinstem Sand, seinen entsprechenden Preis. Keiner gab seinen Grund und Boden umsonst auf.

»Dann mal raus mit der Sprache. Was ist der Preis für dieses Wissen, mhm? Hast du einen Beweis? Ich glaube kaum-«

Kenna unterbrach sich selbst, als die Fremde ganz selbstverständlich in eine eingenähte Falte der bunten Hose griff, die man leicht mit einer Naht verwechselte, und einen kleinen, glänzenden Pin hervorholte. Selbst über ihren Sicherheitsabstand hinweg erkannte sie genau, worum es sich handelte.

»Woher hast du ... Aber wie ...?«, stammelte sie.

Cecil weitete erschrocken die Augen, bis man das Weiß darin erahnte. »Ein Transmitter-Pin.« Die junge Blonde schnappte lautstark nach Luft. »Funktioniert der? Wie alt ist er? Was ist drauf? Woher hast du ihn? Hast du noch mehr?«

In einer ruhigen, flüssigen Bewegung reichte die Fremde Cecil den Pin. Diese drehte das Gerät von der Größe ihres kleinen Fingers in den Händen und begutachtete es. Auch Kenna kam zu ihr. Der Pin war in einwandfreiem Zustand. Kein Rost, keine Dellen, keine Kratzer. Als hätte ihn erst jemand zusammengebaut.

»Ich weiß, wo noch mehr davon ist. Ihr müsstet es euch nur nehmen.«

Der selbstzufriedene Blick der Fremden ließ sie sauer aufstoßen. Schnell fischte Kenna nach dem Pin. Um nichts in der Welt würde sie der Frau mit dem kaputten Bein dieses Stück Tech überlassen. Sie hakte es innerlich als Bezahlung ab.

»Okay, Cygna. Was willst du für die Info? Geteilte Beute? Du bekommst einen Anteil-«

Die Fremde unterbrach sie. »Ich will keinen Anteil. Was ihr an Tech findet, könnt ihr behalten. Was ich will, ist weitaus bescheidener.«

»Bescheiden? Kann es sich eine Geistliche heutzutage überhaupt noch erlauben, bescheiden zu sein?«

Über die unübertroffene Eitelkeit und Arroganz der Cygna, den Anhängern des Schwanengeistes, riss man im ganzen Land seine Witze. Sie reckten die Nase so weit gen Himmel, dass sie nicht nur aufgrund der absurden Körpergröße als erste den Wetterumschwung mitbekamen. Die Geistlichen hatten einen speziellen Platz auf Kennas *Was-hasse-ich-heute-am-meisten*-Liste. Offenbar hatte sie bei der Fremden einen Nerv getroffen. Sie glaubte, kurz die Ader an ihrem Hals pulsieren zu sehen.

»Ich will die heiligsten Stücke unserer Zivilisation retten.«

»Solltest du dann nicht in eure Hauptstadt ziehen?«

»Die GANZE Zivilisation. Die Chimära verteilen Tech, als wäre es Spielzeug. Ich will die alten Geister wahren, bevor sie verdrängt und vergessen werden!«

Das unterschwellige Knurren in der Stimme der Cygna brachte Kenna doch zum Schweigen. Sie war kein Fan der Chimära und deren Anhängern, aber nicht alles Tech, das sie verteilten, war notgedrungen schlecht. Vieles davon erleichterte die Arbeit unheimlich, brachte Licht in die Dunkelheit oder erlaubte ihnen, über lange Distanzen in Echtzeit zu kommunizieren. Durch die neuen Bauten war es leicht, binnen weniger Tage am anderen Ende des Kontinents zu sein, statt sich wochenlang mühsam durch den Dreck und die Gezeiten zu quälen. Diese Züge gehörten zu Kennas liebsten Neuerungen der Gesellschaft.

»Nehmen wir mal an, nur so rein hypothetisch, wir helfen dir: Was für Teile sind das? Und warum holst du sie nicht selbst?«

»Deine zweite Frage kannst du dir selbst beantworten.« Die Fremde schnaubte und tippte mit dem Zeigefinger auf den Oberschenkel ihres kaputten Beins. »Ich bin nicht dazu imstande, in die Kathedralen zu steigen.«

Kenna rollte genervt die Augen. Die Kathedralen der Hauptstädte betrat keiner mehr, es war schlichtweg zu gefährlich und sie galten zusätzlich als verflucht. Allerdings klang es nicht nach dem schwersten Job aller Zeiten. Schlimmer als bei ihrer letzten Suche konnte es nicht werden. Da war Kenna fast ertrunken, weil sie eine Falle ausgelöst hatten, und das alles nur für eine rostige Disc, die ihnen nichts eingebracht hatte.

»Wonach suchen wir dann?«

Die Fremde kräuselte die Mundwinkel zu einem trockenen Lächeln nach oben.

03

Cecil wurde übel wund verlor die Farbe im Gesicht. Das Rütteln der lieblos zusammengezimmerten Metallkarre, eine traurige, viel kleinere Kopie der großen Züge, war ihr nie bekommen; und sie hasste diesen bedrückenden, sich bewegenden Raum.

Leider war es der einzige Weg, um an ihr Ziel zu gelangen, ohne dafür erst fünfzig Jahre unterwegs zu sein. Mal davon abgesehen, dass sie die Luft nicht so lang anhalten konnten wie die Kalmara oder deren ganze Gattung. Ihres Wissens gab es neues Tech, das einem das Atmen unter Wasser erlaubte, aber es war praktischer, wenn man schon mit dieser Fähigkeit geboren wurde.

Kenna berührte sie liebevoll an der Hand. »Alles okay?«

Cecil nickte leicht. Sie fühlte sich unter dem Meer und den endlosen, halbdunklen Unterwasserwegen alles andere als wohl. Es war zu eng, zu kalt und die Möglichkeit, dass die teilweise verglasten, uralten Röhren brechen und die endlosen Wassermassen sie zerquetschen würden, war durchaus real.

Der Fremden schien es ähnlich zu gehen. Sie verkrampfte die Hände um den oberen Teil ihres Gehstocks, hielt dazwischen den festgemachten Beutel, als hinge ihr Leben davon ab. Zu gerne hätte Cecil sie gefragt, ob das vielleicht ein Problem ihrer Gattung war oder sie nur eine zufällig gemeinsame Abneigung gegen die ewige Dunkelheit des Meeres und wackelnde Untergründe hatten. Die regelmäßigen, dumpf goldgelb glühenden Lampen, die diese Rohre nur erahnen ließen, verschlimmerten die Situation zusätzlich.

»Da vorne ist Endstation.« Der Fahrer deutete auf eine Blase aus Glas, um die sich metallene Arme wanden.

Wer oder was diese hielt, konnte niemand sagen. Das Ende versank in der ewigen Finsternis des Meeres. Nur ab und zu erahnte man in der Dunkelheit einen Fetzen von Zivilisation im Wasser.

Cecil schob sich etwas vor, um einen besseren Blick auf alles zu bekommen, auch Kenna wirkte interessiert. Diese Blase, das Gerüst drumherum und alle davon abgehenden Gebilde, Stützen und dergleichen schienen sämtliche darüber liegenden Bauten zu halten. Dabei war nur die obere Hälfte beleuchtet, was einen vagen Ausblick auf die darin befindlichen Überreste und Ruinen erlaubte.

»Das ist … nicht, was ich erwartet habe. Sieht aus, als hätte man hier schon alles rausgeholt«, sagte Kenna an die Fremde gerichtet.

Die war am Morgen zwar aus heiterem Himmel mit Aufbruchsplänen und Verpflegung aufgetaucht, wollte aber noch immer nicht ihren Namen preisgeben.

Die Schwanenlady war merkwürdig. Kenna und Cecil hatten sich beim Schlafen abgewechselt, weil Kenna ihr nicht vertraute. Aber soweit Cecil das beurteilen konnte, hatte die Namenlose nur wenige Stunden mit hängendem Kopf dösend auf dem Stuhl verbracht. Während ihrer Schicht hatte sie stumm auf der dünnen Matratze auf dem Boden gesessen und die Tür angestarrt, als würde dahinter etwas Schreckliches lauern, um beim ersten Sonnenstrahl geradezu aus dem Zimmer zu flüchten.

»Keine Sorge. Wir haben noch einen langen Weg vor uns. Das meiste ist zwar zerstört, aber hier ist noch etwas zu finden«, murrte die Fremde.

Die Metallkarre kam am Eingang der Blase stockend und Funken schlagend zum Stehen. Cecil stieg zuerst aus, die Fremde hernach und Kenna zum Schluss. Sie sah sich mit großen Augen um. In ihrem Leben hatte sie schon viele Ruinen gesehen und noch mehr durchkramt, aber das hier sah … nicht *so* alt aus. Einige Strukturen erkannte sie von den Gebäuden weiter oben, der Stein hingegen zeigte Alterserscheinungen und es fehlten die gemeißelten Kanäle voller Drähte.

Abgelenkt von den neuen Eindrücken und dem modrigen Geruch hörte sie die Fremde nur am Rande des Bewusstseins. Sie bedankte sich knapp beim Fahrer, der brummend einige Krakenmünzen von ihr annahm und dann den Rückwärtsgang einlegte, um weiter oben auf ihre Rückkehr zu warten.

»Und? Wohin müssen wir? Je schneller wir drin sind, umso schneller können wir zurück.« Kenna wirkte ungeduldig und Cecil wusste, dass es an der Dunkelheit vor ihnen lag.

Sie hätte es nie offen zugegeben, aber sie vertrug die Finsternis genauso wenig wie ihre Ziehtochter, selbst wenn sie nie erfahren hatte, wieso das so war.

»Wir müssen weiter ins Maul des Kraken«, erzählte die Fremde gelassen. »Wenn wir die Straße entlang gehen-«

»Woah, Moment mal!« Kenna stellte sich vor die Fremde, die Arme verschränkt und die Füße zu einem festen Stand parallel in den staubigen Untergrund gebohrt. Sie kräuselte die Nase. »Hast du gerade MAUL DES KRAKEN gesagt? Das Vieh existiert doch gar nicht!« Sie starrte in das völlig verständnislose Gesicht der Cygna.

Da hätte sie sich gleich *leichtgläubig* in Großbuchstaben auf die Stirn schreiben können, wenn sie hier vom Maul der großen Geister sprachen! Natürlich handelte es sich hierbei nur um Legenden, aber Kenna hielt die Möglichkeit, dass irgendwo tief im Meer ein riesengroßes Krakenvieh lebte, für verdammt real! Wenn sie schon sah, was für Fische die Kalmara teilweise aus dem Meer zogen, insbesondere aus den tieferen, nur ihnen zugänglichen Gewässern, dann hauste weiter Richtung Boden bestimmt auch ein solches Monster!

Auf ihren kleinen panischen Ausbruch folgte ein amüsantes Lächeln seitens der Fremden. Man sah ihr an der Nasenspitze an, dass sie am liebsten den Stift für das *leichtgläubig* in die Hand genommen hätte.

»Nicht das wortwörtliche Maul des Kraken. Das ist der Name des Allerheiligsten.« Sie mit dem Stock auf die Seite schiebend, schritt sie an Kenna vorbei.

Die verrenkte sich fast den Nacken, während sie zu ihr hochblickte. Warum waren diese verdammten Cygna auch so verflixt groß? Sie hatte sich damit abgefunden, dass Cecil sie nach einem Wachstumsschub überragte und sie nur im Sitzen eine ansatzweise gleiche Körpergröße hatten, aber bei dieser Fremden mit den unnötig langen Stelzen kam sie sich vor wie ein Gnom.

»Allerheiligstes?«, wiederholte sie verwirrt und hastete hinter ihr her. »Was soll das heißen *Allerheiligstes*? Das existiert doch gar nicht mehr! Die Chimära haben schon vor Jahren alles eingerissen, was mit den Geistern zu tun hat.«

»Deshalb brauche ich euch. Auf keinen Fall komme ich allein durch das Geröll.«

»Ach, jetzt sind wir Dreckschubser?« Kenna hatte Mühe, Schritt zu halten. Die Cygna wurde nur langsamer, wenn die Steine zu groß zum Drübersteigen wurden, brachte anderweitig trotz des kaputten Beins schnell eine große Strecke hinter sich.

»Dafür bekommt ihr auch eine angemessene Bezahlung.«

»Was, wenn da unten nichts ist?«

»Das ist meine Sorge, oder? Ihr bekommt, was ich euch versprochen habe.«

Wieder verfielen sie ins Schweigen und kämpften sich durch die zunehmend größer werdenden Schutt- und Gesteinshaufen. Dazwischen thronten noch immer in voller Pracht, wenn auch etwas angeknackst, die hölzernen Bögen, die vor einigen Jahren wie ein Rahmen die Straße und den darüberliegenden Luftraum eingefasst hatten. Der teils weggebrochene Gehweg verlor sich unter dem Schutt, sodass die Fremde hilflos davorstand. Hier schien der leichte Teil ihrer Suche zu enden der eigentliche Part des Auftrags zu beginnen. Die Cygna war nun auf sie angewiesen.

Jetzt schaust du blöd, was?, dachte Kenna zufrieden grinsend.

Für sich summend stieg Kenna auf einen der Geröllhaufen und ließ Cecil, wie es für sie üblich war, ein Stück in die Richtung des größten Schuttbergs vorgehen. Ihre Größe und die Augen der Cygna erlaubten ihr, Bedrohungen schon aus der Ferne viel leichter zu erkennen, im Notfall konnte sie Kenna mit Leichtigkeit einholen. Dort musste einmal das Allerheiligste gestanden haben. Nachdem sie sich einen Überblick über den großen Haufen alten Steins verschafft hatte, drehte sie sich zu der Cygna, die noch den Blick schweifen ließ.

»Was ist, wo genau sollen wir mit der Suche beginnen? Wonach suchen wir eigentlich?« Kenna sah zu ihrer Auftraggeberin.

Keine Antwort zu erhalten, war inzwischen eher die Regel als die Ausnahme, doch konnte sie diesen Blick nicht deuten. Sie wirkte gehalten und kühl, aber in ihren Augen glänzte so etwas wie Trauer, die sich genauso schnell verflüchtigte, wie sie gekommen war.

»Ihr müsst die Basis einer Säule für mich finden. Sie sollte ziemlich weit hinten sein, eventuell unter einem eingestürzten Teil des Daches.«

Kenna wartete einen Moment auf weitere Anweisungen, langsam hob sie ihre Augenbraue. »Und? Das wars? Irgendeine Säule? Du weißt, dass es hier davon vermutlich Hunderte gibt?«

Die Schultern ihrer Auftraggeberin vibrierten unter einem leisen Kichern und sie schmunzelte. Zu gerne hätte sie dieser Cygna einen Stein an die Stirn geworfen, damit wenigstens ein Makel an diesem unnötig perfekten Gesicht war. Eine Delle würde ihr stehen.

»Ihr sucht das Zeichen des Kraken.« Sie hob die Hand, sodass Daumen und Zeigefinger einen Halbbogen ergaben und die übrigen Finger im gleichmäßigen Abstand davon abspreizten. »Es ist ein Halbmond, von dem einige Krakententakel abstehen. Ungefähr auf der Höhe der Knie. Es gibt einige davon, aber das, was ich suche, hat einen metallischen Glanz. Es ist aus Silber.«

»Also suchen wir die Nadel im Heuhaufen. Super. Ganz toll.« Kenna fluchte, ließ die Geistliche zurück und bahnte sich ihren Weg durch Schutt und Asche. Hier gab es kein Tech mehr, nicht einmal Drähte oder Kupfer oder sonst etwas, das sie für ein paar Münzen eintauschen könnten.

Cecil hatte sich derweil den höchsten Haufen gesucht, den sie hatte finden können, und streckte die Nase in die Luft, anstatt zu suchen.

»Cecil!« Besser Kenna behielt sie nahe bei sich. Nichts versicherte ihnen, dass die Cygna sie ziehen lassen würde, sobald sie ihr Ziel erreicht hatte.

Sofort drehte Cecil den Kopf zu ihrer Freundin. Der Ton in ihrer Stimme sagte so vieles. Von *Komm wieder her, sonst werfe ich dich mit Steinen ab!* bis hin zu *Ich mache mir Sorgen um dich!* war alles dabei. Schon seit sie noch ganz klein gewesen war, während der Zeit beim Spielen bei den Feuerbergen, hatte sie sich diesen Wortlaut zugelegt. Der damals Mitte zwanzig-jährigen Kenna hatte sie fast den letzten Nerv geraubt.

Aber das hier war glücklicherweise nur ein Berg voll eingefallener Decken und Säulen, nichts, was spontan platzen und sie schmelzen würde.

Auf einigen Bruchstücken der einst stattlichen Kapelle fanden sich bunte Farben: Blau und Türkis mit hellroten Streifen. Auf einem war sogar ein Teil eines Auges abgebildet! Zu gerne hätte Cecil das Gemäuer in seiner vollen Pracht gesehen.

Kenna sah sie auffordernd an. »Irgendetwas Ungewöhnliches?«

»Kommt drauf an, was du damit meinst.« Cecil zog ihre Jacke etwas fester um sich. Trotz der Abwesenheit des Windes war es kalt. »Alles hier ist ungewöhnlich. Fühlt sich nicht real an.«

Kenna brummte zustimmend, bevor ihre Augen suchend über die Einzelteile der glatten Steine wanderten. An einem blieb sie kleben, nahm Cecils Hand und zog sie sanft hinter die kleinen Hügel aus Geröll, die für die Geistliche vermutlich ein unüberwindbares Hindernis darstellten. Nach und nach verstand Cecil, wieso sie auf die Hilfe anderer angewiesen war.

Die Spitze einer Säule ragte in die Höhe, bis sie in einen der hölzernen Bögen überging. Plünderer oder andere Techsammler vor ihnen hatten bereits große Brocken um viele der Säulen beiseitegeschoben und zweifelsohne aus den Kästen, Tischen und den anderen an den Wänden montierten Möbelstücken schon alles Wertvolle herausgeholt. Tiefe Kratzer im einst polierten Boden, herausgehauene Mosaiksteine, zertrümmertes Holz und andere Details der leblosen Umgebung sprachen eine eindeutige Sprache.

Im Stein der Säulen eingelassen entdeckten sie Zeichen verschiedener Größen und Formen, genau wie von der Fremden beschrieben. Ein Halbmond und davon abgehend wabbelige, hässliche Tentakel. Nur waren diese wirklich überall und auf jeder der mehr oder weniger intakten, freigelegten Säulen.

Kenna drehte sich zu der Cygna und rief laut: »Du verarschst mich, oder? Hier sind ... fünf tausend von diesen Dingern!

»Ist eines davon metallen?«, tönte es nur zurück.

Kenna nahm sich vor, sich einige Steine zu nehmen und jeden einzelnen nach dieser hochnäsigen Frau zu werfen. Cecil dagegen begutachtete aufgeregt die Zeichen. Soweit sie sehen konnte, waren sie aus Holz, andersfarbigem Stein, Edelsteinen, gekerbtem Leder oder schlichtweg direkt in die Säulen gehauen. Es war unmöglich, zu sagen, ob sich ein Metallenes dazwischen befand, was nicht zuletzt an den schummrigen Lichtverhältnissen lag.

Von oben schimmerte das künstliche Licht der darüber liegenden Kuppen durch das dunkle Wasser, die sporadisch aufgestellten Lampen flackerten unstet und eigentlich war die Gefahr, einen elektrischen Schlag zu bekommen, viel größer als die, von einer wackeligen Konstruktion erschlagen zu werden.

Während sie angestrengt suchten und sich bei Kenna schon Kopfweh einstellen wollte, hallten die Schritte der Fremden überall wider, die sich ihren Weg um die Ruine herum bahnte. Ihr prüfender, kontrollierender Blick blitzte ab und zu zwischen den Haufen hindurch.

»Oh! Oh, hier!«, rief Cecil aufgeregt von der anderen Seite. »Ich glaube, das hier ist aus Silber!«

Etwas überrascht war Kenna schon. Cecil tendierte dazu, mit ihren Gedanken überall gleichzeitig zu sein und statt nach links eher nach rechts zu laufen. Trotzdem fand sie so zielsicher das einzige metallene Zeichen im Berg aus vergangenen Überresten.

Auf Bauchnabelhöhe, gerade hoch genug, um beim Überfliegen übersehen zu werden, prangte das Zeichen handtellergroß und dezent glänzend mitten auf dem Stein. Vorsichtig entfernte Cecil den Staub aus den Ecken und kratzte an der angelaufenen Oberfläche. Sie versuchte gleich, irgendetwas Besonderes zu entdecken. Doch es handelte sich bloß um ein ganzes

Emblem aus einem Guss. Keine eingelassenen Steine, keine Markierung, nicht einmal Farbe.

Bevor sie nach der Fremden rufen konnte, hatte sich Cecil schon auf den Weg zu selbiger gemacht. Sonst wäre es ja niedlich gewesen, ihre Kleine so aufgeregt zu sehen, doch es bereitete ihr allmählich Kummer.

Cecils Herz pumpte schneller. Egal wie viele Ruinen sie schon gesehen hatte, das hier war etwas völlig anderes. Geheimnisse wollten enträtselt werden.

»Komm. Ich helfe dir.« Cecil bot der *Cygna* eine Hand an. Dabei fiel Cecil auf, dass dieses kleine Säckchen nicht mehr an ihrem Gehstock hing.

Die Schwanenlady wog zunächst ab, ob sie nicht allein über den Dreck kommen könnte, nahm ihre Hilfe aber schließlich an. Kenna sah weniger gut gelaunt aus, während sie sich mühselig bis zur entsprechenden Säule kämpfte.

»Was machen wir jetzt?«, fragte sie mit verschränkten Armen.

»Du musst dich gedulden, bis ich da bin.«

Wieder rollte Kenna mit den braunen Augen. Sie wurde so schnell unruhig.

Die Cygna spannte sich merklich an, atmete jedoch erzwungen normal, ganz so, als würde sie nicht zugeben wollen, wie sehr sie dieser Hürdenlauf in Wirklichkeit anstrengte. Generell schien ihr der ganze Körperkontakt unangenehm. Noch während sie die Schwanenlady stütze und das ein oder andere Mal verhinderte, dass sie mit dem Gehstock zwischen dem Geröll steckenblieb, bewahrte sie sich einen Sicherheitsabstand.

Cecil war diese Art nicht vollkommen fremd. Sie erinnerte sich noch dunkel an die Zeit, in der Kenna sie auf Abstand gehalten hatte, bevor sie sich an die ständige Zweisamkeit gewöhnt hatten. Wenn die Cygna tatsächlich immer allein unterwegs war, wollte sie mit Sicherheit einem Fremden keine Schwäche zeigen. Kenna maskierte ihre Unsicherheit gerne mit Aggression, aber die Fremde versteckte ihre Gefühle und ihr Unwohlsein. Cecil kommentierte das lieber nicht, nur für den Fall, dass es sich die Cygna doch anders überlegen und unvollendeter Dinge den Rückzug antreten wollte. Sie war neugierig, was passieren würde, sollte diese Säule tatsächlich die richtige sein.

Angekommen ließ sie ihre Auftraggeberin los und griff stattdessen nach Kennas Unterarm, bevor diese einen Herzinfarkt aufgrund Cecils unaufgeforderter Hilfe bei der Cygna bekam. Es brauchte keinen Hellseher, um zu bemerken, wie Kennas hitziges Gemüt kochte, wenn Cecil ihrer Landsfrau zu nahe kam.

Diese schritt ehrfürchtig um die Säule, begutachtete viele der eingelassenen Zeichen und stoppte erst bei dem unscheinbarsten aus angelaufenem Silber. Über ihr Gesicht huschte neuerlich ein Schatten aus Trauer und Wut, den sie aber sofort wieder unter einem starren Blick verbarg. Stattdessen legte sie die Fingerspitzen an den unteren Teil des Zeichens, direkt auf den Mond, und beugte sich bis auf einige Zentimeter vor.

»Akemru.« Das geflüsterte Wort schlug zusammen mit einem kleinen Nebel gegen das Grau.

Cecil hätte schwören können, dass ein bunter Streifen über die Haut der Blonden gehuscht war. Das Silber fing an einigen Stellen an, zu glühen, wurde rot und weiß, erlosch dann erneut.

Kenna neben ihr holte gerade tief Luft, um sich, wie schon so häufig, zu beschweren, doch eine sanfte Vibration unter ihren Füßen betätigte in ihr einen Schalter. Statt ihrem Unmut Luft zu machen, packte sie Cecil an der Hand, zog sie hinter sich und brachte sie in einen sicheren Abstand zu der Cygna. Wieder herrschten einige Momente der Stille, in denen Cecil unsicher war, ob sie etwas sagen sollte.

Hat es nicht funktioniert?, fragte sie sich.

Eine weitere Vibration, sie klang wie ein Donnergrollen, überzeugte sie vom Gegenteil. Direkt neben der Cygna und vor der Säule, genau dort, wo sie gerade noch gestanden hatten, krachten einige Steine herab. Sie öffneten einen Zugang im Boden und bildeten eine kleine Treppe nach unten, gaben den Blick auf viele weitere frei, bis sie sich in der Schwärze verloren.

Cecil sah Kenna neben sich so breit grinsen, dass ihre Ohren fast dahinter verschwanden. »Ich will sehen, wie du da hinunterkommst.«

Die Cygna durchbohrte sie daraufhin nur mit einem stechenden Blick. Vermutlich wäre es leichter gewesen, sie auf den Rücken zu heben, ihr die Treppensteigerei zu ersparen und so schneller an ihr Ziel zu kommen, aber nach dem ganzen Klettern empfand es Kenna als große Genugtuung, zu sehen, wie sich die selbstgefällige Riesin die Treppe runter quälte.

Doch die Häme hielt nicht lange, denn mit jedem Schritt schien der Gang schmaler und schmaler zu werden. Der Drang, zu fliehen, wurde größer. Es war stockfinster, die glatten Wände schnitten sie vom restlichen Licht ab. Hinzu kam ein entsetzlicher, zunehmend schlimmer werdender Gestank, der ihre Atemwege von innen zu verätzen schien. Zumindest konnten sie recht bald das Ende des Abstiegs erkennen.

Die Stufen wurden zunehmend in weiß-gelbes Licht getaucht. Unten angekommen, eröffnete sich ihnen eine weite, wie ein Tropfen geformte Kammer. Nur der dünne Steg aus Granit, der in der Mitte in einer kleinen Plattform endete, erlaubte ihnen, gerade zu stehen. Schmale Lichtstreifen liefen wie Venen über die spiegelglatte, pechschwarze Oberfläche der Wände, erleuchteten das Innere und endeten gesammelt in einem kleinen, hell leuchtenden Punkt am anderen Ende über der Plattform. Die Kammer war deutlich größer als das Zimmer im Gasthaus. Trotzdem glaubte Kenna, der Boden würde sich ungewollt unter ihren Füßen drehen.

Links und rechts unter dem leuchtenden Punkt entdeckte sie dann aber die Objekte ihrer Begierde, und für einen Moment war sogar die aufkommende Übelkeit wie weggeblasen. Die Tische waren vollgesteckt mit Pins, Motherboards und anderem technischen Schnickschnack. Sie drückte sich an der Cygna vorbei, die sich offenbar gar nicht bewegen wollte, und begutachtete einige Kleinteile.

Hätte sie von einem solchen Berg verkaufbaren Techs gewusst, wäre ein deutlich größerer Sack in ihrem Gepäck gelandet! Sogar eingelassene Bildschirme konnte sie entdecken.

»Und so was im Allerheiligsten?«, fragte Cecil etwas verwirrt, die auf der anderen Seite über das Pult sah und einige der Sticks herauszog. »Da ist gar kein Rost dran.«

»Hier befindet sich das ganze Wissen der vergangenen Generationen der Kalmara. Seit dem Aufstieg der großen Geister bis heute. Das alles wurde hier aufgezeichnet und für die zukünftigen Generationen festgehalten. Zumindest war das der Plan der Alten«, erklärte die Cygna.

Jetzt zögerte Kenna doch, schob die Hand unauffällig zu ihrem Messer. »Warum willst du es uns dann überlassen? Ich dachte, du willst das Wissen erhalten?«

»Ich sagte, ich will die heiligsten Stücke retten.«

Die Anhängerin des Schwanengeistes trat zu ihnen. Dabei knallte der Widerhall ihres auf dem nassen Pfad klopfenden Gehstocks schmerzhaft in den Ohren. Mit jedem Schritt trat sie eine kleine Welle los, die über den Steg und das umliegende Wasser huschte, bis sie schließlich von der schwarzen Wand lautlos geschluckt wurde.

»Das Wissen der Generationen ist mir egal.« Sie hob die Hand und legte diese flach direkt unter den leuchtenden Punkt auf die Mittelkonsole.

Ein Puls ging von ihrer Hand aus. Unvermittelt schrie Cecil auf, Kenna wirbelte herum, zog das Messer heraus und war mit einem Schritt bei ihrer Ziehtochter, um sie hinter sich zu schieben.

»Was ist los?«, fragte sie hektisch.

Cecil zeigte schreckerstarrt nach oben. Direkt über ihnen konnte Kenna sich selbst sehen – in der Spiegelung eines riesigen, rot-gelben Auges. Zu diesem gesellten sich weitere hinzu. Es waren keine schwarzen Wände! Sie waren umgeben vom Meer! Offenbar war dieses Wesen, dem die grotesken Iriden gehörten, allgegenwärtig im Wasser um sie herum.

Wie weit unter der Oberfläche sind wir?, fragte sich Kenna panisch.

Die Cygna nuschelte unverständlich etwas vor sich hin. Erst als sie den Blick zu diesen ... Augen hob, wurde sie etwas lauter. »Ich ersuche euch! Das Ende kommt. Ihr braucht mich und ich brauche euch. Das ist der Pakt, den ich mit euch schließen will.«

Bis auf die Bewegung der Bestie im Wasser dröhnte nur die Stille in der kleinen Kammer. Cecil drehte verwirrt den Kopf in alle Richtungen und lauschte angestrengt, Kenna packte den Schaft ihres Messers fester.

»Hört ihr das?«, fragte die junge *Cygna*. »Ist das ein Wal?«

»Cecil. Da ist nichts«, hauchte Kenna, schubste sie in Richtung der Treppe. »Wir gehen. Jetzt.«

»Warte doch mal!«

»Du kannst ihn hören?«, mischte sich die Cygna ein. »Verstehe.« Sie trat einen Schritt von der Wand weg und deutete auf den Lichtpunkt. »Nimm dir den Anhänger.«

»Gar nichts werden wir-«, hob Kenna energisch an, doch Cecil unterbrach sie.

»Kenna! Lass mich!« Cecil verstand nicht, woher der plötzliche Impuls kam. Sie rauschte an ihrer Freundin vorbei und blieb bei der Cygna stehen. All das hier erschien ihr so unwirklich. Wie in einem Traum. Es war, als hätte sie das wichtige Teil eines Puzzles gefunden.

Wieder vibrierte der Walgesang in ihr und sie fühlte sich … ruhig. Die ganze Anspannung fiel von ihr ab und ihr Herz schlug langsam und gleichmäßig, wie das Auf und Ab der Wellen. Einem Wachtraum gleich.

Sie ignorierte Kenna und griff nach dem Licht. Es löste sich wie von allein. Wieder sang das Wesen in der Finsternis. Ein letzter Impuls rauschte durch das Wasser, brachte die Kammer zum Beben, bevor jede Welle mit einem Schlag erstarb. Plötzlich lag in ihrer geöffneten Handfläche ein kleiner Anhänger, der genau wie das Zeichen auf den Säulen aussah. Die Augen waren verschwunden, ebenso wie das Licht an den Wänden. Nur das wenige Restleuchten des Techs gab ein Gefühl für den Raum.

Mitten in der Dunkelheit reflektierten die bedrohlichen Augen der Cygna das künstliche Licht.

»Wir beide müssen uns unterhalten.«

Kenna war außer sich. Nicht nur, dass diese Cygna Cecil in ihren komischen Monolog zog, ihre Ziehtochter hielt auch lieber den Anhänger umklammert, statt ihr mit dem Tech zu helfen.

Na gut, allein mit dem, was sie in ihre Taschen stopfte, würden sie eine Weile durchkommen, aber den größten Teil ließen sie zurück. Sie machte eine mentale Notiz davon, was sie für den Transport brauchen würden.

Dieser Wald aus Augen wollte allerdings nicht aus ihrem Kopf. Was hatte Cecil mit diesem ganzen Humbug zu tun? Und was hatte es mit diesem Anhänger auf sich, den sie immer noch fest umklammerte? So sehr sie die Cygna während ihrer Bergung auch löcherte, sie reagierte nicht. Vorerst blieb ihr wohl nichts anderes übrig, als ihre Situation als gegeben hinzunehmen und sich auf den Rückweg zu konzentrieren. In der Unterkunft würde sie definitiv Antworten einfordern, sonst konnte die Cygna sich alles Weitere in die Haare schmieren!

Wie sie es schon angekündigt hatte, kümmerte sich ihre Auftraggeberin kein Stück um irgendeines der Tech-Teile im Schrein. Unzufrieden schnaubte sie bei jedem Schritt, bis Kenna ihren Atem vor Anstrengung rasseln hörte. Cecil folgte ihr auf dem Weg nach draußen, stellte immer wieder Fragen wie ein Betrunkener ohne Hemmungen. Von *Was passiert jetzt?* bis *Was war das für ein Monster?* war alles dabei, doch die Fremde hüllte sich in eiserne Stille.

Der Fußmarsch zog sich, bis sie die Ruine schon wieder verlassen hatten und erst eine gefühlte Ewigkeit später auf den wartenden Fahrer stießen, der sie in der wackelnden Karre zurück nach oben beförderte. Kaum vernahm sie die erste Brise, atmete Kenna tief durch. Die Meeresluft war eigentlich nicht so ihr Ding, aber dem Mief von Fischkadavern allemal vorzuziehen.

Der Fahrer beförderte sie direkt zurück zu ihrer Unterkunft. Die Cygna warf im Vorbeigehen einige Krakenmünzen vor den Portier auf den Tisch, bevor sie mühselig die Treppe emporstieg.

Kenna ergriff erst wieder das Wort, nachdem sie die Tür hinter sich geschlossen und den gepackten Sack mit Tech sicher in einer Ecke verstaut hatte. »Also? Raus mit der Sprache. Was, bei allen Geistern, war das? Der Anhänger da muss unheimlich wertvoll sein, wenn du so eine Schnute ziehst. Und diesmal sagst du uns besser die Wahrheit!«

»Das geht dich eigentlich gar nichts an, Berührte«, knurrte die blonde Riesin zurück.

Wieder für unwichtig befunden, sah sie über Kenna hinweg auf Cecil, die jetzt doch eingeschüchterter und kleiner neben ihr wurde, obgleich sie Kenna im Stand um einen Kopf überragte.

»Wer sind deine Eltern, Cecil?« Die Stimme der Cygna erklang trocken und kalt, konnte einem den Brustkorb aufreißen.

»Ich ... ich weiß nicht ...« Das zitternde Mädchen starrte hinunter auf den Anhänger in ihren Händen, der durch den festen Griff Abdrücke auf ihrer Haut hinterlassen hatte. »Kenna hat mich gefunden, als ich klein war.«

Mit einer Kraft, die Kenna nicht erwartet hatte, wurde sie von der Anhängerin des Schwanengeistes auf die Seite gestoßen, sodass sie über den kleinen Hocker flog. Die beiden Blondinen standen nun dicht voreinander.

»Du hast das Blut der Alten in dir. Hör also auf, mich anzulügen! Du hättest den großen Geist sonst nicht hören können und er hätte dich nicht auserwählt!«

Die Jüngere stolperte zurück und geriet schnell in Kontakt mit der Wand. Die Cygna schnitt ihr mit dem Gehstock den Fluchtweg ab, während Kenna bereits ihr Messer zog und sich wieder aufrappelte.

Cecil stammelte, jegliches Blut verflüchtigte sich aus ihrem Gesicht und die ersten Schweißtropfen standen ihr auf der Stirn.

»Ich ... weiß es nicht!«

»Lass sie gefälligst in Ruhe!«, fauchte Kenna wütend, sprang vor und war bereit, das Messer im schlanken Hals der Geistlichen zu versenken.

Doch wie sie es schon im Pub gesehen hatte, war die Fremde schneller. Die Hand, die nicht um den Gehstock geklammert war, schnellte nach oben zu Kennas Handgelenk und packte es. Nachdem sich die Welt für einen Moment wortwörtlich gedreht hatte und der Schmerz ihren Arm bis nach oben zu ihrer Schulter schoss, knallte sie mit dem Rücken auf den Boden. Die Fremde drückte den Gehstock so auf ihren Handrücken, dass sie diese weder bewegen noch das Messer benutzen konnte.

Cecil schrie erschrocken auf, wurde dann am Oberteil von der Fremden gepackt und an Ort und Stelle gehalten. Die Jüngere versuchte, die Hand der Cygna zu lösen, hinterließ aber nur blutige Kratzer darauf. Ihr schossen Tränen der Furcht in die Augen.

Cecil sah hilflos dabei zu, wie die Fremde Kenna mit einem Handgriff zu Boden beförderte und sie selbst am Zurückweichen hinderte, obwohl hinter ihr nicht mehr viel war, außer einer dünnen Wand. Die unnatürlich leuchtenden, blauen Augen starrten direkt durch sie hindurch, während sie wimmerte.

Sie kannte die Antwort nicht! Sie konnte nur bitten, fühlte die heißen Tränen über ihre Wangen hinunterrollen. Sie wollte doch nicht, dass jemand zu Schaden kam! Besonders nicht Kenna! Besser, sie wären rechtzeitig verschwunden, hätte sie doch nur auf Kenna gehört!

Endlose Momente verstrichen, in denen sie Kenna vor Schmerz röcheln hörte, dann knallte der Gehstock neben Kennas Hand auf den Boden und der unbarmherzige Griff löste sich von ihrem Oberteil. Cecil fiel bebend sofort zu Kenna auf die Knie, rutschte weg von dieser Frau.

»Ob es dir passt oder nicht …«, begann die Cygna schmerzhaft langsam, »du hütest den Geist des Kraken.« Sie schubste den Anhänger, der auf dem Boden gelandet war, mit dem Fuß in ihre Richtung. »Die Chimära werden dich jagen. Wenn euch etwas an euren Leben liegt, solltet ihr mit mir kommen.«

»Ich will das doch gar nicht!«

Die Fremde schüttelte den Kopf, steuerte die Tür an.

»Wir suchen uns das Schicksal nicht aus. Entscheidend ist, was wir mit dem anfangen, was uns aufgezwungen wird.« Sie musterte die beiden noch einmal ausgiebig. »Am Eingang zur Stadt findet ihr am äußeren Wasserturm ein grünes Haus, an dessen Tür das Symbol des Kraken eingelassen ist. Trefft mich dort, wenn ihr zur Abreise bereit seid.«

Cecil zitterte am ganzen Körper, starrte ihr hinterher. Erst als die Tür ins Schloss fiel und die schleppenden Schritte auf der Treppe verhallten, kam das Gefühl in ihre Muskeln zurück. Kenna schob sich ächzend und blass im Gesicht auf den nicht demolierten Arm. Die Hand, die das Messer umklammert hielt, war knallrot angelaufen, aber schien nicht gebrochen.

Bei dem Anblick brachen noch mehr Tränen aus Cecil hervor. »Es tut mir leid«, sagte sie leise.

Dann zog Kenna sie in die Arme und hielt sie fest, ihre Ziehtochter kuschelte sich eng an sie. »Das kommt davon, wenn man anderen vertraut.«

Leider hatte sie da recht. Immer und immer wieder predigte Kenna ihr, bei Freunden und Feinden gleichermaßen aufzupassen. Was hatte sie sich dabei gedacht, jemandem zu vertrauen, der ihnen nicht einmal ihren Namen nennen wollte?

»Ich … ich wollte nur …«

»Ich weiß.« Kenna strich ihr beruhigend über die Arme, sodass die Tränen schnell versiegten. »Wir finden schon einen Cygna, der uns nicht umbringen will, okay?«

In ihrer unsichtbaren Burg waren sie unantastbar, so zumindest die Geschichten. Es grenzte an ein Wunder, dass sich eine Cygna überhaupt in den Süden verirrt hatte. Kenna hielt die Kleine weiter fest, ignorierte dabei den anhaltenden Schwindel und den Schmerz im Körper. Cecil sollte sich erst einmal ausweinen und den Schock verarbeiten.

»Wir verscherbeln einen Teil des Techs, dann verschwinden wir, okay?«, flüsterte sie zusätzlich. Cecil nickte. »Gut. Geht es?«

Wieder ein Nicken. Die Blonde löste sich von ihr, rieb sich die Augen und zog lautstark die Nase hoch.

»Was ist mit deiner Hand?«, fragte sie zögerlich.

»Ach, ich hatte es schon schlimmer.«

Das Strecken ihrer Finger wurde von einem Knacken der Gelenke begleitet, die brutal zurück in ihre Position gezwungen wurden. Es pochte und der Griff des Messers hatte sich in ihre Handfläche gebohrt, aber sie würde es überleben. Die Hand war benutzbar.

»Du musst die Sachen tragen.«

Cecil nickte sofort, wackelte auf zitternden Beinen zum Sack und warf ihn sich über die Schulter, nachdem sie ihr Gesicht verhüllt hatte.

Sie brauchten nicht mehr Schwierigkeiten, nur weil so eine selbstverliebte Cygna sie, die Kalmara oder den Rest der Welt verärgerte und man sie mit ihr in Verbindung brachte. Bevor sie aus dem Zimmer huschten, sah sich Kenna noch auf dem Boden um.

Der Anhänger … Er war weg!

Vielleicht hatte dieses Monster ihn direkt mitgenommen. War vermutlich besser so, eine Sorge weniger. Wie schon am Tag zuvor führte ihr Weg sie zum Pfandleiher.

So viel zu ›Wir kommen nie wieder her‹, dachte Kenna bei sich.

Leider war dieser Kerl der einzige, der Tech unter der Hand annahm und nicht sofort bei den Chimära Alarm schlug. Diesmal ließ sie Cecil nicht draußen, sondern schob sie vor sich her in den Shop.

»Na hallo!«, drang die schleimige Stimme zwischen den Stäben hindurch. »Ihr seid noch da? Was verschafft mir die Ehre?«

Kenna trat an Cecil vorbei, bedeutete ihr, an der Tür zu bleiben, und griff im Sack nach zwei Stücken des eingepackten Techs. Damit würden sie locker aus der Stadt kommen.

»Halt die Klappe, Minjo.« Sie ging zur Theke, schob die zwei Sticks in die Durchreiche. »Gib mir was dafür.«

»Immer charmant mit dir Geschäfte …« Der Kalmara stockte und das breite Grinsen, durch das die Schuppen in seinem Gesicht fast aus ihren Nähten flogen, fiel ab. »Woher hast du das?«

Geradezu ehrfürchtig nahm er den ersten Datenstick in die Fischfinger, drehte ihn und fuhr die darin eingelassenen Kerben nach.

»Gute Qualität, was? Ich hoffe sehr, dass du dafür etwas springen lässt. Ich habe noch mehr.«

»Mehr?!« Kenna sah gierige Bläschen in seinen Mundwinkeln. Da hatte sie den richtigen Gierschlund zum Verkaufen rausgesucht. »Wo? Und woher?«

»Sag mir lieber, was du mir dafür gibst, und ich denke darüber nach, ob ich dir das richtig gute Zeug gebe.«

Ein kleiner Blubblaut kam über seine Lippen, den die Kalmara manchmal von sich gaben, wenn sie die Beherrschung verloren. Dann erinnerten sie an einen Fisch auf dem Trockenen.

Minjo drehte zögernd das Stück Tech zwischen den Fingern, ohne den Blick von ihr abzuwenden. »Sehen wir erst einmal, was da drauf ist.«

Eigentlich nicht, was sich Kenna erhoffte hatte, aber sie kam nicht drum herum. Der halb kahle, schuppenbesetzte Mann watschelte zu einem Monitor, auf den Kenna einen Blick hatte. Er fummelte am Datenstick herum, bis ein kleines Metallteil heraussprang, das er in das dazu passende Gegenstück drückte. Der Bildschirm flackerte kurzzeitig, dann öffnete sich eine Liste, die Minjo überflog. Diese war unlesbar für sie, aber sie hoffte, es war etwas Gutes dabei.

»Wie viel hast du?«, fragte der Kalmara, ohne den Blick vom Bildschirm zu nehmen.

»Gib mir Geld für die Teile und wir reden darüber.«

»Wie viel willst du?«

Kenna schnaubte. Wenn sie alles Tech, das sich in ihren Taschen befand, richtig einschätzte, hatten sie mehrere Jahre ausgesorgt. Jetzt blieb nur der richtige Spielzug, damit sie hier nicht abgezogen wurden.

»150 für beide. Salamandermünzen diesmal, Minjo. Danach reden wir über mehr.«

Er drehte sich mit halb entsetztem, halb wütendem Gesicht zu ihr zurück. Der Blubber in seinem Gesicht zitterte durch die Anspannung. Mit der Antwort war er eindeutig nicht zufrieden.

»So viel habe ich nicht hier, Kenna. Das weißt du. Ich gebe dir 200 Krakenmünzen dafür.«

»Keine Chance.« Sie schüttelte mit dem Kopf. »150 Salamandermünzen.«

Etwas im Raum veränderte sich. Es war nicht einmal die Tatsache, dass Minjo ihr nicht antwortete oder sie auf schallendes Gelächter wartete, nicht einmal die plötzliche Stille, die nur vom lauten Rattern des Monitors durchbrochen wurde. Es war die Art, wie jeglicher Glanz aus Minjos Augen wich und sein Mund offen stand. Sein Blick ging vollkommen an ihr vorbei und fixierte einen Punkt hinter ihr.

Kenna folgte der imaginären Linie, die genau bei Cecil endete, oder vielmehr ihren Fingern, die völlig abwesend über das Stück Metall rieben, das zwischen ihrer Hand und dem Sack auf ihrer Schulter eingeklemmt war.

Kennas Herz setzte kurz aus. Das kalte Eisen schimmerte im Halblicht und die winzigen, darin eingelassenen Edelsteine reflektierten jeglichen Blick zurück zum Ursprung. Abrupt schoss eine Hand direkt neben ihr durch die Gitterstäbe und Kenna sprang erschrocken einen halben Schritt außerhalb von Minjos Reichweite.

»Gib mir das!«, fauchte er.

Inzwischen hatte sich in seinen Mundwinkeln weißer Schaum gebildet. Seine Augen waren entrückt aufgerissen und er versuchte, sich zwischen den Gitterstäben hindurchzudrücken.

»Gib das her!«

Cecil hatte vor Schreck den Sack fallengelassen, fiel mit dem Rücken gegen eines der Regale, das glücklicherweise leer war. Erst dann erfühlte sie das kalte Metall in den Fingern, auf das sie irritiert hinunter schaute. Sie erinnerte sich gar nicht daran, den Anhänger in ihrer Unterkunft aufgehoben zu haben.

Minjo, völlig wie ausgetauscht, schlug sich weiter gegen seinen Tresen und das Metall, das ihn am Drübersteigen hinderte. Wie schon vorher drehte sich Cecils Magen um und ihr Körper verweigerte ihr den Dienst. Nur das plötzliche Reißen an ihrem Handgelenk holte sie zurück. Kenna hatte sie und den Sack geschnappt und beides aus dem Pfandhaus gezerrt. Die Schläge von drinnen verstummten schnell, aber Kenna zerrte sie die Gasse entlang.

»Warum hast du das Ding noch?« Kenna knurrte wütend, ohne den Schritt zu verlangsamen.

Der Anhänger hatte sie ein dringend notwendiges und gutes Geschäft gekostet. Cecil stammelte nur vor sich hin und fiel mehr hinter Kenna her als zu laufen, durch die schmale Gasse und in die nächste Seitenstraße.

Dort drehte sie sich zu ihr um und packte sie an den Armen, hielt sie vor sich. »Cecil! Gib mir den verdammten Anhänger!«

Wieder war sie wie gelähmt. Der Anhänger bohrte sich in ihre Handfläche und wollte nicht losgelassen werden, nicht einmal, als ihre Finger auseinandergezwungen wurden. Ihr eigenes Körperteil war wie eine fremde Identität, die sich an die einzige Existenz klammerte, die sie kannte.

Woanders knallte eine Tür auf und beide Frauen zuckten zusammen. Kenna starrte Cecil an, zog sie dann weiter hinter sich her. Hier waren sie nicht sicher.

Es dauerte aber nur wenige Sekunden und Minjo schoss in einer Geschwindigkeit um die Ecke, die sie von einem Kalmara höchstens im Wasser kannte. Seine nackten Füße klatschten bei der Jagd über die Metallplatten des Bodens.

Cecils Herz pochte schmerzhaft in ihrer Brust, der Atem rauschte durch sie hindurch und sie blendete alles um sich herum aus. Dass ihre Kapuze dabei vom Kopf fiel, merkte sie gar nicht, sondern nur, dass sie hinter Kenna her stolperte, vorbei an sich umdrehenden Anwohnern, Heimatlosen hinter Metallbehältern und rostigen Platten, über wackelnde Brücken und an einer stillstehenden Person. Dabei pulsierte der Anhänger heiß gegen ihre Haut, was sie so aus der Fassung brachte, dass sie stolperte und Kenna mit sich riss. Sie drehte sich auf dem Boden um, in der Überzeugung, ihr Verfolger würde sie anspringen, unter Wasser zerren und ertränken, um an den Anhänger zu kommen.

Jemand huschte über sie hinweg, ein Gehstock wanderte von der einen Hand in die andere, sodass er fest am falschen Ende gehalten wurde, und holte aus. Es benötigte nur einen gezielten Schlag gegen das Knie, um den Kalmara in voller Geschwindigkeit zu Fall zu bringen. Ein weiterer folgte auf den Hinterkopf und zertrümmerte den Schädel, da verstummten die blubbernden Geräusche ihres Verfolgers.

Die Cygna drückte das Ende, das sie aus dem Brei aus Hirn, Blut und Knochen zog, gegen das Oberteil des regungslosen Pfandleihers und wechselte wieder die Hand, wodurch ihr harmloses, fast zerbrechliches Erscheinungsbild zurückkehrte.

Sie humpelte ein paar Schritte in ihre Richtung, blieb dann stehen und kreuzte die Finger beider Hände auf dem Gehstock. »Ich sagte doch, ihr sollt direkt kommen, wenn ihr fertig seid.«

Kenna war mit einem Satz wieder auf den Beinen. Die Straße war wie leer gefegt und eine erdrückende Stille herrschte, die nicht einmal die Wellen gegen die Stützpfeiler durchbrachen.

»Was fällt dir eigentlich ein? Du hättest uns davor warnen müssen, dass so etwas passieren kann!«

»Hättet ihr mir denn geglaubt?«

Das verschlug Kenna dann doch die Sprache.

Regungslos standen sie voreinander. Cecil konnte nicht sagen, ob sie ihr um den Hals fallen oder sie erschlagen wollte. Ihr Blick war fixiert auf den toten Körper. Das eine Auge, das durch den Bruch des Schädels wie ein Ball an einer Schnur herausbaumelte, starrte glanzlos ins Leere.

»Freya.« Die Fremde sprach gemächlich, ganz so, als wäre nichts passiert. Cecil und Kenna sahen sich flüchtig und irritiert an, was die Cygna dazu brachte, amüsiert zu schmunzeln.

»Mein Name. Ihr habt nach ihm gefragt. Er lautet Freya.« Sie ging an den beiden Frauen vorbei. »Gehen wir, bevor noch mehr Leute eine Hetzjagd auf euch veranstalten wollen. Der Kampf gegen eine Übermacht von Wilden ist nicht meine Stärke.«

»Warum-«, begann Cecil, wurde aber sofort unterbrochen.

»Die Fragen beantworte ich euch später, versprochen. Erst einmal müssen wir raus aus der Stadt.«

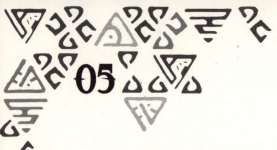

05

Dass Cecil unter Schock stand, sah man ihr direkt an. Sie starrte ins Leere vor sich, eine Hand verkrampfte sich um den Anhänger zu einer Faust. Kenna blieb dicht an ihrer Seite, hielt sie am Arm, auch wenn sie kaum von der Kette wegsah, die sie fest gegen ihr Schlüsselbein drückte. Irgendwie hatte dieses Ding das Gehirn des Kalmara vor der Cygna zu Mus verarbeitet, anders ließ sich das wahnhafte Verhalten des Pfandleihers nicht erklären. Doch blieb die Frage, wie genau das geschehen war. Sie hatte diesen Kerl schon häufig gierig und mit langen Fingern gesehen, so heftig war seine Reaktion aber nie ausgefallen.

Ihr drängte sich zusätzlich die Frage auf, wer oder *was* diese Cygna war. Eine einfache Geistliche würde niemals so gezielt mit einem Gehstock töten. Vielleicht war an der Geschichte, die Cygna wären gleichermaßen geistlich wie militärisch doch etwas dran. Durch deren zurückgezogene Art war es schwer, ein klares Bild von diesen Eisvögeln zu bekommen.

»Hier ist es«, verkündete Freya und klopfte lautstark gegen eine verrostete Tür. Aus dem Inneren klapperte es metallisch, schnell sah sie über ihre Schulter. »Überlasst mir das Reden.«

Im Augenwinkel beobachtete Kenna währenddessen, wie Cecil das Amulett stärker gegen ihren Körper drückte, sodass ihre Haut es sicher jeden Moment absorbieren würde. Sie hob die Kette über Cecils Kopf und schob sie samt Anhänger abrupt in deren Hosentasche.

»Wir werden damit schon fertig. Mach dir keine Sorgen«, raunte sie zu der Jüngeren.

In diesem Augenblick wurde stockend und mit lautem Quietschen die Tür aufgezerrt. Sie hing schief im verzogenen Türrahmen und hinterließ tiefe Kratzer im Boden. Dahinter erschien ein Mann mittleren Alters, ein Kalmara, der sicher lange nicht die Sonne gesehen hatte. Zwischen den eingenähten Schuppe quillte aufgeplusterte Haut hervor, wie es bei den Tauchern häufig passierte, die ihre meiste Zeit im Wasser verbrachten. Die weißen Haare hingen wie Algen in dicken Strähnen herunter und ein struppiger, ungepflegter Bart umgab sein Kinn.

Freyas Anblick verdutzte ihn. Seine Lippen bewegte er zu einer ungehörten Frage, fiel dann nach vorne und der deutlich größeren Cygna in den Arm.

»Bei allen Geistern! Ich dachte, du wärst tot!«

»Ich freue mich auch, dich zu sehen.«

Freya war deutlich weniger angetan von dieser Art Zuneigung, aber der fremde Kalmara hielt sie an den Oberarmen fest, sah an ihr auf und ab. Etwas passte in seinem Kopf offensichtlich nicht zusammen. Dann erblickte er sie und Cecil, vergewisserte sich der Abwesenheit von Beobachtern auf der Straße und winkte sie mit einem gemurmelten »Schnell!« herein.

Freya ließ sich deutlich mehr Zeit als Kenna mit Cecil am Arm. Der Mann musterte die jüngere der beiden Cygna genauer, sagte aber nichts und widmete sich lieber wieder dem ihm bekannten Gesicht. Diese leitete er zu einem kleinen, mühsam reparierten Tisch und einem einzelnen Hocker, den er ihr anbot.

Der Rest des Raums sah nicht wirklich besser aus. Bis auf den Tisch, die traurige Entschuldigung eines Stuhls, einen kleinen Schrank und eine Kochstelle war die winzige Abstellkammer leer. Rost fraß sich fleißig durch die Wände. Der Wind würde sicher bald das ein oder andere Loch hineinschlagen.

»Und?«, sagte der Fremde auf einmal. »Wer sind deine neuen Freunde? Ich gebe zu, ich bin überrascht, dich in Begleitung zu sehen. Wo warst während der letzten Jahre? Man hat nach dir gesucht.«

»Untergetaucht. Genau wie du, wie mir scheint.« Sanft trommelte Freya einen strengen Takt mit den Fingerkuppen auf den Tisch. »Nur ist es meinem Gesicht viel besser bekommen als deinem.«

Kenna schnaubte lautstark, ließ dann endlich Cecil los, nur um sich schützend zwischen die Blonde und die zwei seltsamen Gestalten zu stellen.

»Jetzt rückt raus mit der Sprache. Was machen wir hier?« Sie wollte endlich wissen, was genau hier eigentlich gespielt wurde.

Mit einer kurzen Handbewegung ließ Freya sie verstehen, dass ihre Frage im Augenblick kein Gewicht hatte, schon wieder. Kenna hätte dafür am liebsten mit ihrem Kopf ein Loch in die Wand gehauen. Eigentlich eine amüsante Vorstellung. Und es würde vielleicht endlich eine Narbe in diesem perfekten Gesicht hinterlassen.

Der Kalmara und Freya blieben aufeinander fixiert.

»Wir können schlecht zu Fuß gehen, oder? Nicht in meinem Zustand. Der Weg in den Norden ist sehr weit, und direkt durch die Hauptstadt zu gehen, ist auch ausgeschlossen …«

»Moment, Moment, Moment.« Hatte sie sich da gerade verhört? »In den Norden? Was bei allen Geistern willst du denn da?«

Die Blonde sah sie fragend an, setzte dann ein künstliches Lächeln auf, genau die Art, die zeigte, dass man jemanden für bescheuert erklärte. Ohne den Blick von Kenna zu nehmen, griff sie in eine der Falten ihres Oberteils und holte einen weiteren Anhänger hervor. Das Zeichen auf der runden, goldgelben Scheibe kannte sie nur zu gut. Von der kleinen, fünfblättrigen Blume, die aus glitzernden braunen Edelsteinen bestand, wanden sich neun wellenförmige Linien im Halbkreis davon ab. Das Zeichen der Vulpa, der Anhänger des großen Fuchsgeistes. Etwas Ruß klebte an den Rändern, lenkte aber nur bedingt von der endlosen Schönheit des unheilvoll glitzernden Metalls ab.

Der Kalmara schnappte hörbar nach Luft.

»Wie … wie hast du …«, stammelte er. »Aber das ist unmöglich! Der Hüter und der Oberste Heilige sind beide tot!«

»Ich war nicht untätig. Wie ist doch völlig egal.«

»Nein, ist es nicht!«, fuhr Kenna Freya sofort wieder an. »Du sagst uns jetzt, was hier los ist, oder wir verschwinden. Wir können sicher sehr viel schneller laufen als du!«

Das Lächeln verschwand von Freyas dünnen Lippen und sie schnalzte verachtend mit der Zunge.

Kenna wusste nicht viel über die Cygna, aber es war für ihre Art die gleiche *Du-kannst-mich-mal*-Geste wie der Schlag an die Schulter der Mandra, denen Kenna angehörte. Nur eben subtiler.

»Wie viel wisst ihr über die Legende der großen Geister?«

Jetzt wurde Cecil doch aus ihrer Trance gerissen. Sie dachte nur an den Anhänger, der sich unangenehm durch den Stoff ihrer Tasche in ihre Haut brannte. Sie hatte kaum mitbekommen, dass Freya noch einen weiteren aus ihrem Oberteil gezogen hatte, aber beim Anblick des Goldes überkam sie ein unheimlicher Schauder. Etwas an diesem Ding … sang. Genau wie dieses Monstrum unter dem Meer. Sie erwartete schon, dass dieses Amulett sie anblinzeln würde, doch nichts geschah.

Freya erhob sich, schob den Anhänger zurück in eine der unzähligen Falten ihrer Kleidung und schlurfte ein paar Schritte in den winzigen Raum hinein, bis sie halb aus dem Fenster sehen konnte. Da ihr keiner auf ihre Frage antwortete, redete sie einfach weiter.

»Vor vielen hundert Jahren existierte nur eine dominante Rasse auf diesem Planeten. Sie herrschten als absolute Könige über das Land, beraubten es aller Ressourcen und trieben die Welt an den Rand des Abgrunds. Dabei huldigten sie nur dem, was wir heute als Tech kennen – Geräte aus Metall, die nur zum Vergnügen da waren und ihnen die mühselige Arbeit abnahmen.« Sie sprach monoton, aber trotzdem klebte Cecil an ihren Lippen. Kenna hatte ihr diese Geschichte nie erzählt. »Dann, als der Winter Jahre andauerte und fast alles Leben auf der Welt vernichtet wurde, stiegen die vier großen Geister vom Himmel herab. Erst fuhren sie in Wind, Salz, Rauch und Sand, gaben ihnen eine Form und erschienen so den Menschen der Vorzeit, unseren Vorfahren. Ihren Anhängern boten sie Schutz, während der Rest im Chaos der Welt verloren ging.«

Kenna schnaubte.

»Ja, ja. Die vier Geister – der Fuchs, der Kraken, der Salamander und der Schwan – zogen sich mit ihren Anhängern in die vier Ecken der Welt zurück und formten dort ihr jeweiliges Territorium. Daraus entstanden die Vulpa, die Kalmara, die Mandra und die Cygna«, unterbrach sie die Blonde. »Aber was hat das mit der ganzen Sache zu tun?«

Freya rieb mit der Handfläche über das Ende ihres Gehstocks – etwas nagte an ihr. Es war schwer, zu entscheiden, ob es sich dabei um Unbehagen oder Wut handelte.

»Die Menschen der Vorzeit erschufen in ihrer Verzweiflung aus ihrem Tech einen neuen Geist, das, was wir heutzutage als Chimära kennen.«

Cecil erwartete schon fast einen weiteren Einspruch von ihrer Freundin, aber stattdessen lag eine unbehagliche Stille über ihnen. Dass die Chimära schon so alt waren, hatte sie gar nicht gewusst.

»Du willst die großen Geister beschwören …«, sagte der Kalmara auf einmal atemlos. »Deshalb willst du zu den Ruhestätten der Geister. Wie viele hast du schon?«

»Zwei.« Freya pinnte Cecil mit dem Blick fest, deren Muskeln sich schlagartig versteiften. »Mit ihr drei. Rauch, Salz und Sand.«

»Dir fehlt der Schwan? Ich dachte, damit hättest du angefangen.« Er klang ehrlich überrascht und sah sie aus seinen großen Glupschaugen an.

Sie antwortete nicht, schüttelte nur wieder den Kopf. »Hilfst du?«

Er nickte abwesend, steuerte im Eilmarsch nach draußen.

Es war ja schön und gut, dass sie seine Unterstützung bekamen, aber Cecil und Kenna waren noch immer keinen Deut schlauer als vorher.

»Uhm …«, murmelte sie leise, bevor Kenna erneut los-zetern konnte. »Was … hat das denn jetzt mit mir zu tun?«

»Ist das nicht offensichtlich? Du hütest den Geist des Kraken. Aber das Beschwören der vier Geister beinhaltet, dass ich auch alle vier Geister bei mir habe. Wir müssen also einen Weg finden, den Kraken dazu zu bringen, dass er es sich anders überlegt und mich Hüterin sein lässt.«

»Aber wie …?«

»Es gibt ein Ritual, durch das ein Hüter seine Verantwortung auf einen anderen übertragen kann. Da die Chimära aber alle Ruhestätten zerstört und geplündert haben, ist die Hauptstadt des Eises die einzige Möglichkeit. Nicht einmal die Chimära können das Allerheiligste gefunden haben.«

»Was macht dich da so sicher?«

»Um diesen Ort zu finden, muss man wissen, wo er liegt. Und diejenigen, die ebendiese Information hatten, sind tot.«

»Aber dann ist der Ort doch für immer verloren!«

»Nicht für mich.«

»Wie-«

»Genug jetzt«, unterbrach Freya harsch. »Es gibt Dinge, die man sehen muss. Das hier gehört dazu.« Ihr Blick ruhte noch immer auf Cecil. »Begleitest du mich?«

So direkt angesprochen zu werden, hatte sie nicht erwartet, hilfesuchend sah sie zu Kenna. Da diese nicht reagierte und Freya nur anstarrte, als würde sie die am liebsten in der Luft zerreißen, nickte sie. Ein Nein würde Freya ohnehin nicht akzeptieren.

»Okay ...« Sie schluckte. »Okay, ich komme mit.«

Kenna war das alles ganz und gar nicht geheuer. Sie hatte viel mehr Fragen als Antworten bekommen und der fremde Kalmara war ihr suspekt. Ihr Fokus lag inzwischen darauf, diesen dubiosen Anhänger von Cecil wegzubekommen, aber sie musste sich eingestehen, dass sie von dem spirituellen Quatsch keine Ahnung hatte. Was hinderte sie eigentlich daran, das Stück Metall einfach im Meer zu versenken, wo es überhaupt erst herkam?

Der Gedanke blieb ihr, als der Kalmara sie durch eine Seitenstraße lotste, die auf einer kleinen Platte endete und direkt zum Festland führte. Zu gerne wäre sie sofort über die Brücke gerannt und hätte die feste Erde mit Küssen begrüßt. In solchen Momenten fehlten ihr doch die feurigen Berge und die Hitze, die einem die Augenbrauen wegbrannte.

Stattdessen standen sie vor zwei kleinen Pferden, beide bepackt mit einigen Taschen und etwas, das wie Frischwasser aussah. Die sonst wilden Biester scharten mit den Vorderkrallen auf dem Metall und die Nüstern weiteten sich, immerzu auf der Suche nach neuer Beute. Kenna hoffte inständig, dass irgendwo in den Taschen ein paar tote Eichhörnchen waren, die sie verfüttern konnte. Niemand verlor gerne ein Bein an ein hungriges Pferd. Sie wollte gar nicht wissen, wie dieser Kerl so schnell da drangekommen war, wenn man bedachte, wie er wohnte.

»Freya.« Kenna trat an die Cygna heran, die deutlich irritiert war, mit Namen angesprochen zu werden. »Warum nehmen wir nicht den Zug? Ich bin mir sicher, dein Freund kann uns da reinbringen.«

Den abwertenden Blick ignorierte Kenna inzwischen völlig. Vermutlich war das etwas, woran sie sich gewöhnte.

»Sehe ich wie jemand aus, der freiwillig in etwas steigt, das von Chimära kommt?«

»Nein, eher wie jemand, den man von dort rauswirft. Aber damit wären wir in wenigen Stunden im Norden. So brauchen Wochen. Durch die Hauptstadt lassen sie uns bestimmt auch nicht einfach durch und-«

Freya wandte den Blick ab. »Wir gehen nicht durch die Hauptstadt. Ich bin nicht lebensmüde. Wir nehmen den Umweg durch das Gebirge.«

»Dann brauchen wir ja noch länger!« Kenna ballte wutentbrannt die Hände zu Fäusten.

»Freu dich doch. So machen wir einen Umweg durch deine Heimat.« Wieder legte sie dieses künstliche Lächeln auf, drehte sich dann aber zum fremden Kalmara. »Es hat mich gefreut, dich wiederzusehen. Pass auf dich auf.«

»Versuch gar nicht erst, jetzt davon abzulenken!«, warf Kenna ein, bevor sie abgewimmelt werden konnte. »Ich schleppe diesen verfluchten Anhänger keine Sekunde länger herum als unbedingt notwendig!«

Freya öffnete den Mund, entweder, um ihr mit einer spitzen Antwort zu begegnen oder so laut mit der Zunge zu klicken, dass die Spucke in ihrem

Gesicht landen würde. Doch der Blick ihrer hellen Augen schossen ein Stück nach oben und hinter Kenna. Kurz darauf bekam sie den Gehstock in die Hand gedrückt.

»Auf die Pferde. Schnell.«

»Was? Aber …« Kenna sah sich um und fluchte.

Sie winkte Cecil zum zweiten Pferd, Freya zog sich unbeholfen auf das andere. Nur schwer konnte sie dabei einen schmerzerfüllten Laut unterdrücken. Kaum aufgestiegen warf Kenna den Gehstock zu ihr und eilte in geduckter Haltung zum Pferd, um sich vor Cecil zu setzen. Unvermittelt schnellte ein scharfer Luftzug hart an ihrem Kopf vorbei und eine Kugel knallte in das überstehende Dach des Gebäudes neben ihr.

»Stehenbleiben!«, rief ein Kalmara, dessen Gesicht überzogen war mit Metallsplittern, was ihn als Chimära auswies.

In der Hand hielt er eine unnötig große, verrostete Pistole. Bevor er die Gelegenheit bekam, den Abzug noch einmal zu betätigen, trieb Kenna das Pferd an, über die nächste Brücke in Richtung Festland.

»Nun reitet schon los!«

Auch mit nach vorne gerichtetem Blick war der Kalmara für Cecil zu hören. Ein zweiter Chimära, ebenfalls kalmarischer Abstammung, zielte auf sie, wurde nur davon abgehalten, seinen Schuss abzufeuern, weil sich ihr Helfer gegen ihn warf und die Kugel so ablenkte. Stattdessen schlug sie ein Loch in den rostigen Boden.

Freya beugte sich zu den Tüchern um ihre Beine hinunter, eine Hand weiter an den Zügel, und fischte dort nach etwas Glänzendem. Sie warf es in hohem Bogen zwischen sie und ihre Verfolger. Es klirrte, dann stieg blau-schwarzer Rauch auf, der sich schnell ausbreitete. Der allgegenwärtige Wind verursachte einen Wirbel, der den Rauch in ihre Richtung wehte und die Füße der Pferde verschluckte. Doch reichte das undurchdringliche

Blauschwarz aus, um die Angreifer an der Verfolgung zu hindern. Freya zog an ihnen vorbei.

»Wirf es weg!«, fauchte Kenna auf einmal an Cecil gewandt. »Los jetzt!«

Die junge Cygna war so bleich wie Milchfrüchte, trotz ihrer Angst gehorchte sie und griff nach dem Anhänger in ihrer Tasche. Während Freyas Aufmerksamkeit auf den Verfolgern lag, warf sie ihn von der Brücke und versenkte ihn im Meer.

Das Glitzern der kleinen Steine verschwand schnell im Schwarz der unendlichen Tiefe.

06

Das laute *tack, tack, tack* von Plastik auf Metall ratterte durch den spärlich beleuchteten Raum. Künstliches kalt-blaues Licht zeichnete scharfe Kanten. An der Wand des großen Raums, der einst das Zentrum der Macht repräsentiert hatte, hingen glatte, gläserne Bildschirme, sie sich schnell mit blau-grünen Buchstaben und Zeichen füllten.

Davor, ebenso scharf reflektierend wie das umliegende Metall, saß eine Cygna. Zumindest eine ehemalige. Die einst schneeweißen Haare waren fast gänzlich von feinsten Kabeln durchzogen, die ihr einen schwarzen Ansatz bescherten. Auch die helle Haut zeichnete pulsierende, dunkle Streifen und Muster ab, die alle in einem vernarbten X mündeten, das sich über ihren Nacken zog. Die Ausläufer zogen sich unter eine abgetragene Robe aus bunten Tüchern und einer lockeren Lederhose hindurch bis in die Spitzen der Zehen. Fest an den Schultern angebracht bewegten sich die Finger eines Metallarms geschmeidig über die Tasten.

Bis auf den metallischen Glanz und die Krallen der Finger unterschieden sie sich nicht von echten Armen, doch die hatte sie schon lange nicht mehr. Wie die meisten ihrer Gliedmaßen hatte sie ihre Augen vor Ewigkeiten hergegeben und sie durch neue, bessere ausgetauscht. Altes Tech, aber effektiv. Überlegener als alles, was natürliche Selektion oder sterbliche Züchtung hervorgebracht hatte.

Wie viel Zeit schon vergangen war? Natürlich würde ein Blick in die untere rechte Ecke ihres Bildschirms reichen, um das herauszufinden, doch dazu war sie zu sehr auf die bunten Punkte vor sich fixiert. Es war auch nach all den Jahren unglaublich, zu sehen, wie diese simplen Befehle, die Kombination aus 0 und 1, die Wunder der Geister vollbrachten – und das auch noch durch den Druck eines einzigen Knopfes. Über die Jahre hinweg hatte sie ein solches Wissen und Mengen von Tech angehäuft, dass ihr die ganze Vergangenheit zu Füßen lag.

Wenn die Menschen dieser Epoche nur nicht so engstirnig und verklemmt wären ... Sie zu ihrem Glück zu zwingen, war die einzige Möglichkeit!

Ihre Finger stoppten über der Tastatur und sie lehnte sich zurück, als ihre Gedanken abschweiften. Der Blick in den Raum brachte Erinnerungen mit sich. Mit erhobenem Haupt war sie in diese angeblich heiligen Hallen geschritten, hatte die Anführer der vier Reiche konfrontiert und ihnen das Ultimatum gestellt. Traurig eigentlich.

Ein *Ja* ihrerseits hätte so viele Tote verhindert. Die Wächter dieser einst heiligen Stätte, nicht einmal in eine Rüstung gehüllt, waren resistent genug, um nicht von einer Kugel durchbohrt zu werden. Jeder Anführer hatte die Seinen mitgebracht und sie dadurch wie Lämmer zur Schlachtbank geführt. Der Rest war von allein gegangen. Ohne die Tyrannei der vier Hohen Geistlichen hatten die Menschen der Reiche sogar die Veränderung begrüßt. Nicht, dass sie es nicht verstand.

Arbeit war leichter geworden, man kam schneller von einem Ort zum anderen und mit dem sich immer mehr ausbreitenden Netzwerk hatte man Informationen mit entsprechendem Implantat einfach überall abrufen können. Die Liste der Mitglieder war exponentiell gewachsen. Mehr Informationen, mehr Wissen – und das alles immer schneller. Diese alten Säcke von Geistlichen wussten ja gar nicht, was ihnen entging.

Sie hoffte nur, dass die aufgestellten Schädel auf ihren alten Stühlen einen Blick in die neue Welt gewährten. Mit dem angebrachten Tech auf dem blanken Knochen hielt man das Bewusstsein für immer in dieser Welt. Ein kleiner Scherz, den sie sich erlaubt hatte. Vielleicht würde sie ihnen endlich gewähren, zu sterben. Das hieß, wenn es irgendwann nicht mehr so lustig war.

Beim Klicken der Tür schnellte ihr Blick nach oben. Ein kleiner, schmächtiger Junge mit rot-braunem Haar huschte durch den Spalt herein. Sie mochte ihn. Er war ein zufriedenstellendes Experiment. Inzwischen war er gut gewachsen. Zumindest für einen Vulpa. Trotzdem würde er in Lebzeiten nicht bis an ihre Schulter reichen.

»Was hast du?« Der von Natur aus kleine Junge zuckte zusammen, als ihre Stimme an den etlichen Kabeln und dem Metall widerhallte.

In gebeugter Haltung schlich er an den Stühlen vorbei, blieb auf sicherem Abstand zu ihr stehen. Die Metallplatten in seinem Gesicht spiegelten, während sich die Zeilen hinter ihr weiter auf dem Bildschirm aufbauten.

»Ich … ich habe wichtige Neuigkeiten.« Er schluckte trocken, knetete die Hände vor der Brust. »Aus der Hauptstadt der Kalmara. Es kam dort zu einigem Aufruhr …« Sofort hob er abwehrend die Hände und redete wie ein Wasserfall. »Nichts, was wir nicht in den Griff bekommen hätten! Es gab ein paar Tote und einige der Gläubigen haben Probleme gemacht, aber nicht mehr als sonst.«

»Warum behelligst du mich dann mit diesen so wichtigen Nachrichten, wenn doch nichts anderes geschehen ist als sonst auch?« Sie knurrte wütend und war schon drauf und dran, aus ihrem Stuhl zu steigen.

Der Junge fiel sogleich auf die Knie, hob schützend die Arme über den Kopf. »Verzeiht! Es ist nur … Wir … Ich meine … sie … Sie war im Heiligtum!«

Gerade holte sie zu einem Schlag aus, stoppte jedoch mitten in der Bewegung. Für einige Sekunden starrte sie auf das Häufchen Elend vor sich am Boden, dann senkte sie die Hand.

»Ihr habt sie gefunden?« Zitternd sah der Junge zwischen seinen Armen hinauf. Sie setzte ein süßliches Lächeln auf. »Lass mich raten: Ihr habt sie verloren.«

Wieder wurde er kleiner, wimmerte und weinte, aber das brachte sie nur zum Lachen. Sie hockte sich vor ihn und berührte seinen Arm. Wie nach einem Schlag zuckte er zusammen.

»Ich erwarte nicht, dass ihr sie fangt. Dazu seid ihr gar nicht in der Lage. Nicht einmal eine Armee wäre dazu fähig, obgleich sie manchmal anderes behauptet.«

Der kleine Junge schluchzte und schluckte. »Wir … wir glauben, dass sie den Geist getroffen hat. Dann ist sie aus der Stadt geflohen.«

»Das wissen wir nicht.« Sie drehte sich wieder zum Bildschirm. »Die Wachen sollen verstärkt werden. Nur für den Fall, dass sie zurückkehrt. Folgt weiter ihrer Spur. Vergiss nicht, dass ich sie lebendig will.«

Der Junge sprang auf und stolperte in Richtung Tür. Dort stoppte er noch einmal. »Ly… Lysandra? Wieso muss sie lebendig sein?«

Sie verschränkte die Arme hinter dem Rücken, um weiter auf den Bildschirm zu starren. »Weil ich das so will. Jetzt geh, bevor ich es mir anders überlege.«

Daraufhin huschte der Junge mit gebeugtem Haupt nach draußen. Erst als der letzte Lichtstrahl wieder hinter der dicken Holztür verschwand, entspannten sich Lysandras Schultern.

»So, so …«, murmelte sie zu sich. »Warst du dieses Mal unvorsichtig? Sonst warst du doch immer so gut im Verstecken spielen.«

Es kitzelte in ihrem Nacken und ein Blick auf den nächsten Bildschirm verriet sofort die Frage, wenn auch in Phrasen aus 1 und 0.

»Ich kann nicht sagen, wohin sie jetzt will«, sagte Lysandra etwas lauter. »Sie wird aber keinen der Züge nehmen, so viel ist sicher. Wenn sie all die Jahre nicht in die Nähe von aktivem Tech gekommen ist, wird sie jetzt nicht damit anfangen.«

Es folgte eine Zahlenreihe, die in ihr nachklang wie ein Echo.

»Ja, ich habe es auch gesehen. Das könnte heißen, dass die Geister aus ihrem Schlaf erwachen. Aber wie sie um ihre Hilfe bitten will, ist mir schleierhaft.«

Die sich füllenden Bildschirme kamen zum Stillstand, nur der kleinste redete mit ihr.

»Kein Mensch hat die Kapazität, eine solche Menge Magie auszuhalten, wie sie die Geister verkörpern. Schon Hüter für einen Geist zu sein, bedeutet unendliche Schmerzen, Albträume und irgendwann zerreißt es selbst Altes Blut. Einen würde sie vielleicht aushalten, aber sie ist zu stolz, um Hüter für einen anderen als den großen Schwanengeist zu sein.«

Diesmal wurde die Frage begleitet von einem aufgebrachten Piepen und Rütteln des Servers. Sogar die Lüfter schienen einen Moment erregt auf Hochtouren zu laufen.

»Nein! Ich weiß noch immer nicht, wie man zu dieser verflixten Quelle kommt! Ist ja nicht so, als ob man da einfach hineinspazieren könnte! Es heißt nicht umsonst *unüberwindbar*!« Sie fletschte die Zähne und schlug mit den Fäusten so kräftig auf die Tastatur, dass einige der Tasten heraussprangen. »Jetzt motz mich nicht so an! In der Stadt des Schwanengeistes wird Tag und Nacht patrouilliert. Magie ist fast gänzlich ausgelöscht. Sobald wir sie haben, wird diese ganze verrottete Kultur vor die Hunde gehen – und ich werde sie in den Staub treten, so wie es sich gehört! Diese ganze verdammte Welt hat etwas Besseres verdient als den Kult von vier imaginären Tieren! Sie sind Fehler und Bugs, die ausradiert werden müssen! Sie haben nichts als Leid über uns gebracht!«

Stille herrschte in der Halle, nur Lysandras hastiger Atem rollte durch die Luft. Ihr war gar nicht aufgefallen, wie sehr ihr Puls in die Höhe geschossen war, und wieder verfluchte sie das schlagende Herz in ihrer Brust, das sie abermals zu zerreißen drohte. Gefühle. Es war das Einzige, was sie eines Tages töten würde.

»Ich will nichts hören«, murrte sie und schob sich wieder auf ihren Platz. »Machen wir weiter.«

Doch ihre Konzentration war dahin. Abwesend drückte sie die gesprungenen Tasten zurück in ihren Platz. Die Krallen ihrer Hände lagen flach auf der abgenutzten Tastatur mit den fehlenden Buchstaben, den Resten von Zucker und Blut.

Sie erinnerte sich nur zu gut daran, wie sie dieses Stück Tech gefunden hatte, tief unten im Dreck. Zuerst hatte es nur lustige Geräusche von sich gegeben, dann auf einmal hatte die Erde gebebt. Noch heute spürte sie die Wut der Geister, wenn sie an diesen Tag dachte.

Damals waren die Chimära geboren worden, die Wesen, die Menschen und Geister vereinten. Nach und nach würden sie sich über ihre Herren erheben und selbst zu Göttern werden. All diese wundervollen Gefälligkeiten wie Licht in der Nacht, Wärme im kältesten Winter, die Macht, binnen eines Wimpernschlags am anderen Ende der Welt zu sein und so viel mehr würden sie aus der Vergangenheit in ihre heutige Zeit zerren. Wichtiger:

Sie würde die Magie dorthin zurückschicken, woher sie kam. Sie würde nicht mehr wenigen vorbehalten sein, nur weil sie mit dem richtigen Blut geboren worden waren.

Das war doch das Schöne an Tech. Man brauchte lediglich einen Chip im Nacken und ein paar Metallteile, dann konnte man sein, wer und was man begehrte.

Größer, stärker, schneller und sogar schlauer.

Doch das verstanden diese alten Knacker ja nicht, diese ganzen Anhänger, die an den veralteten Traditionen festhingen. Verbote hin oder her, es war schwer, dieses Denken aus den Köpfen der Lebenden zu bekommen. Es würde ein oder zwei Generationen dauern, bis alle als das Volk der Chimära geboren wurden, unabhängig vom Aussehen, den Augen, Größe, Stand oder Hautfarbe.

Hunger und Krankheit würden dann ein Ende nehmen.

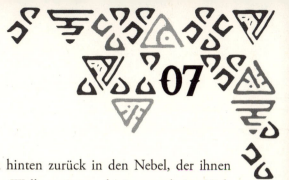

Cecil starrte immer wieder nach hinten zurück in den Nebel, der ihnen folgte, sich aber wie eine schwarze Wolke weiter ausbreitete und eine Vielzahl von Straßen einnahm, sodass ihre Verfolger irgendwo darin verschwanden. Kenna trieb das Pferd hinter Freyas her, klebte ihr am Hintern. Unter den muskulösen Beinen knallte das Metall und hinterließ eine Spur aus tiefen Kratzern, wovon die Erde nach der letzten Brücke nicht verschont blieb. Erst nachdem sich die Küste hinter den aufkommenden Dünen verlief, drosselten sie ihr Tempo.

Freya stoppte ihr Pferd auf einer Anhöhe und prüfte die Umgebung. »Wir haben sie abgeschüttelt.«

Kenna dagegen war nicht so positiv gestimmt. »Was bei allen Geistern war das? Warum verfolgen die uns?«

»Später. Wir müssen weiter.«

Fast wäre Cecil vom Pferd gefallen, hätte sie sich nicht wie ein Koala festgekrallt, denn Kenna blockierte Freya mit einer nicht gerade eleganten Wendung ihres eigenen Vierbeiners. Die beiden Tiere schnappten gleich aufgebracht nacheinander.

»Nein! Jetzt! Erst dieses dubiose Treffen mit einem Kalmara und dann tauchen auf einmal Chimära auf! Nicht zu vergessen: Dieser völlig unbedeutende Zwischenfall, dass uns der Pfandleiher töten wollte und sich verhalten hat wie ein Wilder!«

»Es ist nicht meine Schuld, dass der große Krakengeist deine kleine Freundin als Hüterin akzeptiert hat. Sie wird lernen müssen, seine Magie in den Griff zu bekommen.«

Freya schien recht unberührt von allem, aber Cecil versuchte, sich hinter Kennas Rücken zu verstecken. Ihr war das verdammt unangenehm! Sie wusste ja nicht einmal, wieso das passierte. Sie hatte doch nur einen Anhänger von der Wand genommen!

»Wie wäre es damit: Wir gehen einfach und du springst ins Meer und suchst nach deinem heiß geliebten Anhänger? Wenn du lieb fragst, fressen dich die Haie nicht«, konterte Kenna keck mit einem selbstzufriedenen Grinsen im Gesicht. »Wir gehen einfach woanders hin.«

Cecil zuckte leicht zusammen, da Freya unerwarteterweise lachte. »Ach so? Interessant. Die Geister sind ein anhänglicher Haufen.«

»Was soll das schon wieder heißen?« Kenna zog die Stirn kraus.

Freya sah übertrieben auffällig auf Cecils Hand, die fest gegen Kennas Bauch gepresst war. Natürlich sah ihre Freundin direkt an sich hinunter, auch Cecil versuchte, einen Blick über Kennas Schulter auf ihren Bauch zu erhaschen.

»Was zum …« Kenna spie ihrer Gefährtin die nächsten Worte aufgebracht entgegen und packte unsanft Cecils Handgelenk. »Ich habe dir doch gesagt, du sollst es wegwerfen!«

Die drehte daraufhin vollkommen entgeistert ihre Hand. Sie umklammerte den Anhänger. In ihrem Magen rumpelte es unbehaglich. »Das habe ich! Wirklich!«

»Warum hast du ihn dann?«

Gerade war Cecil doch froh, dass Kenna vor ihr saß, denn so blieb ihr deren Todesblick erspart.

»Weil ihr hier mit Magie spielt. Das ist offensichtlich«, mischte sich Freya ein und führte das schnappende Pferd an dem anderen vorbei. »Warum glaubt ihr, braucht man Priester? Zum Spaß? Magie muss streng kontrolliert werden.«

Da sie unbeirrt weiterritt, trieb Kenna ihr Pferd wieder an, um sie weiter anzubrüllen. »Das ist nur ein Stück Metall!«

»Ein Stück Metall, dass die Kalmara verrücktspielen lässt, den Willen des Krakengeistes beinhaltet und sich weigern wird, die Seite deiner Freundin zu verlassen – bis sie entweder stirbt oder ein anderer Hüter erwählt wird.«

Kenna schnappte unbeholfen nach Luft, unfähig, sich eine schlaue Erwiderung zu überlegen, und brodelte stattdessen vor sich hin. Sie war davon ausgegangen, dass sich die Sache erledigt hätte, sobald sie diesen Anhänger losgeworden waren. Wieder warf sie Cecil einen Blick über die Schulter zu.

»Und du bist dir sicher, du hast ihn losgelassen?« Vorsichtshalber senkte sie die Stimme etwas, selbst wenn die fremde Cygna es auf jeden Fall hören würde.

»Das Meer hat ihn geschluckt. Also ja.«

Das alles war nicht gut. Die Chimära waren aus einem unbekannten Grund hinter Freya her. Die wiederum hatte es sich zum Ziel gesetzt, mit diesen Kettenanhängern die Vier Geister zu erwecken, und zog deshalb durchs Land. Wenn sie das Puzzle richtig zusammenfügte, wollte sie in der Schwanenstadt entweder Cecil dazu bringen, den Krakengeist zu beschwören, oder ihn alternativ an sich reißen.

Klingt fast schon zu einfach, dachte sie sich. Mit einem Tritt in die Seite brachte sie die Pferde auf gleiche Höhe.

»Wir machen diesen Ausflug zusammen nur unter einer Bedingung«, begann sie und wartete, bis ihr Freya einen flüchtigen Seitenblick schenkte. »Wenn wir dich begleiten sollen, dann arbeiten wir ab sofort zusammen. Nicht *für* dich. Ist das klar?« Keine Reaktion. »Das heißt, du redest mit uns! Über die Geschehnisse und was in deinem hübschen Köpfchen vor sich geht, Vögelchen.«

Freyas Nasenspitze zuckte und wieder huschte dieser Schimmer über ihr Gesicht, flüchtig nur. Die Muskeln an ihrem Kiefer spannte sie so fest an, dass sie sich womöglich gleich die eigenen Zähne zerbiss.

»Einverstanden. Wir werden drei Tage bis ins Gebirge brauchen. Vorausgesetzt, wir können das Tempo halten. Wir werden aber Hilfe brauchen.«

»Wieso?«, fragte Cecil ungeniert.

»Seit einigen Jahren ist die Hauptstadt des Schwanengeistes von einem starken Eissturm umgeben. Die Tech-Züge gelangen hindurch, aber die kommen für uns nicht infrage.«

»Lass mich raten«, murrte Kenna. »Weil du nicht in einen Zug willst, müssen wir unser Leben riskieren, um uns durch einen Schneesturm zu kämpfen, der höchstwahrscheinlich vom Schwan selbst heraufbeschworen wurde.«

Wieder gab Freya dieses klickende Geräusch von sich, das in Kenna das unbändige Gefühl heraufbeschwor, der Schwanenlady Schmerzen zuzufügen.

»Es wäre ohne dich leichter.«

»Bitte?! Was soll das schon wieder heißen?«

Die Blonde wirkte gelassen auf Kennas empörten Ausbruch. Nur wenn man sie von Nahem betrachten könnte, würde man einen Schimmer Unbehagen in ihren Augen aufblitzen sehen.

»Ich trage den Geist des Salamanders längst bei mir. Damit könnte ich uns warm genug halten, damit uns Schnee und Eis nichts ausmachen. Leider bist du bei uns, was das unmöglich macht. Wenn mir nichts anderes einfällt, um durch den Schnee zu kommen, werden wir bei diesem Plan bleiben.«

Kenna dachte zurück an die Pfandleihe. Minjo hatte sie für den bloßen Anblick dieses Anhängers wie ein wildes Tier verfolgt. Nicht auszudenken, was bei direktem Körperkontakt passierte.

»Freya?« Cecil nahm ihr die Frage ab. »Wieso reagieren die Kalmara so auf einen einfachen Anhänger? Er ist nicht einmal sonderlich hübsch.«

Aus der Falte ihrer Kleidung nahm die Fremde wieder den Anhänger der Vulpa, den sie an ihrem Finger baumeln ließ. Er leuchtete im Licht der Sonne viel mehr als das, was Cecil so krampfhaft umklammerte.

»Die Anhänger sind nichts weiter als Schlüssel zu den Vier Geistern. Durch sie fließen die Energien der verschiedenen Stämme, sie bestehen aus purer Magie. Allein der Anblick löst in jemandem ohne altes Blut ein solch intensives Verlangen aus, dass man bereit ist, einfach alles und jeden aus dem Weg zu räumen, um bei dem jeweiligen Geist zu sein.« Mit ihren blauen Augen fixierte sie Cecil. »Und ich meine *alles*. Das rationale Denken stellt sich ab und die Person mutiert zum Tier.«

»Warum willst du sie dann?«

Inzwischen hatten sie ein recht flottes Tempo eingeschlagen, schafften dadurch schnell mehr Abstand zwischen sich und den potenziellen Verfolgern.

Kenna sah dennoch kurz hinter sich, um sich zu vergewissern, dass sie nicht länger gehetzt wurden. »Scheint mir viel zu gefährlich, um lediglich ein paar alte Geschichten zu rufen. Besonders allein.«

»Magie ist viel mächtiger als alles Tech. Die Geister haben die Stämme mit ihrer Hilfe schon in grauer Vorzeit gerettet, und sie werden es wieder tun. Tech ist dazu nicht in der Lage. Außerdem mischt man es nicht mit Magie – also nur ein weiterer Grund, warum ich in keinen Zug steigen werde.«

Cecil senkte die Stimme, sodass Kenna sie gerade noch verstand. »Was ist Magie?«

»Ein Hirngespinst«, murrte die Berührte. »Ich glaube, sie hat nicht mehr alle Tassen im Schrank.«

Die drei fielen auf den Wegen und Trampelpfaden durch den aufkommenden Wald in ein tiefes Schweigen. Die salzige Luft wich immer mehr dem feucht-modrigen Geruch nasser Erde und es wurde deutlich wärmer. Am Himmel sah sie lange eine kleine, schwarze Wolke, die sich mit den Schäfchenwolken vermischte, bis sie gänzlich verschwunden war.

Das stundenlange Sitzen auf dem wackelnden Untergrund war viel anstrengender als gedacht, sodass sich Cecil bald wünschte, zumindest ein bisschen die Beine strecken zu können. Außerdem wurde ihr schnell langweilig. Sie lehnte sich mit der Stirn gegen Kennas Rücken, holte aus ihrer Tasche ein Stück Tech heraus und hielt es neben den Anhänger in ihrer Hand.

Eigentlich sah es gar nicht so unterschiedlich aus. Das Metall hatte ungefähr die gleiche Farbe, die kleinen Lampen waren ähnlich angeordnet wie die Edelsteine und sogar die Gravuren glichen den Linien auf dem Tech. Nur der Anschluss, mit dem man die Informationen auslas, wirkte deplatziert. Die alten Datasticks waren diesem Schmuckstück nachempfunden, aber wieso?

Kurzerhand schob sie den Anhänger in die Innentasche ihrer Jacke und zog diese fest zu. Selbst als das Metall ihre Haut verließ, pulsierte es noch durch ihr Oberteil. Unwillkürlich schüttelte es sie innerlich.

So verbrachte Cecil die kommenden Stunden, grübelnd über dem Tech, dessen Inhalt und Ursprung sich ihr völlig entzogen. Normalerweise war es nicht schwer verständlich. Man steckte es in einen Monitor, es erschienen viele Zahlen und Zeichen und wenn man die korrekt zusammenbaute, formten sich daraus Bilder aus der Vergangenheit.

Sie hatte davon schon Unmengen gesehen. Von Katzen, die nur so groß waren wie eine Hand, Urzeitmenschen, die auf Brettern mit Rollen daran durch die Gegend fuhren, Häusern so hoch wie Berge und fliegenden Maschinen, von denen aus man die ganze Welt sehen konnte. Sie hätte alles dafür getan, um nur einen Tag dieses Leben zu leben. Damals war es so viel leichter. Zumindest lachten die Urzeitmenschen auf diesen Bildern ohne Unterlass, selbst wenn es häufig fremd und unecht wirkte.

Die Geister hatten einen starken Einfluss auf ihre Umgebung, hatten jedes Lebewesen und jede Pflanze verändert und über die Jahrhunderte geformt. Nur das in der Erde verborgene Tech war identisch mit dem auf den Bildern.

Die Pferde wurden zunehmend unruhiger und als die Sonne den höchsten Punkt schon lange passiert hatte und das Rauschen des Windes in den Bäumen unerträglich wurde, da blieb der Gaul unter ihrem Hintern einfach stehen.

Kenna sah auf den Hals des Gauls, gab ihm einen beherzten Kick in die Seite. Ein aufgebrachtes Schnauben, aber nichts weiter. »Jetzt beweg dich schon!«

Freya stoppte ihr Tier, das ebenfalls anfing, wild mit den Füßen zu scharren. Die Cygna schien aber weitaus weniger beunruhigt.

»Vermutlich haben sie Hunger. Machen wir eine Pause.«

Mit schwerem Seufzen schwang sich Kenna zuerst vom Pferd, wogegen Freya eher von ihrem fiel und wackelig auf ihrem gesunden Bein landete. Nachdem sie den Stock und die Satteltaschen abgenommen hatte, gab sie dem Pferd einen kleinen Klaps, wodurch es zwischen die nächstgelegenen Bäume hüpfte und anfing, mit den Vorderfüßen im Dreck zu graben. Das zweite folgte schnell.

Erstmals warf Kenna einen Blick in die Taschen. Es reichte gerade bis in die Berge, weiter aber nicht. Nur ein zusätzlicher Beutel mit kleinen Glasphiolen irritierte sie. Sie waren kaum größer als ein Fingerglied, ohne eine Öffnung und auf den ersten Blick leer.

»Wofür sind die?«, fragte sie und nahm eines heraus. Mit einem schiefen Grinsen sah sie zu Freya. »Willst du dir die in die Nase stecken oder so? Wenn ja, dann lass mich helfen.« Ohne von ihrer Tasche oder dem Stück Brot aufzusehen, klickte die Cygna mit der Zunge. »Ja, ja. Du mich auch. Jetzt sag schon.«

Cecil nahm sich ein Stück vom Brot. Wenigstens etwas, das sie anstandslos aß. Ihre Ziehtochter beobachtete abwesend, wie die Pferde auf der Jagd nach Eichhörnchen und Füchsen diese mit den Vorderkrallen aufspießten. Einmal hatten sie gesehen, wie ein kleiner Vulpa von diesen Dingern zerrissen worden war – das bescherte Kenna noch immer Albträume.

»Es sind Kristalle. Darin kann man kleine Mengen Magie sammeln und bei Bedarf freisetzen.« Freya biss in ihr Brot. »Viel langlebiger als jedes Tech.«

Kenna erwartete fast, dass Cecil jeden Moment die Nase in den kleinen Beutel stecken würde, denn die Pferde wurden schlagartig uninteressant. Tatsächlich fing sie an, die Kristalle zu durchkramen.

»Sie sind alle leer, Cecil«, ergänzte Freya amüsiert.

Unerwarteterweise kam sie näher, sodass Kenna den Kopf in den Nacken legen musste, unschlüssig, ob sie die plötzliche Nähe oder die Tatsache mehr verwirrte, dass sie Cecils Namen benutzte.

»Du hast einen davon benutzt, nicht?« Die Jüngere fing vor Aufregung gleich an zu quieken. »Diese große Rauchwolke, richtig?«

Prüfend tastete Freya den faltigen Stoff an ihrer Seite direkt bei der Brust ab, drückte einen Saum beiseite und gelangte so an einen Kristall. Anders als die leeren Gefäße schwebte in dessen Mitte ein kleiner, grüner Lichtfunke, umhüllt von gelblichen Partikeln, die einen winzigen Sandsturm bildeten.

»Darin enthalten ist pure Magie, die völlig unterschiedliche Dinge tut. Die Rauchwolke war die Magie des großen Salamanders. Als Geist des Rauchs ist es wohl naheliegend, dass dabei eine große, schwarze Wolke rauskommt.«

»Und wie kommt die da rein?«

»Das ist etwas, was ich dir wohl oder übel zeigen muss.«

»Wieso?«, fragte Kenna.

»Weil sie sonst über kurz oder lang explodieren würde. Diese Sauerei möchte ich aber möglichst nicht wegmachen müssen.«

Kenna und Cecil tauschten verunsicherte Blicke, dennoch folgte Cecil Freya mit strahlenden Augen. Das war etwas, was sie nicht aus Tech oder irgendwelchen staubigen Büchern lernen konnte! Unabhängig von ihrer Leseschwäche fand sie diese Klumpen Papier eher unhandlich. Die meisten Buchstaben ergaben für sie keinen Sinn.

Wie ein fröhlicher Welpe lief sie um Freya herum, die zurück zu ihrer Tasche humpelte und nach ihrem Stock griff, um aus dem befestigten Beutel einen weiteren Kristall zu holen. Dessen Glas war ein wenig anders beschaffen, mehr milchig und mit einem leicht lilafarbenen Stich, aber sonst gab es keine Unterschiede zu der Sammlung in der Tasche.

»Nimm deinen Schlüssel«, befahl sie.

»Den ... was?« Cecil verstand nicht sofort, was von ihr verlangt wurde.

»Den Anhänger.«

Freyas spitzer Tonfall ließ sie wieder kleiner werden, doch kramte sie das Metall aus ihrer Tasche hervor. Kenna beobachtete sie in einigen Schritten Entfernung wie ein Luchs, besonders als Freya den Schlüssel des Fuchsgeistes, oder was auch immer das war, zwischen die Finger klemmte und den Kristall in die dieselbe Hand nahm. Sanft rieb die Cygna den Anhänger mit Daumen und Zeigefinger und bewegte ihre Lippen, ohne ein Wort zusprechen. Es sah so aus, als würde sie tonlos so etwas wie *Fabel* sagen. Dann riss Cecil die Augen auf.

Für einen Moment war es, als ob jegliches Licht im Umkreis weniger Meter verschluckt werden würde. Alles, was noch leuchtete, war eine Maske aus grellem Orange und Schwarz auf der Haut der Cygna. In scharfen Linien pulsierten sie über ihr Gesicht bis unter den Kragen, sammelten sich in ihren Fingerspitzen. Das Zeichen auf dem Anhänger flammte auf, dessen Leuchten konzentrierte sich ebenfalls in ihren Fingern und glitt wie Wasser in ihre Handfläche, wo es sich im Kristall sammelte. Kaum darin eingeschlossen, war alles wieder wie vorher.

»Was hast du da gemacht?«, rief Kenna, die sich zuerst wieder rührte. »Was war ... Wie hast du ...?«

»Magie.«

Kenna und Cecil starrten sie fassungslos an. Noch nie hatten sie etwas Vergleichbares gesehen. Tech hatte schon etwas Übernatürliches, aber diese Lichter jagten Gänsehaut über ihre Rücken!

»Kann ich das auch?«

Cecils plötzliche Frage war für Kenna wie ein Schlag in die Magengrube.

»Moment, Moment! Was genau macht diese Magie? Was sperrst du da weg und was passiert, wenn der Kristall kaputtgeht?«, verlangte sie zu wissen.

Sie wollte nicht, dass sich Cecil so einfach in diese magischen Machenschaften hineinziehen ließ, ohne zu wissen, welche Konsequenzen das für sie haben konnte.

Freya öffnete den Mund etwas, klemmte die Zungenspitze hinter die oberen Schneidezähne, aber zögerte. Offenbar wog sie ab, ob Kenna es wert war, ihre Stimmbänder zu bemühen, oder ob es ein Klicken auch tat. Letztlich ließ sie sich doch zu einer ausformulierten Antwort herab.

»Die Magie der Vulpa beschwört Trugbilder. Nützlich, wenn man seine Verfolger auf eine falsche Spur schicken will. Die Magie des Kraken ... Nun ...« Sie lachte trocken. »Hast du einmal Fleisch in Salz eingelegt?«

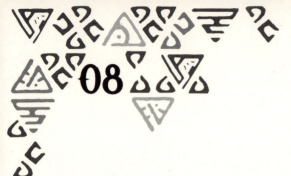

08

Sehr zur Enttäuschung der jungen *Cygna* konnte Cecil den Trick von Freya nicht wiederholen. Dabei sah es bei ihr so mühelos aus. Die kraulte ihren Anhänger, bewegte die Lippen und in einem unglaublichen, kurzen Lichtfluss sammelte sich ein Tropfen von Magie im Kristall, der nur darauf wartete, befreit zu werden.

Anfangs war sich Cecil ungeschickt vorgekommen, aber je weiter sich die Fehlschläge häuften, umso frustrierter wurde sie. Inzwischen legte sie den Anhänger gar nicht mehr aus der Hand. Selbst im Schlaf umklammerte sie ihn durch die Kleidung hindurch, nachdem sie ihn an den rechtmäßigen Platz um ihren Hals gehängt hatte. Die spürbare Anwesenheit innerhalb des Metalls kam ihr vor wie ein Hund, der zwar nach Liebe und Aufmerksamkeit bettelte, aber sich bei einem Befehl oder einem Wunsch taub stellte. Dabei versicherte ihr Freya, dass sie es schaffen würde. Irgendwann. Irgendwie.

In ihrer Konzentration auf den Anhänger ignorierte sie sogar den zunehmenden Schmerz im Hintern von der ganzen Reiterei – anders als Kenna, die ihrem Unmut lautstark Ausdruck verlieh. Dabei plärrte sie gerne mit den Flüchen ihrer Art durch die Gegend, die Cecil zwar kannte, aber die Beleidigung darin nicht immer nachvollziehen konnte. Dazu gehörten solche Dinge wie *Ich stecke dir den Fuß in die Erde!* oder diese Geste mit ihrer Schulter. Die Flüche nahmen deutlich ab, je weiter sie den Wald hinter sich ließen.

Bald wich die flache Ebene hügeligerem Gebiet. Die Vegetation verringerte sich, nur wenige Pflanzen krochen über den schwarzen Boden. Es dauerte eine Weile, so lange, dass Cecil schon wieder Hunger bekam, aber dann zeigte ihr der Schauder, der sich in ihre Waden krallte, wieso Kenna so still war.

»Sollte es hier nicht wärmer werden?«, fragte sie leise. Kleine Dunstwölkchen stiegen dabei in die Luft. »Wir bewegen uns doch in Richtung Salamander-Hauptstadt?«

Die Brünette brummte zustimmend. »Eigentlich schon. Wieso ist es so kalt?«

Gut, sie waren einige Jahre nicht mehr in der Gegend gewesen, aber Cecil hatte die Umgebung rund um den Berg deutlich in Erinnerung. Die Hitze und die Luftfeuchtigkeit hatten ihnen beinahe die Augen herausgebrannt, der Rauch überall machte das Atmen fast unmöglich und die Angst, von zufällig aufbrechender Erde spontan in Flammen gesetzt zu werden, war sehr real gewesen. Doch hier war alles … tot.

Der Untergrund hatte nichts mehr vom fruchtbaren Vulkanboden, als hätte man jegliches Leben herausgesaugt. Bei ihrer letzten Anreise hatten sie auf diese Entfernung bereits die schwarzen Wolken über dem großen Krater gesehen, in den die Stadt eingelassen war, und in dessen Zentrum das Heiligtum des Salamanders thronte. Cecil erinnerte sich aber nur daran, weil ihr Kenna ihr die Fragen nicht hatte beantworten können, wie man zu diesem Gebäude kam und warum es nicht schmolz und in Flammen aufging.

»Das wird nicht das Einzige sein, was sich verändert hat.« Freya, die Gelassenheit selbst, lenkte ihr Pferd beim Sprechen über einige höhere Steine. »Das Land und die Bewohner sind ständigen Veränderungen unterworfen. Das ist kein Grund, solche Nervosität zu zeigen.«

Auch das kannte Cecil schon aus dem Speicher des Techs. Diese Region war zur Zeit der großen Katastrophe, vor dem Aufstieg der Vier Geister, eine der kältesten Gegenden der Welt gewesen. Aber damals hatten Pferde auch noch Gras gefressen und Vulkankehlchen ihre Nester in Bäumen gebaut, statt über Lavaströmen.

»Freya?«, fragte Cecil zögerlicher. »So etwas passiert doch sonst über einen sehr, sehr langen Zeitraum, oder? Also … Jahrhunderte! Nicht Jahre.«

Zu ihrer Überraschung zeigte die Cygna doch einen Anflug von Unbehagen. Ihr Kiefer spannte sich schon wieder auf diese unnatürliche Weise an und sie knetete die Zügel zwischen den Fingern.

»Ich denke, die Abwesenheit des Salamandergeistes hat etwas damit zu tun. Da ich den Schlüssel mit mir herumtrage, hat es Auswirkung auf die Umgebung.«

Cecil brauchte nicht hinzusehen, um zu bemerken, das Kenna kurz davor war, jeden Moment zu explodieren. Sie holte tief Luft, kam aber nicht weiter. Ein Surren unterbrach sie und kurz darauf wurde Cecil durch einen Ruck an ihrem Arm vom Rücken des Pferds gerissen. Sie landete hart gegen einen Stein, japste nach Luft, da ertönten weitere Geräusche.

Die Pferde bäumten sich erschrocken auf. Zwar konnte sich Kenna halten, doch sie sah im Augenwinkel, wie Freya abgeworfen wurde. Eine Bola sauste dicht über ihren Kopf hinweg, doch eine weitere erwischte ihr Pferd an den Beinen. Der Fall war unvermeidbar. Noch während sie auf den Boden zuraste, drängte sich ein Wort in ihre Gedanken: *Banditen!*

Natürlich. In dieser Gegend waren sie berüchtigt. Meistens handelte es sich um kleine Gruppen, die Reisenden und Händlern auflauerten, sie überfielen und dann in die Lavagruben warfen.

Nach dem Aufprall auf dem Boden versuchte sie gleich, an ihr Messer zu kommen, rollte sich etwas schwerfällig auf die Seite und zurück auf die Füße. Ihr war schwindlig, aber sie fand den vertrauten Griff. Geschwind stolperte sie zu Cecil und wollte die Seile durchtrennen, die sie gefangen hielten. Weit kam sie damit nicht, denn jemand packte sie fest und drehte ihre Arme nach hinten.

»Wen haben wir da? Ich hätte nie gedacht, dein hässliches Gesicht wiederzusehen, Kenna.«

Allein der Klang der nervtötenden Stimme mit dem bescheuerten Akzent kitzelte den Würgereflex in ihr. Aufgeplustert und mit festem Schritt kam ein Mann auf sie zu, ein Berührter, genau wie sie, nur in fortgeschrittenem Stadium. Seine Haut war weitestgehend weiß. Nur auf dem Arm, der durch die absichtlich abgetrennten Ärmel sichtbar war, prangten dunkle Flecken in Form von Blütenstürmen.

Das machte die ganze Situation wirklich nicht besser. Cecil kämpfte mit den Seilen, Kenna gegen die festen Klauen zweier hochgewachsener Zwillinge. Nicht einmal den Anblick von Freya, deren Gesicht man in die Asche drückte, konnte sie dabei genießen.

»Lass mich los!« Endlich befreite sie sich von den einengenden Steinen und starrte stattdessen in das Gesicht des Anführers. »Du bist doch echt das Allerletzte! Hast du nichts Besseres zu tun, als so weit hier draußen Leute zu überfallen? Solltest du es nicht besser wissen?«

Sie erntete von den Kerlen um sie herum nur glucksendes Gelächter. Wenigstens ließ dafür der Schwindel nach, der Schock trieb das Adrenalin durch ihren Körper.

»Du hast hier kein Stimmrecht mehr.« Der Mann lachte dreckig mit seiner unangenehm heiseren Stimme, unterstützt von seinem persönlichen Chor aus Mitläufern. »Rück einfach dein Zeug raus, dann verschonen wir dein kleines Baby und …«, er sah runter auf Freya, die schnaubend dem Fuß auf ihrem Rücken Widerstand leistete, »was auch immer das da ist. Wusste gar nicht, dass du jetzt ein Waisenhaus für Cygna aufgemacht hast.«

»Wir haben nichts bei uns!«, erwiderte Kenna, auch wenn es keinen Unterschied machte. Diese Grobiane würden ohnehin keine Ruhe geben, ehe sie nicht alles durchsucht hatten.

»Klar.« Mit einem Kopfnicken seinerseits traten ein paar kleinere Gestalten zu den Pferden, die mit Leichtigkeit mithilfe einer schmackhaften Feldmaus zum Stillhalten zu bringen waren. »Sehen wir doch mal, was in diesen Satteltaschen ist.«

Sie zerrten auch Cecil zurück auf die Füße, während in den Taschen geklimpert wurde. Einige der Krakenmünzen fielen achtlos zu Boden, zusammen mit dem Beutel Tech. Kenna bebte auf ihrem Platz, ihr Mund wurde staubtrocken. Alles schien in Zeitlupe zu laufen, während das erste Stück der wertvollen Fracht aufblitzte. Sogar das Grinsen auf den Lippen des Anführers verblasste, als er die Sticks in den wund geschufteten Fingern drehte.

»Woher habt ihr das?«, fragte er mit einem Blick, der einem das Fleisch von den Knochen hätte schneiden können.

»Geht dich nichts an, Benji.« In dem Moment, in dem der altbekannte Name ihre Lippen verließ, war sie sich sicher, hier und heute sterben zu müssen.

Jedoch konzentrierte sich Benji entgegen ihrer Erwartung weiter auf den Beutel, holte einige zusätzliche Tech-Teile heraus und begutachtete sie eingehend.

Diese Banditen waren Tech-Sammler, genau wie sie. Nur überließen sie die Arbeit, im Dreck zu wühlen, jemand anderem. Sie verscherbelten gestohlenes Hab und Gut an die Bedürftigen in der Stadt, versetzte Tech bei einem Pfandleiher und verwischten so alle Spuren der ursprünglichen Besitzer. Allerdings schien genau dieses blitzblanke, glitzernde Stück Tech Benji so zu faszinieren, dass er es versäumte, sich Kenna über die breiten Schultern zu werfen und in der nächsten Grube zu versenken.

Sie hätte ihm bei dem Versuch ohnehin die braunen Haare vom Kopf gerissen.

Stattdessen packte er die wertvollen Gegenstände zurück in den Beutel und ging schnurstracks auf Freya zu, die er auf die Beine zerren ließ. Dabei landete sie so ungünstig auf dem beschädigten Bein, dass sie hinter zusammengebissenen Zähnen ein schmerzgepeinigtes Stöhnen zurückhielt.

Cecils Körper war völlig taub. Nur der Schrank von einem Mann bei ihr, der ihr die Arme auf den Rücken drehte, hielt sie aufrecht. Ihre Augen folgten dabei wie ferngesteuert dem Mann, den Kenna Benji gerufen hatte. Sie kannte den Namen aus den seltenen Abenden, an denen ihre Ziehmutter in Plauderlaune gewesen war.

Sie war damals in der Lavastadt gewesen, zusammen mit einer Bande von Dieben, die sie gemeinsam mit diesem Typen angeführt hatte. Gut war es nicht ausgegangen. Cecil wollte am liebsten weinen. Natürlich waren sie schon das ein oder andere Mal überfallen worden, aber immer hatte Kenna es geschafft, sie beide unbeschadet rauszuholen. Solange sie denken konnte, waren sie unbesiegbar gewesen.

Doch nun standen sie im Kreis einiger früherer Freunde, vermutete sie zumindest, einer verletzten, verstummten Cygna und zwei Pferden mit geleerten Satteltaschen, die zufrieden auf einer Feldmaus kauten. Ihre Chancen, lebend aus dieser Situation zu kommen, standen verdammt schlecht.

»Du!«, fauchte Benji der Blonden entgegen. »Woher habt ihr das?«

Die Cygna sah aus, als würde sie jeden Moment umkippen. Cecil wollte protestieren, doch Freyas trotziger Anblick ließ sie derart zögern, dass die Worte in ihrer Kehle verschrumpelten und erstarben.

Freya schien sich gar nicht darauf einzulassen zu wollen. Genau wie an dem Tag, an dem sie die Anhängerin des Schwanengeistes kennengelernt hatten, starrte sie stumm auf den kleineren Mann hinunter. Die herrschende Anspannung in der Luft verdichtete sich weiter und die anderen Banditen ließen die Hände zu ihren Dolchen und Stöcken wandern.

»Hey! Ich rede mit dir!«

Immer noch keine Antwort.

Sie erntete die Rückhand im Gesicht, blieb aber auch auf die wiederholte Frage stumm. Wie bei einem Déjà-vu fragte er immer wieder, und mit dem anhaltenden Schweigen nahmen die Wangen der Cygna eine rötliche Farbe an. Sogar der Tritt gegen das kaputte Bein, bei dem sie zu Boden ging, entlockte ihr kaum mehr als ein aufgebrachtes Schnauben.

Hilfesuchend sah Cecil zu Kenna. Sie mussten ihr doch helfen! Ihre Blicke traf sich und Cecil wusste, dass ihre Freundin nach einem Plan suchte, der Freya nicht als Brathähnchen am Straßenrand zurückließ.

Schließlich erhob Kenna die Stimme. »Sie wird dir nicht antworten. Du könntest ihr die Hände abhacken und sie würde dich nur zickig anschnalzen.«

Kenna war genauso nervös wie sie. Ihre Stimme zitterte unmerklich. Cecil kannte sie schon ihr ganzes Leben lang, ihre Freundin tat nur selbstsicher.

»Dann muss ich ihr die Zunge wohl auch abschneiden«, knurrte Benji zurück.

»Wäre nicht so gut, wenn sie dir was verraten soll, meinst du nicht? So bringst du sie nur um. Dann hast du gar nichts.«

Sofort wirbelte der inzwischen aufgebrachte Mandra herum, schlug sich gegen die Schulter in zerfetzte Lumpen gekleidete Schulter. Die Bewegung kannte sie von Kenna.

»Wenn ich mit der fertig bin, dann mache ich mit deiner Kleinen weiter.«

Da wurde Kennas Gesicht doch deutlich dunkler, wogegen Cecil bleicher wurde.

»Erst einmal würdest du es nicht wagen. Ich würde dich filetieren, bevor deine Affen hier einen Schritt gemacht haben. Zum anderen weiß nur die da«, sie nickte in Richtung Freya, »wo man mehr von dem Zeug findet. Warum, glaubst du, bin ich mit einem solchen Spatzenhirn unterwegs?«

Der Mann schnaubte kleine Wolken aus zurückgebliebener Asche aus seinen Nasenlöchern und irgendwie erwartete sie einen Flammenstrahl, der hoch in die Luft geschossen wurde. Natürlich geschah nichts dergleichen. Benji starrte die auf einem Knie hockende Cygna an.

Man sah ihm deutlich an, wie angestrengt er nachdachte. Seine Gesichtsmuskeln zuckten bei jedem Gedankenblitz, bis er sich an die Zwillingsbäume rechts und links von Cecil richtete.

»Wir nehmen sie mit und sperren sie bei uns ein. Vielleicht bringen ein paar Tage ohne Essen wahre Wunder.«

Einer der beiden riss den Dolch aus Kennas Händen, sie fluchte lautstark, ein Knebel unterband jedoch schnell ihren Protest. Anschließend wickelten sie ihr die Handgelenke vor dem Körper so fest zusammen, dass sie schon nach kurzer Zeit das Gefühl in ihren Fingern verlor.

Viel sah man von der Höhle nicht, zu der man sie schleppte. Vom Eingang aus, der von einem weiteren Mandra bewacht wurde, zerrte man sie direkt einen Gang hinunter und warf sie in einen Raum, den sie nur als Loch in der Erde bezeichnen konnte. Die Wände hielten die aufeinandergestapelten, unförmigen Steine spärlich aufrecht, die Tür hing schief in den Angeln und durch die Ritze des Holzes drang das flackernde Licht der Fackeln.

Die ältere Cygna warf man zuerst hinein und band sie mit einem Seil an den Fesseln an eine der Säulen, bevor man dasselbe mit Kenna und Cecil wiederholte. Benji und seine Anhänger waren gleich nach dem Eintritt in die Höhle in eine andere Richtung abgebogen und hatten sie keines Blickes mehr gewürdigt.

Das wunderte Kenna nicht. Er hatte seinen Befehl gegeben und jetzt würde er sich an seiner Beute aufgeilen und jeglichen Gewinn daraus verprassen. Er war kein guter Haushälter und konnte mit Geld nicht umgehen. Allerdings hätte sie nie erwartet, dass er ihr altes Zuhause so runterwirtschaften würde. Zu ihrer Zeit hatte es wenigstens ein ordentliches Gefängnis gegeben, kein dürftig gegrabenes Loch, in dem man kaum etwas sah und Eisblumen auf der Erde klebten.

Im fahlen Licht sah sie Cecil zittern. Vermutlich vor Angst, aber es würde nicht lange dauern, bis die Kälte sie heimsuchen würde. Wenn Benji sie wirklich Tage ohne Nahrung hierlassen sollte, wären sie vor einer weiteren Befragung verhungert und erfroren. Sie mussten hier raus.

»Du hättest es ihnen einfach sagen können«, knurrte sie in Freyas Richtung, die es sich unnatürlich gelassen an dem Stein bequem machte, an dem sie festgebunden war.

»Hätte er mir geglaubt?«, war ihre einzige Antwort.

Kenna schob den Unterkiefer etwas nach vorne. Wer glaubte schon daran, dass man qualitativ hochwertiges Tech in einer geheimen Ruine tief unter dem Meer finden konnte? Sie würde Freya trotzdem nicht recht geben.

Ein Schatten flackerte zwischen den Ritzen ihrer netten Unterkunft, es handelte sich um eine Wache. Unerwünschte Zuhörer konnte sie gerade gar nicht gebrauchen.

Sie senkte die Stimme. »Was machen wir jetzt?«

Als ihr Blick wieder zu Freya glitt, wollte sie ihren Augen nicht recht trauen. Vielleicht lag es an der Dunkelheit der Zelle, aber sie könnte schwören, dass im Gesicht der Cygna etwas leuchtete. Das letzte Mal hatte sie es gesehen, als sie dieses Magie-Zeug benutzt hatte, aber jetzt schien es so viel ... gleichbleibender. Wie eine Maske, die ihr völlig andere Gesichtszüge verpasste. Hatte sie vorher nichts von einem Vogel gehabt, so war es jetzt nicht mehr zu übersehen. Auf einmal ergab diese ganze *Abstammung-von-einem-Vogelgeist*-Geschichte einen Sinn.

Ein scharfer Schnabel endete nun an Freyas Hals, genau über dem Kehlkopf, und ihre Augen starrten streng ins Leere. Sogar die Federn in ihren Haaren schienen einen schwarzen Schein angenommen zu haben und unter den Fesseln krochen dünne Fäden bis an ihre Fingerspitzen.

»Ist das normal?«, fragte Kenna verwundert und warf einen prüfenden Blick zu Cecil. Ihre Freundin hatte nichts am Körper. Wäre ja auch noch schöner, wenn sie nachts wie ein Glühwürmchen leuchten würde. »Ich meine das in deinem Gesicht.«

Freyas Blick huschte unmerklich zwischen ihnen hin und her, ihre versteinerte Miene wich einem amüsierten Lächeln. »Ich bin getauft. In unserer Tradition erhält man so den Segen des Geistes.«

»Indem ihr eure eigenen Lampen seid?«

»Himmelslichter, wenn du es genau wissen willst.« Freya sah zu der Tür. »Du kennst diese Leute?«

»Lenk nicht ab.«

»Das tue ich nicht. Aber er wird sicher bald zurückkommen. Du solltest mir also schnell sagen, mit wem wir es hier zu tun haben.«

Kenna zögerte. »Warum sollte ich dir vertrauen?«

»Du hast von mir verlangt, euch zu vertrauen. Es ist nur fair, diesen Gefallen zu erwidern. Erzähle mir von ihnen.«

Kenna sah sie intensiv an, ehe sie tief durchatmete und schließlich zu erzählen begann.

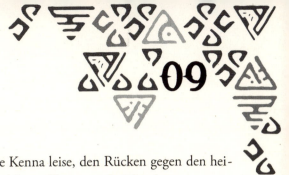

09

»Ich gebe das Zeichen«, murmelte Kenna leise, den Rücken gegen den heißen Stein gepresst und die Wurfdolche griffbereit in der Hand.

Das hier würde leicht werden. Diese Leute hatten keine Waffen, waren edel gekleidet und in dem Glauben, ihnen würde die Welt gehören. Hier draußen waren derlei Dinge allerdings egal. Sollten sie doch versuchen, durchzukommen.

Benji neben ihr grinste breit. »Kaufen wir uns ein großes Fass von der Beute, okay?« Er leckte sich die Lippen. »Kanns kaum erwarten!«

»Jetzt sei nicht so ungeduldig. Du versaust nur alles. Genau wie beim letzten Mal!«

Kenna riskierte einen Blick über die Deckung. Zwei Mandra auf Pferden, eine Karre in der Mitte. Sie sahen etwas mitgenommen aus, doch das konnte auch täuschen. Sie steckte sich zwei Finger in den Mund und stieß einen scharfen Pfiff aus. Von der anderen Seite der Straße sausten prompt Bolas durch die Luft und die Zwillinge, der Neuzugang der Bande, sprangen hinter dem Felsen mit einem Schrei hervor. Kenna und Benji nutzten die Ablenkung und verließen ebenfalls ihre Deckung, Wurfmesser aller Größen landeten im Fleisch der Pferde und ihrer Reiter.

Kenna konzentrierte sich gleich auf den Karren, sprang auf, bevor die Tiere zu scheu wurden und durchdrehten, und löste die Riemen mit einem ihrer Dolche. Ihrem Lieblingsdolch natürlich. Die Zwillinge und Benji rissen die Mandra zu Boden, ein weiterer öffnete den Karren und zerrte die darin befindliche Frau heraus.

»Lass mich los!« Sie brüllte und schlug um sich. Es würde ihr nicht helfen.

Kenna grinste amüsiert. »Hey, ganz ruhig«, sagte sie und hüpfte vom Karren. »Wir tun dir nichts. Noch nicht.«

»Bitte! Ich habe nichts!«

Augenrollend packte sie die Frau am Kragen und zerrte sie nach oben. Doch statt in zwei dunkle, braune Augen starrte sie auf ein Stück glänzendes Metall, das quer über dem Gesicht der Fremden ins Fleisch gedrückt war. Kleine Blutstropfen quollen aus den frischen Einrissen.

Irritiert sah Kenna zu Benji. »Hast du so was schon mal gesehen?« Dabei ignorierte sie völlig das Kratzen der Fingernägel auf ihrem Handschuh.

»Keine Ahnung.« Er trat zu ihr. »Es ist kein Geld. Ist doch egal. Aber schau mal. Da ist *Gold* ins Holz gehauen.« Von da an war er nur noch auf den Karren fixiert.

Bei näherer Betrachtung sah der Wagen doch anders aus. Im dunklen Holz fanden sich kunstvolle Gravuren und Windungen aus Gold und Silber. An manchen Ecken sogar glatt geschliffene Edelsteine, wie sie in der Stadt an den hohen Adel verkauft wurden. Allerdings befanden sich überall tiefe Kerben und Löcher. Sie sahen aus, als hätte man mit einem sehr breiten, glühenden Messer darauf eingeschlagen. Sogar in der Tür prangte ein Loch, durch das man problemlos das Innere sah. Das Metall war an einigen Stellen angeschmolzen.

»Kommst du vom Adel?«, fragte Kenna ruhig an die noch immer um ihr Leben bettelnde Frau gerichtet.

»Ich bin nur eine Dienerin. Bitte, lasst mich gehen! Ich soll nur das Kind herbringen.«

»Kind?«

Sofort flog Kennas Blick in Richtung des Karrens. Zwischen den Vorhängen sah man nur eine kleine, blonde Locke und ein paar aufgeweckte Augen, die sofort hinter den roten Samt huschten. Kenna ließ die Frau fallen und riss die Tür auf. So sah sie gerade noch, wie ein Fuß unter dem Überstand der Bank verschwand. Sie griff drunter, packte, was sie zuerst für einen Arm hielt, und zog herzhaft daran. Mit einem spitzen Schrei kam ein kleines Mädchen zum Vorschein. Allein bei dem Anblick der Kleinen wurde Kenna schlecht.

»Eine Cygna?« Benji lachte dreckig. »Komm schon. Direkt in die Grube damit. Kann sich ja keiner ansehen.«

Das kleine Ding brach in Tränen aus und hielt sich mit den Fingern so kräftig an der Tür des Karrens fest, wie es konnte. Kenna ließ das Bein los und packte sie stattdessen mit beiden Händen am Oberkörper. Sie war schmal, fast schon ausgehungert, leicht wie ein kleiner Vogel, den man mit etwas zu viel Druck zerquetschen würde. Das Weinen und Schreien hörten nicht auf, selbst als sie sich das Kind unter den Arm klemmte.

»Wunderst du dich nicht, wieso man ein Kind in einer solchen Kutsche herbringt?«

Es war allgemein bekannt, was die Mandra von den Cygna hielten. Seit jeher waren sie sich nicht grün, aber keiner mochte Cygna wirklich. Diesen eingebildeten, hochnäsigen Aasgeiern war nicht zu trauen. Kenna schob sich das Mädchen noch mal zurecht, damit dieses aufrecht auf ihrer Hüfte saß, und ging wieder zu der wimmernden Frau am Boden. Eigentlich wusste sie gar nicht, was sie zuerst fragen sollte.

»Gehört die Kleine zum Adel?« Da keine Antwort kam, packte Benji sie an den Armen und zwang sie auf die Beine. »Rede!« Er knurrte tief, das Kind auf ihrem Arm wurde schlagartig still.

»Ich ... weiß es nicht. Sie haben mich geschickt.«

»Sie?«, wiederholte Kenna. Das Wimmern der Frau verstummte und sie entspannte sich, war wie ausgewechselt. »Von wem redest du?«

»Chimära.« Ihre Stimme wurde fester. »Sie führen uns in eine neue Zeit.«

»Was hat die Kleine damit zu tun? Und was sind Chimära?« Die Frau war nun wieder völlig verstummt, genau wie alle anderen um sie herum. Dicke Blutstropfen quollen über ihr Gesicht. »Rede!«

Die dampfende Luft wurde drückender durch die Stille. Nur in der Ferne knallte eine Gasblase, die sich durch das dicke Gestein fraß. Wieder muckte das Mädchen auf ihrem Arm, drückte das Gesicht gegen sie. Nur eine Sekunde später knarzte das Metall auf den Augen der Frau, ein heller Funke sprang wie eine Sternschnuppe heraus und Benji zuckte mit einem Schmerzensschrei zurück.

Die Frau dagegen fiel wie ausgebranntes Holz in sich zusammen und blieb leblos mit dem Gesicht im Dreck liegen.

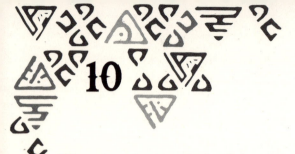

10

»Wir gerieten in einen fürchterlichen Streit«, fuhr Kenna mit ihrer Erzählung fort.

Cecil klebte an ihren Lippen. Sie erinnerte sich nur dunkel an diesen Tag. Nur die wütenden Augen Benjis starrten sie manchmal in ihren Träumen an.

»Er hat mich wählen lassen. Entweder sollte ich Cecil in einen Lavastrom werfen oder die Bande verlassen.«

»Ein taktisch wirklich schlechter Schachzug, wenn ich das mal so sagen darf.« Abfällig zischten die Worte zwischen Freyas schmalen Lippen hervor. »Die Angst vor dem plötzlichen Overload hätte ihn nicht am möglichen Profit hindern sollen.«

Kenna rümpfte schon wieder die Nase, was Cecil in Anbetracht der aktuellen Umstände trotzdem lustig fand. Sie war in diesem Moment einmal mehr froh, nicht in irgendeinem Lavastrom vor sich hin zu rösten. Auf eine Diskussion ließ sich Kenna aber nicht ein, stattdessen erklärte sie das Thema für beendet, indem sie ein viel dringlicheres anschnitt.

»Sag mir lieber, was wir jetzt machen.«

Nachdenklich und prüfend zog Freya an ihren Fesseln, bewegte dabei leicht die Finger, als würde sie vor ihrem inneren Auge ein Bild zeichnen.

»Gehen wir noch mal durch, was ich deiner Geschichte bisher entnommen habe«, erklärte Freya so leise, dass ihre Stimme nicht mehr an den kahlen Wänden des Kerkers widerhallte. »Wir haben es also mit mindestens sechs Leuten zu tun: Benji, den Zwillingen und noch einer Handvoll weitere Leute, hauptsächlich Mandra. Sie benutzen Bolas, Dolche, Pfeil und Bogen.«

»Einer hatte eine Axt!«, warf Cecil instinktiv ein.

Sie hatte ganz deutlich eine Axt gesehen!

»Innerhalb der Höhle wird es vorzugsweise bei Einhandwaffen bleiben. Die Fernkampfwaffen werden erst draußen zu einem Problem. Ich kann nicht rennen und mit dir«, wieder einmal schenkte sie Kenna einen herablassenden Blick, »ist meine übliche Strategie hinfällig.«

»Die da wäre?« Kenna fletschte schon wieder unmerklich die Zähne.

»Den Anhänger des Salamanders auf einen der Kerle zu werfen und dabei zuzusehen, wie sie sich gegenseitig zerfleischen. Barbarisch, aber durchaus amüsant.«

Sofort wurde Cecil mulmig im Magen. Eigentlich wollte sie es sich gar nicht vorstellen, aber das Bild davon, wie diese Leute übereinander herfielen wie Tiere, und Kenna in deren Mitte ... war unerträglich.

»Es muss doch eine andere Möglichkeit geben«, meinte die jüngere Cygna leise und griff dabei unter ihrem Hemd nach dem Anhänger. Selbst beim Absuchen hatte diesen keiner bemerkt. »Können wir nicht dieses Rauch-Ding noch einmal benutzen? Wie bei den Kalmara?«

Freya schüttelte den Kopf, sog die Details ihrer Umgebung in sich auf. Durch die leuchtenden Linien hatte sie etwas von einem Raubtier auf der Jagd. Cecil erkannte eine leichte, unerklärliche Schwankung der Farbe. Während sie sich auf Kennas Geschichte konzentriert hatte, war die Intensität etwas schwächer gewesen.

»Was kannst du mir über diesen Ort erzählen?«, fragte die Cygna nachdenklich. »Gibt es nur den einen Weg nach draußen?«

Kenna drückte ein unzufriedenes »Ja.« raus.

Cecil versuchte noch immer, eine andere Lösung zu finden. »Können wir nicht einen der anderen Geister um Hilfe fragen? Die hast du doch bei dir, oder?« Statt zu antworten, starrte Freya gegen die Tür. »Freya? Hey!«

Wieder lag Schweigen zwischen ihnen. Die beiden Gefährtinnen tauschten einen Blick, Kenna zuckte jedoch nur mit den Schultern. Cecil wurde nicht schlau aus dieser Cygna. Ihre Zunge verknotete sich immer in den schlimmsten Momenten. Wenn sie doch nur wüsste, wie dieses Magie-Zeug mit ihrem eigenen Anhänger funktionierte ...

»Für Magie, die mächtig genug für deine Bande ist, haben wir nicht genug Zeit«, grummelte Freya plötzlich in die Stille.

»Du bist echt zu gar nichts gut.« Kenna schimpfte vor sich hin, murmelte einige Flüche. »Wenn du uns nicht, was weiß ich, mit einer Wolke nach draußen wünschen kannst, wozu ist das Ganze dann gut?«

»Magie funktioniert so nicht. Man kann sich nicht einfach etwas von den Geistern wünschen und es passiert.« Während sie sprach, schob Freya die schlanken Finger unter den Rand ihrer Fesseln und wühlte im darunter eingeklemmten Stoff. »Um Rauch dieser Größenordnung abzufüllen, habe ich das letzte Mal einen halben Tag gebraucht. Eine Illusion würde vermutlich helfen, aber so weit weg vom Heiligtum würde das ewig dauern.«

»Können wir später darüber diskutieren? Was machen wir *jetzt*?« Cecils Stimme vibrierte in einem Anflug von Panik.

Im Augenwinkel bemerkte Kenna, wie die hellen Augen der Cygna zwischen Cecil und ihr hin und her huschten. Was auch immer ihr gerade in den Kopf geschossen war, zauberte ihr ein verschmitztes Grinsen auf die Lippen.

»Wie sehr vertraut ihr euch gegenseitig?«

Was war denn das für eine Frage? Sie hatte Cecil großgezogen und kannte jede ihrer Macken. Wenn sie sich mit irgendwem im Rücken sicher fühlte, dann mit der jungen Cygna.

»Wieso?«

Während Kenna versuchte, irgendeinen Sinn in dem zu sehen, was Freya vorhatte, packte die mit den Zähnen das Tuch, das sie unter den Fesseln löste, und zog beherzt daran. Die Nähte rissen krachend auseinander, wodurch darunter ein weiteres blau-weißes, glühendes Muster zum Vorschein kam.

Ein kleiner Kristall, der keine leuchtenden Funken aufwies, fiel aus einer Falte auf ihren Schoß, blieb dort aber ignoriert. Freya atmete einmal tief durch, bewegte ihre Hände auf eine fast unnatürliche Weise, die dazu führte, dass die so sorgsam angelegten Fesseln problemlos über ihren Handrücken und Finger glitten. Kenna meinte, dabei ein leises Knacken gehört zu haben, das bei ihr Gänsehaut hervorrief. Beim Strecken der Gelenke, die gewaltsam zurück in ihre Ausgangsposition gezwungen wurden, wollte sie sich sogar am liebsten übergeben.

»Was bei …« Ein wenig blass um die Nase und mit weit aufgerissenen Augen sah Kenna der Cygna bei ihrem seltsamen Treiben zu.

»Wir müssen wohl herausfinden, ob es reicht, deine Sinne abzuschirmen.« Freya riss das Tuch zur Gänze ab und schob sich auf das gesunde Bein. »Cecil muss dich führen.«

»Führen?«, fragte die junge Blonde verwirrt. »Aber-«

»Kein Aber. Diese Leute werden nicht zuhören.«

Der Stofffetzen flog in Richtung Kenna, die weiter die Zähne zusammenbiss. Bevor sie richtig in Rage geraten konnte, pochte die Wache im Gang lautstark gegen das morsche Holz.

»Ruhe da drin!«, kam es schroff von der anderen Seite.

Selbst durch die halb kaputte Tür war er kaum zu verstehen, was aber hauptsächlich an den Geräuschen um sie herum lag. Sie waren hier irgendwo unter der Erde und unterhalb von ihnen rauschte und gluckerte Wasser. Freya hatte die Handgelenke schon wieder gegeneinandergedrückt. Kenna traute sich nicht einmal, zu atmen. Was auch immer sie vorhatte, sie würden es hoffentlich alle überleben!

Der Glühwurm griff gerade nach dem Kristall am Boden, den Kenna zuerst für leer gehalten hatte. Kaum hielt sie ihn in ihren bleichen Fingern blitzte ein winziger, grün-orangefarbener Funke darin auf, der wie Saft über den Boden lief, als Freya den Kristall im Dreck wie eine reife Frucht ausdrückte. Weitere folgten, die kleinen Lichtbällchen, welche die Größe von Ameisen hatten, hüpften dicht um die Cygna herum und lösten sich dann auf. Erst in diesem Augenblick bewegte sie sich. Sie stieß dabei einen Stein an, er rollte, aber … Nichts.

Kein Laut, kein Klicken, kein Knacken. Einfach nichts.

Wie ein Geist zog sich die Schwanenlady einmal über den Boden, bis sie bei Cecil angekommen war. Nachdem sie herzhaft mit einer Hand in die Fesseln des Mädchens gegriffen hatte, traf ihr Blick den von Kenna. Mit einer Handbewegung bedeutete sie Cecil, still zu sein, mit einer anderen Kenna, auf die gegenüberliegende Wand zu sehen. Ihr war nicht wohl dabei, aber sie folgte der Anweisung.

Was hatte Freya vor? Allein zu sehen, wie sie Nebelschwaden gleich lautlos über den Boden gekrochen war, hatte ihr die Sprache verschlagen. Diese ganze Sache mit den großen Geistern und ihrer Magie verwirrte sie. Und warum sollte sie jetzt wegsehen?

Freya vergewisserte sich, dass die Mandra den Blick abgewandt hatte, und beugte sich hinunter zu den Fesseln, bis ihre Nase das Seil fast berührte. Sie bewegte stumm die Lippen und das Licht auf ihrer Haut veränderte sich in ein kräftiges Orange. Kurz darauf wurde Cecils Handgelenk heiß. Nicht genug, um sie zu verbrennen, aber heftig genug, um unangenehm zu werden. Sie wollte zurückzucken, doch Freya packte sie fester.

Ein Lichtblitz löste sich aus der Farbe der Haut, sprang über und zischte durch die Fesseln. Cecil kannte das bisher nur von Drähten alten Techs, die bei Benutzung durchschmorten. Kurz darauf bröckelte das Seil als Ascheflocken von ihren Handgelenken.

Cecil lag die Frage auf den Lippen, wie genau sie das gemacht hatte, doch Freya drückte die Hand kopfschüttelnd gegen ihren Mund. Anschließend deutete sie auf das Tuch bei Kenna, dann auf deren Augen.

Ach so! Verbinden!

Das war leicht, das konnte sie!

Möglichst leise stand sie auf, ging auf Zehenspitzen zu ihrer Freundin und begann, das Tuch um deren Kopf zu wickeln. Kenna gefiel das natürlich gar nicht. Doch Cecil wollte nicht, dass ihr etwas passierte, also vertraute sie der älteren Cygna. Obwohl es so wirkte, als wäre sich nicht einmal Freya sicher, was hier vor sich ging, während sie auch Kennas Fesseln zu Asche zerfallen ließ. Freya ließ die Brünette nicht aus den Augen und atmete angestrengt.

»Sie darf nicht schauen«, brach sie plötzlich die Stille. »Nicht einmal blinzeln. Selbst dann bin ich mir nicht sicher, ob es funktioniert. Sie soll dir sagen, wo unsere Beutel lagern-«

»Ich kann dich immer noch hören«, knurrte Kenna dazwischen.

Cecil musste einfach schief grinsen und Freya schob kurz den Unterkiefer zu einem Klickgeräusch nach vorne, ließ es dann aber doch.

»Unsere Sachen holen, rausgehen, verschwinden. Verstanden.« Kenna zögerte leicht. »Was ist mit dir? Dein Gehstock ...«

»Ich werde ein paar Meter ohne verkraften«, antwortete Freya trocken. Ihre Augenbrauen zogen sich jedoch schon bei dem bloßen Gedanken an den Gewaltmarsch ohne Gehhilfe zusammen. »Halte sie fest.«

Cecil wusste zwar nicht warum, aber sie tat, was ihr gesagt wurde. Sie hielt Kenna an den Armen fest, mit dem Rücken zu Freya, die sich an der Säule nach oben drückte und wieder in ihrer Kleidung kramte. Etwas mit derart viel Stauraum brauchte sie auf jeden Fall auch!

Aus einer Tasche, die nahe bei ihrem Herzen lag, kam ein weiterer Anhänger zum Vorschein, ganz anders als die des Kraken oder des Fuchses. Er hatte die Form eines kleinen, geschuppten und eingerollten Salamanders mit eingezogenen Flügeln, der sich mit dem Schwanz an einer Kette festhielt. Der kleine Kamm auf dem Rücken am Hals bestand vollkommen aus geschliffenen Rubinen.

»Hey, Dreckfresser!«, brüllte Freya auf einmal laut in Richtung Tür. »Lass mich zu deinem Anführer. Ich habe meine Meinung geändert.«

Gelächter auf der anderen Seite. »Ja, klar. So schnell, Singvögelchen?«

»Alles ist besser, als den Gestank hier ertragen zu müssen. Auch wenn ich nicht weiß, ob deiner oder der hier drin schlimmer ist.«

Das hatte gewirkt. Auf das Grummeln der anderen Seite folgte das Klickgeräusch des Schlosses. Der Schrank, der sie angebunden hatte, stand in voller Pracht in der schmalen Tür und sah sie schlecht gelaunt an.

Was dann kam, verwirrte Cecil zugegebenermaßen.

Sie erwartete beim Anblick des Anhängers ein plötzliches Hervorpreschen des Mandra, seine Hände fest um Freyas Hals gelegt, aber sein zunächst irritierter Blick wandelte sich stattdessen in einen vollkommen leeren Ausdruck.

Freya hielt den Anhänger nach vorne, ließ zu, dass er ihn ihr abnahm. Beinahe zärtlich pflückte er den Anhänger aus ihren Fingern. Dann drehte er sich auf der Stelle, umklammerte ihn so dicht vor dem Gesicht, als würde er direkt hineinbeißen und ihn verschlingen wollen, doch wankte stattdessen den Gang hinunter. Kenna brummte leise, versuchte, sich umzudrehen, Cecil packte sie jedoch fester, umarmte sie und hielt sie an sich gepresst.

»Sobald der Krach losgeht, bewegt euch«, befahl Freya und humpelte in Richtung Tür.

Lange würde sie so nicht laufen können, aber das blendete sie offensichtlich aus, sie hatten ohnehin keine andere Wahl.

Hitze und Kälte rauschten gleichzeitig durch Kennas Glieder. Jede Faser ihres Körpers war angespannt. Dabei konnte sie sich nicht einmal entscheiden, was genau das in ihr auslöste. In ihrer unmittelbaren Nähe hörte sie ein bedrohliches Summen, Paukenschläge und Zischen, fühlte ein heißes Eisen, das sich erbarmungslos in ihren Rücken drückte. Cecils kühlende Hände schirmten sie nur spärlich davon ab, aber sie bezwang den Drang, sich umzudrehen und sich die Augenbinde vom Gesicht zu reißen.

Wie Freya es vorausgesagt hatte, gab es kurz darauf Krach in Form von brechendem Holz und Gebrüll. Da sie nichts sah, verließ sie sich auf ihr Gehör. Vom Eingang aus führten nur zwei Wege ins Innere: einer zum Gefängnis und einer in die Wohnquartiere.

»Kenna?«, fragte Cecil leise. »Wo könnten unsere Sachen sein?«

Als ob das so einfach ist.

Ihre vernebelten Gedanken sperrten sie völlig ein. Ein rauchiger Schleier schwebte in ihrem Kopf, der ihre Erinnerungen sanft einhüllte und nur schwammige Silhouetten erkennen ließ.

»Sie verteilen die Sachen bestimmt im Hauptraum«, presste sie angestrengt hervor. »Den anderen Gang hinunter.«

Der, so wie es klang, gerade zum Schlachtfeld mutiert war.

Cecil hielt kurz inne. »Freya?« Die schleifenden Schritte stoppten. »Wäre es nicht besser, wenn Kenna dich mit nach draußen bringt? Sie könnte dich stützen, und allein komme ich bestimmt besser an unsere Sachen.«

Trotz Augenbinde war sich Kenna sicher, Freyas starren Blick zu spüren, der Cecil ihren Verstand absprach. Sie gab es ungern zu, aber der Jungspund hatte recht.

»Wenn sie mir die Augenbinde runterreißen, wäre der Aufwand sowieso umsonst.« Sie stimmte nicht gerne zu, aber sie vertraute Cecil. »Bestimmt haben sie noch anderes nützliches Zeug. Ich kann es nur nicht sehen.«

Wieder klickte Freya. Dieses unerträgliche, leise, herablassende Klicken, das ihren Herzschlag schlagartig beschleunigte. Das zustimmende Brummen ging dabei fast unter. Cecil zog sie mit sich, kurz darauf lehnte der angespannte Körper der Cygna auf ihrem. Irgendwie erwartete Kenna dabei fast, in Flammen aufzugehen, aber glücklicherweise blieb das aus. Sie qualmte höchstens ein wenig.

»Cecil. Die Räume laufen alle im Aufenthaltsraum zusammen. Der erste Raum auf der linken Seite führt in die Geldkammer. Dort heben sie jetzt vermutlich das Tech auf. Dahinter befindet Benjis Zimmer und daneben liegt der allgemeine Schlafraum, dann folgen Küche und Waschplatz. Vermutlich ist ein Teil davon überflutet, also pass auf!«

Kenna war trotz allem nicht wohl dabei, Cecil allein zu lassen. Doch blieb ihr eine Wahl? Die Alternative war der eiskalte Kerker.

Etwas unterhalb des Verstecks gab es eine Wasserader, die durch die Lava natürlich aufgeheizt und beim Ausheben des Lagers durchgebrochen war. Furchtbar praktisch, wenn man kochendes Wasser für Fleisch oder zum Desinfizieren brauchte, unerwünscht aber, wenn man versehentlich einen Arm oder ein Bein hineinhielt oder hineinfiel. Schon alleine die extremen Temperaturunterschiede der beiden Hälften des Verstecks gestalteten den Aufenthalt zu einer Todesfalle.

Als sie die Gruppe noch angeführt hatte, war das Wasser abgeschöpft worden, um es abkühlen zu lassen. So hatte man es als Trinkwasser oder zum Waschen benutzen können. Kurz vor ihrer Abreise damals hatte sie noch davor gewarnt, dass der Druck der Ader zu groß werden und die Küche im wahrsten Sinne des Wortes explodieren könnte.

Doch sie war verlacht worden – selbst Schuld, diese uneinsichtigen Hohlköpfe. Gerade hoffte sie einfach darauf, dass Freya sie nicht hinwerfen und sie ihrem Schicksal überlassen würde.

Cecil murmelte zustimmend und ihre Schritte entfernten sich, während Kenna weiterhin Freya stützte, die sie den Gang hinunter lotste. Es fühlte sich … merkwürdig an. Das bedrückende Gefühl war nicht mehr so stark und auch sonst lenkte sie ihren Fokus eher auf die Cygna. Das Gehen ohne Stock schien ihr wahrlich schwerzufallen, zumindest beim Anstieg aus der Erde zurück an die Oberfläche. Leichter Schweißgeruch stieg ihr in die Nase, der Stoff klebte an Freyas Seite.

»Was ist mit deinem Bein?«, fragte sie einfach.

Das Krachen und Heulen wurden lauter. Wenn sie es nicht besser wüsste, hätte sie auf ein paar Tiere getippt, die sich um ein Stück Fleisch prügelten. Hoffentlich war Cecil in Ordnung.

»Wirklich?«, fauchte sie sofort. »Das interessiert dich jetzt?«

»Bevor ich womöglich doch anfange, dir an die Gurgel zu gehen, ja.«

Die Vibration der Rippen unter ihren Fingern wurde deutlicher, auch wenn sie das Knurren nicht hörte, es fühlte sich an wie ein Erdbeben.

»Ich bin so geboren worden.«

Kenna erwartete einen zweiten Satz, aber offensichtlich war das Thema damit beendet. Auch gut. Dann waren die so perfekten Cygna wohl doch nicht ganz so fehlerfrei.

Plötzlich zog Freya an ihrer Schulter und sie schlugen beide mit dem Rücken gegen die Wand. Nur einen kurzen Moment später rauschte ein Luftzug an ihnen vorbei, der Gestank von wochenlang ungewaschener Haut und Schweiß, gefolgt von Poltern und einem abscheulich gurgelnden

Laut, bevor es still wurde. Mehr und mehr kroch der metallisch-süßliche Geruch von Blut an ihnen hoch.

»Um Cecils willen hoffe ich, dass sie tatsächlich so geschickt ist, wie du sagst.«

Kenna gab es nicht laut zu, aber das hoffte sie auch.

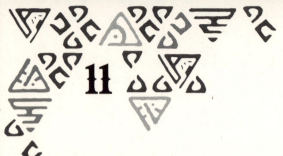

11

Krachend landete der schmale Körper einer Frau an der Wand, ihr Gesicht blutig und die Hände voller Kratzspuren. Die Faust war fest geballt und viele andere Klauen schlossen sich gierig darum. An einigen Stellen kam der Knochen durch die Kratzwunden, aber das schien sie kaum zu stören. Die Augen der Mandra, die sich auf sie stürzten, waren alle leer, und doch fackelte in ihnen die Flamme der Gier. Die Szenerie glich einem Rudel Fleischfresser, die sich ausgehungert auf ein wehrloses Lamm stürzten.

Cecil drückte sich zitternd gegen die Wand und entging dabei nur flüchtig einer fliegenden Faust, die kurz darauf im Gesicht der Frau landete.

Zwischen dem Fauchen und Brüllen der Männer ging das leise Klimpern des Anhängers völlig unter, der im Dreck und unter einem Fuß vergraben wurde. Cecil starrte auf Benji, der wie selbstverständlich das Fußgelenk eines Zwillings packte und den wuchtigen Mann mit einer Hand von den Füßen riss. Sie drehte sich an der Wand zur Seite, aber das Knacken des Schädels, als dieser an einem herausstehenden Stein landete, schnürte sich um sie zusammen.

Weder Blut noch Schmerz hielten ihn auf, und bevor der nächste eingeschlagene Schädel der von Benji sein würde, rannte Cecil so schnell sie konnte den kleinen Gang hinunter.

Ein kurzer, unachtsamer Schulterblick reichte, und sie machte Bekanntschaft mit dem steinernen Tisch, der mitten im Raum stand. Einige Hocker aus Holz oder Stein waren darum platziert und die Beute weitestgehend darauf ausgebreitet. Kurz trieb es ihr die Luft aus der Lunge. Atemlos hielt sie inne, bis die Schmerzen abflauten. Wäre sie nur etwas kleiner, hätte sie sich am Tisch sicher eine Rippe gebrochen.

»Okay«, flüsterte sie atemlos zu sich selbst. »Die Sachen packen und dann raus hier.«

Diese ganze Situation erinnerte sie an ihre letzte Flucht aus einer baufälligen Ruine. In der Eile hatte sie alles Wertlose eingesammelt und den gewinnbringendsten Kram liegengelassen. Das sollte ihr dieses Mal nicht passieren! Sie schob alles mit einem Wisch ihres Arms in den Beutel. Irgendetwas Gutes würde schon dabei sein! Dieser war dadurch so voll, dass sie Mühe hatte, ihn über ihre Schulter zu werfen, doch fand sie einen zweiten Beutel.

Küche!, schoss es ihr durch den Kopf.

Proviant. Medizin, wenn sie Glück hatten.

Also stellte sie den schweren Beutel erst einmal ab und lief zu der Öffnung neben dem Ausgang. Die morsche Holztür war nur angelehnt, aber kaum geöffnet, schlug ihr schwüle Hitze ins Gesicht.

Der Raum war zur Hälfte mit knietief blubberndem Wasser gefüllt, die herrschende Luftfeuchtigkeit erschwerte das Atmen extrem. Auf halbem Weg hingen gekochte Echsen, kleine Vögel und anderes Fleisch fein säuberlich an einer Leine. Ohne Haut oder Federn hatte es keine Chance gegen den Wasserdampf. Wenn sie lange hierblieb, würde es ihr genauso ergehen, sie musste sich sputen!

»Stehenbleiben!«

Noch bevor sie sich umdrehen oder einen Schritt machen konnte, sprang ihr jemand in den Rücken und riss sie mit der Vorderseite zuerst auf den Boden. Cecil wurde die Luft aus ihren Lungen gepresst wie Eiter aus einem Pickel.

Verdammt!

»Was hast du gemacht?«, quietschte eine dünne Stimme. Das passte nun wirklich gar nicht zu dem, was sich da in ihren Rücken drückte. »Raus mit der Sprache!«

Das heiße Wasser war unangenehm nah an ihrem Gesicht. Ächzend sah sie sich um. Sie hatte verdammtes Glück! In ihrer Reichweite lag eine metallene Schöpfkelle, gerade richtig, um jemandem damit eins überzubraten! Sie griff sie nach dem glänzenden Ding und schlug damit hinter sich in Richtung Kopf des Angreifers.

Treffer!

Mit einem Schmerzensschrei fiel dieser zurück und Cecil nutzte die Gelegenheit, um aufzustehen, den Beutel fest in der Hand. Ihre Gedanken schrien sie an, einfach die Leine zu greifen und alles Dranhängende in die Tasche zu stopfen, aber ihre Beine versagten. Sie starrte auf die Figur, die sich das Gesicht mit den massiven Handflächen bedeckte und auf dem Boden neben der Schöpfkelle, die sie fallengelassen hatte, kniete.

Das war kein Mandra. Er hatte eingewachsene Schuppen, Blubber an Hals und Bauch, dünne Schwimmhäute zwischen den fahl-grauen Fingern. Vereinzelt stachen unter den Schuppen am Kahlkopf kleine, rote Haare hervor, die sich in der Hitze kräuselten.

Ein Kalmara an diesem Ort?

Der Anblick brachte ihr die Beherrschung über ihren Körper zurück, auch wenn es nur dem Übelkeitsgefühl zu verdanken war, das langsam einsetzte. Sie schluckte, zog alles in Reichweite mit einem Ruck in den Beutel. Dabei ignorierte sie das Fluchen des Mannes und stolperte an ihm vorbei zurück in den Hauptraum. Ohrenbetäubendes Krachen, Fauchen und der Gestank von Blut füllten den Hohlraum bis in den letzten Winkel aus. Der Eingang war inzwischen völlig blockiert. Die Banditen rissen sich gegenseitig die Haut vom Leib, die Wunden wurden immer größer und die Kleidung bekam dunkle, feuchte Flecken.

Cecil atmete schwer, wich instinktiv einen Schritt zurück, da sah sie schon den kleinen, glänzenden Anhänger im hohen Bogen mitsamt einer abgerissenen Hand durch die Luft fliegen. Unweigerlich krampfte sich ihre Magengegend zusammen und sie schlug die Tür vor sich zu. Der Dampf trieb ihr die Tränen in die Augen. Der erste Körper knallte gegen das Holz, die Tür öffnete sich einen Spalt und Cecil drückte sich mit dem Rücken dagegen.

»Was habt ihr gemacht?«, wimmerte die Person am Boden.

Die eine Gesichtshälfte war fast völlig verbrüht und spärlich mit der Hand abgedeckt. Trotzdem blitzte darunter der Abdruck der Schöpfkelle hervor.

»Du solltest echt verschwinden, sobald du kannst.« Auf der anderen Seite schlug es fast rhythmisch gegen die Tür. »Die zerreißen dich.«

Und da übertrieb sie nicht einmal! Ihr ganzer Körper krampfte beim bloßen Gedanken daran, was sich hinter der Tür abspielte, zusammen.

»Was habt ihr gemacht?«, wiederholte er noch mal. »Plötzlich ist alles so ... so ...«

»Können wir uns erst einmal darauf konzentrieren, nicht zu sterben?« Ein weiterer Schlag gegen die Tür stieß sie einige Zentimeter weg, aber sie hielt tapfer ihre Stellung. Sie warf den Beutel in ihrer Hand zu dem Kalmara. »Wenn du nicht als Farbe an der Wand enden willst, dann hilf mir! Nehmen, aufhören zu jammern, mitkommen!«

Langsam senkte er die Hand und der Abdruck der Verbrennung wurde dadurch nur deutlicher. Zitternd griff er nach dem Beutel und stand auf. Zielsicher ging er zu einigen Pfeilern, die die Wand stützten. Aus einem Loch stieg Dampf und heißes Wasser tropfte heraus.

»Wenn man das hier verstopft, dann jagt man das ganze Lager in die Luft.«

Dass er das so trocken sagte, auch wenn es durch seine kindliche Stimme an Ernst verlor, verwunderte Cecil kurzzeitig.

»Dann stopf halt etwas rein!«, fauchte sie.

Besser, sie wurden nicht verfolgt. Vielleicht konnten sie die Mandra hier einsperren.

Wieder knallte es gegen ihren Rücken, stärker diesmal. Sie hörte es klimpern und sah auf ihre Füße. Am breiten Spalt unter der Tür am Boden glänzte der Teil eines kleinen, roten Rubins. Cecil wurde sofort bleich.

»Mach schon!«

Der Anhänger wurde weiter nach vorne geschubst, gierige Finger folgten und streckten sich durch den Spalt. Sie waren kaum wiederzuerkennen. Hautfetzen und freigelegtes Fleisch blieben am Holz hängen und der untere Teil der Tür knarzte gefährlich.

Gerade als der Kalmara einen Stein mit einem Stock in das Loch stopfte und damit den Dampf am Austreten hinderte, konnte sich Cecil nicht mehr halten. Mit einem erbarmungslosen Schlag wurde sie gegen die Wand geschleudert. Für den Bruchteil einer Sekunde war sie froh, dass das Wasser auf der anderen Seite war. Der Anhänger rutschte durch die sich überschlagenden Körper weiter in den Raum. Einer der Zwillinge fiel dabei auf den Kalmara.

»Hört auf!«, brüllte er aus vollem Hals, während der betroffene Zwilling auf ihm strampelte wie eine Schildkröte auf dem Rücken. »Ich bin's! Bitte hört auf!«

Cecil dachte gar nicht erst über ihre Reaktion nach. Sie preschte vor, vorbei an dem Haufen, der sich gegenseitig die Gliedmaßen abriss, packte den Zwilling und zerrte ihn mit einem Ruck an den Rand des kochenden Wassers. Lediglich der Stummel seines Arms berührte die blubbernde Flüssigkeit.

Cecil fühlte ihr Herz in die Hose rutschen. Mit gefletschten Zähnen setzte sich der Zwilling auf, war drauf und dran, sich erst um sie zu kümmern und dann wieder ein Teil des Todeshaufens zu werden, da pochte es unangenehm gegen ihren Oberkörper. Sie hob die Hände schützend über den Kopf. Gleich war es vorbei. Er würde ihr sicher einfach den Schädel einschlagen. Dabei hatte sie Kenna versprochen, dass ihr nichts passieren und sie immer aufpassen würde. Das Pochen wurde stärker.

Eine der Blasen im Wasser blieb wie eine dünne Haut bestehen, dehnte sich mit dem weiter aufsteigenden Gas aus. Als sie schließlich platzte, schoss ein Tentakel Wasser heraus, direkt um den Hals des Mandra, der sie bedrohte, und zerrte ihn zurück und unter die Oberfläche. Cecil starrte auf den Körper, der zappelnd im sprudelnden Nass strampelte, bis seine Bewegungen schließlich stoppten.

Was bei allen Geistern war das?, fragte sie sich und griff erst unwillkürlich zu der Stelle, an der ihr Anhänger auf ihrer Brust ruhte und dann instinktiv hinter sich.

Wie eine fremde Identität bewegte sich das leblose Metall gegen ihre Haut, krallte sich an sie und Cecil glaubte, das rhythmische Pochen eines Herzschlags an ihren Fingern zu spüren. Sie bekam ein Stück Stoff zu fassen und zog den Kalmara mit sich.

Raus. Nur raus!

Der Boden unter ihren Füßen vibrierte unheilvoll und sie schaffte es, den Beutel am Tisch nicht zu vergessen.

Warum war der nur so schwer?

»Gib her!«, zischte ihr unfreiwilliger Begleiter, krallte sich ihre Last und warf sich beide Säcke über die Schultern. »Lauf!«

Zu ihrem Glück endete der schmale Gang direkt in der Tür nach draußen, obwohl ihnen einer der hypnotisierten laufenden Schränke entgegenkam. Der Atem hing schwer in ihren Lungen, was ihre Funktion als Stütze für die Cygna mit dem gebrochenen Bein nicht erleichterte.

Die riss ihr am Ende des Gangs die Augenbinde runter, und obwohl in ihrem Körper ein extremes Unbehagen herrschte, hatte sie kein Verlangen danach, jemandem ins Gesicht zu springen.

»Wohin?« Freya sah sie bei ihrer Frage nicht einmal an.

»Was ist mit *Wohin*? Kannst du ganze Sätze benutzen?«

»Wohin zu den Pferden?«

Kenna dachte gar nicht erst daran, ihr zu antworten. Weit war es ja nicht. Benji bewies sich immer und immer wieder als Gewohnheitstier, weshalb sich in ihrer Abwesenheit, außer der sich im steten Wandel befindenden Topografie, rein gar nichts geändert hatte.

Rabiat zog sie an der schmalen Taille, brachte die Blonde dabei fast zu Fall, aber verfrachtete sie mehr oder minder sicher in einen künstlich geschaffenen Stall, der nur aus einer kleinen Mauer aus aufgetürmten Steinen bestand. Die Kadaver und Überreste des Futters für die Pferde waren überall und es stank abscheulich. Leider verwesten die Hinterlassenschaften nicht so schnell, und so gesellte sich zum Gestank von Schwefel, und Tod der modrige Geruch von gebrühten Pferdeäpfeln hinzu. Ein Grund mehr, wieso Kenna immer andere diese Tiere hatte holen lassen. Wer stand schon gerne in kochender Scheiße? Sogar Freya hielt sich die freie Hand über das Gesicht.

»Kannst du stehen?«, vergewisserte sich Kenna, bevor sie losließ.

Die Banditen hatten sich nicht die Mühe gemacht, die Pferde abzusatteln, was ihnen jetzt zugutekam. Sogar der Gehstock klemmte noch an der Seite des Sattels.

»Was war das für ein Geräusch?«

»Ich habe nichts gehört.«

»Wie kannst du das nicht hören?« Die Cygna starrte auf den Boden. »Hört sich an wie Wasser.«

»Unter dem Versteck verläuft eine Wasserader. Hast du nicht zugehört?«

Das hatte sie doch deutlich zu Cecil gesagt. Und ihr unterstellen, sie würde nicht zuhören!

»Keine Wasserader klingt so.«

Da hörte sie doch genauer hin. Etwas war anders. Der Boden wirkte nicht mehr fest, sondern eher wie Treibsand, der sie jeden Moment verschlucken würde. Erst hielt sie es für Nebel, aber dann bemerkte sie die Vibration, die den Staub und die winzigen Steine aufrüttelte, sodass sie wie eine dünne Schicht zu ihren Füßen hingen.

»Steig auf«, befahl Freya auf einmal.

In jeder anderen Situation hätte sich Kenna jetzt über die Art lustig gemacht, wie sich die so stolze Cygna zuerst mit dem Bauch auf den Sattel zog und dann, ohne jegliche Eleganz, das Bein an der Hose über den Rücken hob, aber jetzt war nicht die Zeit dafür.

»Bist du wahnsinnig? Cecil ist noch drin!«

»Ich sagte: Steig auf!«

Unwillig folgte Kenna dem Befehl, schwang sich auf das Pferd und trabte hinter der Blonden her, die ihr Tier geradewegs zurück zum Eingang des Verstecks trieb. Die Unruhe der Gäule nahm mit zunehmender Vibration des Bodes zu. Allein wären sie inzwischen geflüchtet. Aus dem Inneren prallten Geschrei und dumpfe Schläge aufeinander, es wurde unverständlich gebrüllt und Holz krachte. Ab und an hörte sie Metall und Stein aufeinandertreffen.

»Was passiert da drin?«

Wieder stieg diese Unruhe in ihr auf. Sie drängte sie dazu, ins Versteck zu eilen und ... irgendetwas zu tun. Verkrampft hielt sie die Zügel fester. Was, wenn sie nur mal spicken würde? Da war doch nichts dabei, oder? Nur nachsehen, was da unten rief ...

»Bleib.«

Kenna stoppte abrupt, drehte sich automatisch auf dem Absatz um, damit sie die Schwanenlady hoch zu Ross ansehen konnte. Wann war sie selbst vom Pferd gestiegen?

»Du solltest nicht allem nachlaufen, das dich ruft.« Freya lächelte dünn.

Die Position gefiel ihr offenbar sehr, so weit über ihr thronend, dass ihr Kenna in die Nasenlöcher schauen konnte. Sie hockte da wie ein Geier, der nur darauf wartete, seine Beute zu verschlingen.

»Gib her!«, brüllte jemand von drinnen. Das war nicht Cecil! »Lauf!«

»Cecil!«, rief sie panisch.

War etwas schiefgelaufen?

Freya schnitt ihr mit dem Pferd den Weg ab. »Lass mich durch!«

»Du sagtest, du vertraust ihr. Dann vertraue auf ihre Rückkehr.«

Nur wenige Momente später stolperte ein ihr unbekanntes Gesicht aus der Höhle und Kenna rutschte das Herz in die Hose. Erst als sie Cecil an ihm kleben sah, wurde es kurzzeitig besser.

Sie war draußen. Sie war unverletzt. Nur das zählte.

»Kenna? Kenna!«

Ihre Ziehmutter starrte sie an, als ob sie von den Toten auferstanden wäre. Sogar die Luft hatte sie angehalten. Cecil packte die Brünette an den Armen und schüttelte sie herzhaft.

»Jetzt komm schon! Wir müssen weg!«

Das Beben wurde immer stärker. Cecil hatte nicht damit gerechnet, dass es so schnell schlimmer werden würde. Kenna fest an der Hand gepackt, zerrte sie die kleinere Frau hinter sich her, zurück aufs Pferd, was sie kurzzeitig aus ihrer Starre holte.

Dem Kalmara war Freyas Protest redlich egal. Obwohl sie fluchte und ihn runterwerfen wollte, stieg er hinter ihr aufs Pferd und packte die Zügel, trieb es in eine Richtung los. Cecil holte Luft zum Rufen, da knackte der Boden unter ihnen und das Pferd lief von selbst dem anderen Vierbeiner hinterher. Sie krallte sich an Kenna, die vor ihr die Zügel in den Händen hielt.

Den Rest nahm Cecil nur noch in einem dumpfen Schleier wahr. Aus den Rissen und kleinen Hügeln knallte nach und nach heißer Wasserdampf hervor, der die Umgebung in dichten Nebel hüllte und das Atmen schmerzhaft gestaltete. Cecil zog sich den Schal über den Mund. Das Knacken wurde lauter und dort, wo das Versteck lag, brach der Boden weg. Stattdessen schoss eine große Wasserfontäne heraus, die bis in den Himmel reichen musste.

»Cecil!«, rief Kenna auf einmal gehetzt. »Zieh die Mütze über! Los!«

Jetzt wieder völlig vermummt drückte sie das Gesicht gegen Kennas Rücken. Heißes Wasser traf zuerst ihre Schultern, dann Rücken und Beine. Das Pferd wieherte, bäumte sich vor Schmerzen und Schreck auf und warf sie damit einfach wieder ab.

Das Letzte, was sie mitbekam, war Kennas Schrei und der Schmerz, der ihr vom Kopf bis in die Fingerspitzen schoss.

Danach wurde es schwarz um sie herum.

12

Mit leisem Zischen kam die große Metallkapsel zum Stillstand. Die Leute strömten zuhauf hinaus, einige schlossen sofort ihre Geliebten in die Arme, andere versuchten nur, schnellstmöglich vom Bahnsteig zu kommen. Ein paar von ihnen starrten unentschlossen vor sich hin, blockierten andere. Jemand fluchte, Kinder riefen, eine Gruppe Reisender versuchte einzusteigen, obwohl in großen Buchstaben *NICHT EINSTEIGEN* auf der Tafel im Fenster stand. Eine Frau scheuchte sie wieder nach draußen.

Erst nachdem sich der Tumult gelegt hatte, stieg auch Lysandra mit dem kleinen Vulpa an der Seite aus dem Zug. Unter dem Arm hatte sie nur ein Tablet geklemmt, um notfalls mit ihrem Baby zuhause kommunizieren zu können. Den Koffer schleppte der Junge. Damit würde man sie nicht behelligen.

Kaum zu glauben, dass diese konservative Stadt inzwischen so sehr von Tech beseelt war. Die eisbedeckten Straßen und Wände glommen nicht mehr im bunten Nachtlicht, sondern wurden nur von den Straßenlampen spärlich erhellt. Nicht einmal die Sterne sah man im Bahnhof. Wenn das jemals der Fall gewesen sein sollte.

Die ganze Stadt war in einen riesigen Eisgletscher gehauen und nur die Privilegierten hatten das Glück, einen Wohnsitz nahe am Rand der Wand, beziehungsweise auf einer der kunstvoll gestalteten Eisbrücken, zu ergattern.

Früher hatte sich Lysandra häufig über die moosbedeckten, mit dünnen Steinen versehenen Straßen geschlichen, sich unter die Pfeiler einer Brücke gehängt und die Nachtlichter angestarrt. In etwas nostalgischeren Momenten fehlte ihr dieser Ausblick, aber das war das Einzige, was sie aus ihrer Kindheit gerne mitgenommen hätte.

Die Lichter waren hier schon lange verschwunden. Selbst der Gesang der wenigen Cygna, die am alten Brauch und Traditionen festhielten, die sich fest im Inneren des Kreises um das Heiligtum verschanzten, waren unfähig, das Licht zurück ins Eis holen. Auch diese kleine Zuflucht, die stark von den Cygna kontrolliert wurde, hielt dem unendlichen Zufluss von Mandra, Kalmara und Vulpa nicht für immer stand. Für Tech-Sammler waren die im Eis eingeschlossenen Ruinen ein gefundenes Fressen, wenn keiner dieser Geier das fand, was sie so verzweifelt suchten.

Lysandra schmunzelte.

Geier.

Ihr altes Ich hätte bei dem Gedanken empört nach Luft geschnappt. Die Ältesten liebten es, sich mit den Bezeichnungen der Vögel zu schmücken, besonders die des Militärs. Der berühmteste unter ihnen war der unsterbliche General Vulture, was im alten Kauderwelsch der toten Sprache Geier bedeutete.

Der General, der in Zeiten der Unruhe aus den tiefen Schatten erschien, Land und Adel schützte und die Rebellen zerriss, um danach wieder zu verschwinden. Inzwischen war sie davon überzeugt, dieser General war nur eine Figur, um Kinder daran zu hindern, nachts das Bett zu verlassen.

›*Bleib in deiner warmen Decke, Kind. Sonst holt dich der General und zerrt dich ins Eis!*‹, hatte man ihr häufig gesagt.

Gesehen hatte ihn aber keiner. Nicht einmal, nachdem sie Fürst Buccinat den Kopf von den Schultern gerissen hatte, der angeblich vom Schwanengeist direkt abstammte, hatte sich dieser General die Mühe gemacht, aufzutauchen. Ohne den geistigen und militärischen Anführer waren die Cygna schneller versunken als jedes Schiff.

In Gedanken tippte Lysandra ein paar Stellen auf ihrem Arm an, bahnte sich einen Weg zu einer kleinen Sammelstelle für Schwebebretter und nahm sich eines davon.

»Deine Mitfahrgelegenheit sollte gleich hier sein«, sagte sie laut, ohne den Vulpa auch nur anzusehen. »Triff mich später. Ich habe noch etwas zu tun.«

Sie legte das Brett der Länge nach auf den Boden, stieg auf und trat gezielt auf eine Stelle an dessen hinterem Ende. Das Metall leuchtete an den Seiten gelb-orange auf, vibrierte sanft und ihre Fußsohlen wurden warm, bis sie einige Sekunden später gerade so weit über dem Boden schwebte, dass sie nicht gegen den nächstbesten Hügel fahren und sich das Genick brechen würde. Mit der Verlagerung ihres Gewichts nach vorne setzte sie sich in Bewegung.

Auf den extra für die Schwebebretter eingerichteten Abschnitte der Straße war es leicht, schnell weite Wege bewältigen, während die Fußgänger am Rand völlig sicher waren. Wollte man halten, so fuhr man einfach in die vorgesehenen Buchten und stieg ab. Zu Fuß überquerte man die Straßen mit den uralten Brücken. Mit beiden Methoden gelangte man unkompliziert auf die verschiedenen Ebenen im Eis.

Die Stadt des Schwanengeistes war aufgrund der Lage und dem Wunsch aller Anwohner, möglichst nahe an der äußeren Wand zu wohnen, hauptsächlich in die Höhe gebaut. Die Slums ganz unten und im Inneren waren selbstredend nicht so beliebt.

Ihr Weg führte sie weiter ins Zentrum, in eine der obersten Schichten. Dort war die Eisdecke relativ dünn, und wenn der Wind stark genug und das Licht günstig war, konnte man direkt in den Himmel sehen. Hier hatten die Cygna rund um ihr Heiligtum eine Wand gezogen, deren Ein- und Ausgänge schwer bewacht wurden, sozusagen das letzte bisschen Militär. Außer Cygna und Chimära wurde niemandem Einlass gewährt.

Lysandra stieg vom Brett und steckte es aufrecht in eine der vielen Kerben am Rand der Straße, die nur für diesen Zweck existierten. Genau in der Mitte des Kreises erstreckte sich ein Turm bis durch die Decke aus Eis. Im Inneren musste es sein: das Heiligtum des Schwanengeistes. Sie kannte die Geschichten rund um den Mechanismus und hatte schon jede erdenkliche Interpretation ausprobiert. Gelassen lief sie auf den Eingang zu.

Der kleinere der beiden Wachhabenden spannte sich an, versperrte ihr zunächst mit seinem dünnen Speer den Weg. Sie hob die Hand und spreizte die Finger, entblößte dadurch die glühenden Linien zwischen dem Metall, das ihr Blut und ihre Nervenbahnen ersetzte. Ihr Gegenüber schluckte sichtbar, ließ seinen Blick nervös an ihr auf und abgleiten. Erst nach vielen Momenten, in denen Lysandra schon duzende Varianten von *Geh mir aus dem*

Weg! gedanklich durchgespielt hatte, nahm er den Speer auf die Seite und gewährte ihr Eintritt in die letzte Bastion der Cygna.

Der Turm des Schwanengeistes strahlte eine ganz eigene Art von Kälte aus. Die Stadt versteckte sich schon immer gerne unter einer Maske aus Apathie und Regeln, doch in den Mauern aus Eis des kunstvoll behauenen Bauwerks lauerte ein bedrohlicher Schatten. Irgendwo unter diesem Mantel aus Tod verharrte er: der Schwanengeist.

Wieso antwortete er ihr nicht?

Sie war nicht vollständig Maschine, so gerne sie eine wäre. Das schlagende Herz in ihrer Brust war der beste Beweis. Jede einzelne Geschichte des Schwans drehte sich darum, Leben aus der Kälte des Eises zu erschaffen, die kleine Hitze in jedem Körper abzuschirmen und vor dem Sturm zu schützen.

Wieso öffnete sich die Tür dann nicht? Verdammt! Diese alte Architektur verhöhnte sie!

Ihre Schritte stoppten daher erst, als sie die Reihen der Chimära um das Heiligtum passierte. Hinter dem Ballsaal und dem Thron entlang, vorbei an Bildern und Lichtern, durch die Tür bis zum Raum mit dem Tor, das sie von ihrem Ziel trennte. Dort starrte sie das Abbild des Schwans an, dessen ausgebreitete Schwinge den Eingang zum heiligsten Ort der Cygna versperrte.

»Schauen wir doch mal, ob du weiterhin so widerspenstig bist.« Entschlossen entsperrte sie den Bildschirm ihres Tablets, stellte es aufrecht in die Klaue des Schwans, die wie ein Türknauf in erwartender Haltung aus der Wand ragte. »An die Arbeit.«

Der Bildschirm leuchtete auf, zusammen mit vielen weiteren quadratischen Flecken und Linien, die zu den Sicherheitsvorkehrungen gegen Neugierige und Verräter gehörte, von denen es auch unter Chimära einige gab. Das kleine Gerät gab einige Töne von sich, die sie zu gut kannte. Für die Cygna war es ein Schlaflied, doch hier hallte die Melodie durch das Eis, brachte es zur Vibration und sollte die Pforte für sie öffnen.

Die Töne veränderten sich nur leicht, eine Veränderung trat allerdings nicht ein. Die Linien vor ihren Augen blieben dunkel. Ein Zeichen, dass es nicht funktionierte. Wie so häufig schob sie einige Regler auf dem Bildschirm auf und ab.

Ich bin nahe dran! Ich kann es fühlen!

Ein Funkenschlag.

Lysandra wurde zurückgeworfen und der Geruch von verschmortem Metall stieg in die Luft. Wütend schnalzte sie mit der Zunge.

Der Schwanengeist starrte spottend auf sie hinunter.

13

Du Geräusch, getaucht in Licht
Ein Flüstern in tiefer Nacht
Du, deren Schwingen die Finsternis bricht
Ein Dach aus Eis entfacht

Die Umrisse einer Person standen auf der Oberfläche des gefrorenen Sees. Nur eine dünne, fast unscheinbare Schicht aus Wasser verriet durch einige Wellen die Finsternis, die sich in die Unendlichkeit der Erde bohrte.

Der Wind sich dreht
Der Geist in deiner Krippe steht
Find ruh' darin
In deinem Nest

Die bunten Farben des Himmels beugten und umschlangen sich, kräuselten sich in inniger Umarmung zu den Spitzen eines riesigen, glasklaren Baumes und liefen durch die Äste, den Stamm und die Barriere des Sees.

Wisse, dass der Welten Schicksal droht
Zu verbrennen in Funken und Feuer
Nichts, nicht du, niemand lebend oder tot
Hält auf der Tiefen Ungeheuer

Es gab einen Lichtblitz.
Alles schien zu knirschen und zu knacken. Einzelne Fäden zogen sich durch die perfekte Fläche. Ein lauter Schrei, wie kein Mensch ihn jemals ausstoßen könnte, schlug gegen Wände, Eis und Licht, krallte sich fest in die Gedanken. Die bunten Farben verschwanden und der Boden brach.

Dunkelheit umhüllte vollkommen, nahm jede Luft zum Atmen, jedes Licht, jede Wärme.

Kind leg dich hin
Schlaf fest

Cecil fuhr mit einem erdrückten Schrei hoch, knallte dabei mit der Stirn gegen etwas Hartes und rutschte sofort mit den Händen vorm Gesicht nach hinten, bis sie sich an einen Pfosten oder etwas Ähnliches drückte.

»Cecil! Cecil, hörst du mich?«

Jemand packte sie an den Armen und zog ihre Hände weg. Cecil atmete angestrengt, zwang sich aber, die Augen zu öffnen. Sie starrte direkt in Kennas besorgtes Gesicht.

Diese schlang sofort die Arme um sie. »Ich dachte, du wachst gar nicht mehr auf!«

»Kenna …«

»Du gehst nie wieder von mir weg! Verstehst du?!«

»Kenna, du erdrückst mich …«

Erschrocken löste sich Kenna von ihr. Im Augenwinkel sah Cecil den *Kalmara*, dem sie womöglich das Nasenbein gebrochen hatte. Leise wimmernd, auf dem Hosenboden am Boden sitzend, tropfte das Blut unter seinen Händen auf den Untergrund.

Mit müdem Blick sah sie sich um. Es war irgendwo zwischen wirklich heiß und wirklich kalt. Vom Boden aus kroch die Hitze durch die mit Kondenswasser überzogenen Möbelstücke bis zu ihrem Körper, wogegen sich die Luft mit eiskalten Klauen in die Haut bohrte und ein leichter Nebel über den Steinen schwebte.

»Du warst schwer verletzt …« Kenna gab sich alle Mühe, nicht in Tränen auszubrechen. »Du hast so schwach geatmet und dann … hast du ganz aufgehört.«

»Was ist überhaupt passiert?« Cecil fühlte sich, als hätte sie tonnenweise Wasser geschluckt.

»Glück hattest du. Das ist passiert.« Freyas harte Stimme donnerte durch das kleine, steinerne Zimmer. »Du hättest sterben können, Kind. Wäre deine Freundin nicht hitzeresistent, dann wäre Schlimmeres passiert als ein paar Verbrennungen und gepellte Haut.«

Cecil sah an sich hinunter. Außer einiger Bandagen, einem Hemd und einer löchrigen Hose trug sie nichts am Körper. Unter den Rändern des zerfledderten Stoffs schauten ein paar leuchtend rote Flecken hervor. Fragend sah sie zu Freya und Kenna.

Die Cygna schritt an dem meckernden Kalmara vorbei. »Deine Freundin hat dich abgeschirmt. Hätte dich mehr von dem heißen Wasser getroffen, hätte es dir das Fleisch am Knochen gekocht. Unser neuer Freund hier«, sie nickte hinüber zum Kalmara, »hat es glücklicherweise geschafft, dir noch rechtzeitig Verbände aus Heilkräutern zu machen.«

»Ich habe dir auch das Leben gerettet«, beschwerte er sich hinter vorgehaltener Hand, zuckte aber zusammen, als Freya den Stock aus Protest auf den Boden klopfte.

Die blieb ungerührt und sah die junge Cygna an. »Du musst mir ein paar Fragen beantworten.«

»Kann das nicht warten?« Fluchend stand Kenna auf und stellte sich schützend zwischen Cecil und den blonden Turm. »Sie ist ganz offensichtlich noch nicht fit, und du willst sie gleich wieder verhören!«

Freya starrte auf Kenna hinab, beugte sich dann zu ihr und drückte die Fingerspitze unter ihr Kinn. »Willst du mir vorwerfen, ich wüsste nicht, was ich tue?«

Kenna starrte ihr in die blauen Augen, konnte dabei die Hitze in ihren Wangen nicht verhindern. Körperkontakt zu Cecil war eine Sache, aber Freya war ihr in der ganzen Zeit, die sie zusammen unterwegs waren, nie derartig nahegekommen. Völlig aus dem Konzept geworfen klebte ihre Zunge an ihrem Gaumen.

»Dachte ich mir fast.«

Kenna fixierte mit ihrem Blick starr die Wand, während Freya an ihr vorbei humpelte und sich an Cecils Bett setzte. Dieses grauenhafte Schlaflied war auf einmal nicht mehr der Höhepunkt ihres kaputten Hirns. Irritiert tauschte sie einen Blick mit dem Kalmara, der sich den Ärmel an die noch immer blutende Nase drückte. Er murmelte irgendetwas vor sich hin, rappelte sich langsam auf und rückte sich selbst mit einem Knacken das Nasenbein zurecht. Ihr fuhr es durch Mark und Bein.

Die beiden Cygna sprachen undeutlich miteinander und Kenna lief schnell zum Tisch, wo sie einen Teller Essen bereitgestellt hatte. Cecil musste etwas zu sich nehmen. Die Wortfetzen, die sie währenddessen aufschnappte, ergaben für sie genug Sinn, um sich die Geschichte zusammenreimen zu können.

Cecil erzählte alles. Wie sie in die Küche gerannt war, wie diese Tiere übereinander hergefallen waren und versucht hatten, auch sie zu töten. Wie sich das Wasser verselbstständigt hatte und sie schließlich die Explosion herbeiführen mussten.

Je mehr Kenna hörte, desto schlimmer pochte auf ihrer Stirn eine kleine Ader. Wieso hatte sie diesem Unsinn auch zugestimmt?

»... Dann hat er sich die Säcke geschnappt und wir sind rausgerannt«, schloss Cecil ihre Erzählung und sah zu dem Kalmara, der sich vom Tisch einen Apfel schnappte und in den Mund stopfte. »Wie heißt du eigentlich?«

»Ponpon.«

Die kleine Gruppe starrte sprachlos zu ihm. Das war ein alberner Name, selbst für einen Kalmara. Der angeborene Blubber, der für das pummelige Äußere verantwortlich war, bescherte den meisten Individuen dieser Art die abstrusesten Spitznamen, etwas wie *Pummelchen* oder *Morokugel*. Letzteres hielt Kenna selbst nicht für eine Beleidigung. Die gerollten Süßigkeiten waren lecker.

Aber Ponpon? Wer dachte sich das aus?

»Warum schaut ihr mich so an?«, fragte er verwirrt. »Habe ich was im Gesicht?«

Cecil lächelte. »Ich finde den Namen schön!«

Doch genau das war es, was Kenna einen Blick mit Freya tauschen ließ, den ein Elternpaar, dessen Kind einen Streuner nach Hause gebracht hatte, nicht besser hinbekommen hätte. Den würden sie nicht mehr loswerden, so viel war sicher.

Die Heilungskraft des Mädchens war beeindruckend. Cecil hatte nicht nur den Regen aus glühend heißem Wasser überstanden, nachdem sie etwas zu Essen in sich hineingestopft hatte, stand sie auch innerhalb weniger Stunden wieder auf den Beinen. Selbst für jemanden, der vom Geist des Kraken auserwählt worden war, stellte das eine Besonderheit dar.

Der Anhänger klebte wie festgewachsen an ihrer Haut, direkt unter ihrer Brust nahe am Herzen – aber darüber sprach keiner. Das Hemd verschleierte es elegant, und nicht einmal sie selbst schien es zu merken. Für den Moment war er völlig vergessen.

Beunruhigender war die fehlende Reaktion des Kalmara. Die Geister hatten eine so unwiderstehliche Wirkung auf ihre entsprechenden Abkömmlinge, dass diese alle Kraft aufbrachten, um den innewohnenden Geist an sich zu reißen und ihn direkt in ihr Herz zu setzen. Würde man den Salamander in den See inmitten des Kraters der Vulkanstadt werfen, würde dieser binnen Stunden wegen der sich auftürmenden Leichen über die Ufer treten. Nur die Nähe zum entsprechenden Wächter unterbrach diesen Einfluss.

Warum also war dieser … Ponpon nicht in dem Moment auf sie losgegangen, in dem der Selbstschutz des Mädchens angesprungen war? Wirkten sich die Geister auf Mischlinge anders aus? Mit den Chimära war die Vermischung der verschiedenen Stämme vorangeschritten. Es würde problematisch werden, wenn sich nicht nur Individuen mit Tech-Implantaten dem Einfluss der Geister entziehen konnten.

»Warum siehst du aus, als hätte man dir gerade ins Gesicht geschlagen?«

Freya hob die Augenbrauen und sah in der Spiegelung des aschebedeckten Glases zum Kalmara, der mit einer Rübe im Mund zu ihr gewackelt kam. Die unbeholfene Gangart, die an zusammengebundene Schuhe erinnerte, hatte sie früher immer amüsiert. Heutzutage war sie nur lächerlich.

»Wie bist du hergekommen?«, fragte sie knapp. »Ein Kalmara und ein Vulpa in der Stadt der Mandra. Das ist äußerst ungewöhnlich.«

Er steckte sich den Finger ins Ohr und drehte die Hand.

Ekelhaft.

»Keine Ahnung, wenn ich mal ehrlich bin. Früher habe ich in der Stadt Brot und Rüben geklaut. Hilft gegen den Hunger. Benji hat mich dafür bezahlt, manchmal den verletzten Hund zu spielen, der vor einen Karren gerannt ist. Irgendwann fand er es praktischer, mich einfach dazubehalten.«

»Was ist mit deinen Eltern?«

»Nah.«

Was war das für eine Antwort?

So ein Ignorant.

Aus purem Reflex schnalzte die Zunge in Freyas Mund. Auf den Stock gestützt drückte sie sich nach oben.

»Wir sollten gehen«, verkündete sie in den Raum. »Wir sind schon viel zu lange hier.«

Zu viel Zeit in einem Raum zu verbringen, stellte bei ihr alle Nackenhaare auf. Allein war es leichter, sich zu bewegen, und die stetig wachsende Gruppe missfiel ihr zunehmend.

»Was sind das eigentlich für Leuchte-Dinger in deinem Gesicht?«

Freya versuchte, nicht zu sehr von der durch den zum Teil fehlenden Blubber wackelnden Haut abgelenkt zu werden. Sein schmatzender Biss in eine der Ascherüben steigerte ihre Laune nicht unbedingt.

»Leuchte… Wie bitte?«

»Na die Streifen da.« Er deutete auf ihre Wangen. »Cecil hat die nicht, wenn sie sich aufregt.«

»Das sind Taufmale. Sie sind heilig.«

»Dann bist du so etwas wie ein Priester? Ich dachte, bei den Cygna haben nur Krieger diesen Feder-Fetisch.«

Kennas ursprünglicher Plan, die beiden Plappermäuler, sowie Freyas aufgebrachte Klickerei zu ignorieren, wurde beim aufgeschnappten Bruchteil von Ponpons letztem Satz völlig über den Haufen geworfen. Sie stoppte den Knoten von Cecils Zopf, sodass lose Haarsträhnen hinausfielen, und fixierte stattdessen Freya und Ponpon, der diese widerlich bitteren Rüben verspachtelte wie nichts. Der Blick der Blonden huschte zu ihr und wieder zu ihrem Gesprächspartner, so schnell, dass Kenna es beim Blinzeln verpasst hätte.

»Bei den Cygna haben sie doch alle solche Federn«, warf sie ins Gespräch mit ein. Freyas Lippen blieben zu einer dünnen Linie aufeinandergepresst. »Draußen sieht man nur Gefiederte.«

Ponpon runzelte die faltige Stirn und die einzelnen Haare zwischen seinen Schuppen wackelten, als er den Kopf mit gerümpfter Nase hin und her wippte.

»Weil nur Krieger die Eisstadt verlassen. Die Normalos haben dazu viel zu viel Angst. Inzwischen sieht man nur noch Übergelaufene in der Stadt, und die haben zwar keine Federn, aber dieses Metall im Gesicht.« Er biss noch mal in die Rübe und schmatzte dabei. »Viel zu gefährlich zum Ausrauben. Die mit dem kaputten Bein da war ein Glücksgriff. Dachte ich zumindest.«

Kenna war überzeugt, Freya würde ihm gleich die Luftröhre aus dem Hals reißen, doch sie war erstaunlich gefasst. Die Arme verschränkt baute sie eine Wand um sich herum auf. Die zuerst nur zart bläulich glänzenden Linien auf Hals und Gesicht wurden intensiver und wandelten sich in ein tiefes Orange.

»Freya?«, fragte Cecil vorsichtig, um vom Thema abzulenken und die Cygna ein wenig zu beruhigen. »Was willst du überhaupt mit den Geistern? Was macht diese Beschwörung?«

Gedanklich sortierte Kenna ihre Optionen.

Freya war ein zugefrorener Vulkan, der jeden Moment explodieren und alles in ihrem Umfeld in Schutt und Asche legen konnte. Sollte sie ihrem Zorn unterliegen ... Nun gut, Kenna hatte ihr Messer wieder, aber schützte sie das überhaupt? In der Kleidung der Geistlichen waren so viele kleine Taschen und Falten versteckt, in der diese Kristallkapseln, gefüllt mit unberechenbarer Magie, stecken könnten. Jede einzelne vermutlich tödlicher als die nächste. Und wenn sich die Anhängerin des Schwanengeistes plötzlich doch gegen sie wenden würde?

Ihr einziges Sicherheitsnetz war Cecil, oder vielmehr das, was an ihr klebte. Bis sie den Krakengeist ihr Eigen nannte, waren sie vorerst außer Gefahr. Dass die Cygna dennoch nicht untätig in der Gegend hocken würde, während sie selbst an Cecils Bett auf deren Genesung hoffte, dessen war sie sich sicher.

Ponpons Verwirrung und dessen antwortsuchenden Blick ignorierte Freya komplett. Endlich atmete sie tief ein, löste die Haltung und starrte ein Loch in die gegenüberliegende Wand, während sie sprach. »Nur die Geister können den Fortschritt der Chimära aufhalten. Tech raubt der Welt die Magie. Ohne Magie kehrt das Chaos zurück und die Welt wird wieder am Abgrund stehen. Genau wie bei den Menschen der Vorzeit. Nur werden diesmal keine Geister aus dem Himmel steigen. Kein einziges Herz würde mehr auf dieser Erde schlagen.«

Eine kryptische Antwort, die Kenna dazu brachte, die Wangen aufzuplustern. »Was genau soll das heißen? Dass die Chimära eigentlich nur das Leben auf der Erde auslöschen wollen? Was für ein Unsinn!«

»Ich würde es nicht *auslöschen* nennen.«

»Wie dann?«

»Übernehmen.«

»Du hast aber gerade gesagt-«

Freya fiel ihr ins Wort. »Kein Herz würde schlagen. Tech besitzt kein Herz. Tech ist es egal, ob es heiß oder kalt ist, ob es gefüttert wird oder ob die Sonne scheint.« Sie deutete auf Kenna. »Diese Wut, die du jetzt in dir spürst ... Allein dafür würde dich ein Computer vernichten. Gefühle sind für Chimära ein Fehler – und Fehler müssen ausgelöscht werden. Magie ist ein Fehler. Lebendig sein ist ein *Fehler*.«

Ein drückendes Gefühl breitete sich im Raum aus, das nicht vom Dampf aus dem Boden herrührte. Zwar kannte Kenna die Frau nicht lange, aber einen solchen Gefühlsausbruch, wenn man ihn denn so nennen konnte, hatte sie bei ihr noch nicht gesehen. Würden die Chimära Cecil auch auslöschen wollen, wenn sie damit in Berührung kam? Immerhin hielt sie, im übertragenen Sinne, den Schlüssel zum Krakengeist in ihren Händen.

Wieder ergriff Cecil das Wort, Kennas Mund war wie zugeklebt. »Was musst du tun, um die Geister zu beschwören? Was passiert dann mit den Chimära?«

Freya runzelte stumm die Nase.

Wie gut, dass dieses Mädchen so isoliert aufgewachsen ist ...

»Die Geister können nur gemeinsam beschworen werden. Sie kappen die Verbindung von den Chimära zu ihrer Quelle und machen Tech unbrauchbar.«

Cecil legte nachdenklich ihre Stirn in Falten. »Also fühlt es sich an wie ... aufzuwachen?«

Die Aufmerksamkeit aller lag auf der Cygna, die den Blick zurück an die Wand richtete. Kenna rechnete mit einem bissigen Kommentar, einem Klicken, einem ... Irgendetwas. Freya stand da, als hätte man sie völlig aus der Welt gezerrt und an ihre Stelle ein verängstigtes, kleines Mädchen hingestellt. Fast schon wirkte sie verletzlich.

»Eher wie einschlafen«, antwortete sie. »Man kehrt zurück zu den Geistern. Man kehrt zurück in einen Traum.« Sie löste sich aus ihrer starren Haltung und warf sich an der Tür die Tasche über die Schulter. »Wir gehen jetzt.«

Auf ihrem Weg nach draußen schien sie das ganze Gewicht mit sich zu ziehen. Eine schwere, unsichtbare Kette war fest um sie gewickelt – und das erste Mal wunderte Kenna sich, wer oder was sie in diese Situation gebracht hatte. Erst als die Tür hinter Freya ins Schloss fiel, wandte sie den Blick von ihr ab.

»Gehen wir mit.« Sie seufzte. »Passen wir auf, dass sie sich nicht wehtut.«

14

Der Kalmar fragte sich, was ihn daran hinderte, jetzt einfach zu gehen? Diese gruselige Cygna hatte ihn die ganze Zeit im Raum gehalten, mit Blicken aufgespießt, wenn er nur einen Schritt Richtung Tür gesetzt hatte. Jetzt aber saß sie auf dem Pferd und die zwei anderen Frauen liefen brav neben ihrem beladenen Gaul her. Er selbst bildete das Schlusslicht, war ihnen nur unliebsamer Ballast, wie es schien. Er warf einen kurzen Blick über die Schulter …

Nichts los.

Auf dem Weg durch die breiten Straßen, die sonst für einen angenehmen Luftzug sorgten, während man sich zwischen stickigem Dampf und Schwefel bewegte, fing Ponpon doch an, zu zittern. Die Sonne kratzte bereits am Rand des Vulkankraters und würde schnell hinter dem hohen Gestein verschwinden.

»Denkst du, es funktioniert?«, fragte Kenna an die vermummte Cygna auf dem Pferd gerichtet.

Freya und Cecil waren in dünne Tücher gewickelt. Obwohl die Stadt der Mandra in dieser Hinsicht am tolerantesten war – nach allem, was er so gehört hatte –, so war es das Risiko, erkannt zu werden, nicht wert.

Als Antwort kam nur ein knappes, nichtssagendes »Nein«.

Cecil sah hilfesuchend zwischen den beiden hin und her.

Ponpon klopfte ihr auf den Unterarm.

»Sie wollen zum Tempel«, murmelte er kleinlaut.

Ihm war nicht wohl dabei, aber wo sollte er schon hin? Allein wäre er aufgeschmissen. Im Leben hatte er gelernt, dass man nur in einer Gruppe gewann, besonders, als Mischling aus Kalmara und Vulpa. Er war sich aber sicher, dass es eine beschissene Idee war, einfach durch den Vordereingang zu spazieren.

»Wir holen dieses … Ding aus dir heraus«, ergänzte Kenna mit knirschenden Zähnen. »So müssen wir uns nicht Tage oder gar Wochen durch einen Schneesturm quälen, um dann doch nur zu erfrieren.«

»Es wird nicht funktionieren.« Freya starrte weiter auf die Straße. »Nur die theoretische Möglichkeit, dass bei diesem Akt keiner stirbt, verleiht mir nicht automatisch die Fähigkeit, sie auch durchzusetzen.«

»Mach einfach, dass es funktioniert!«

»Oder was? Du willst etwas von mir. Das hier ist ein Gefallen, keine Pflicht.«

Ponpon rümpfte die Nase. Das kannte er schon von Benji. Seine Erwartungshaltung, seine Untergebenen würden gerne für ihn arbeiten, glich dem der Cygna. Natürlich hatte er damit nicht ganz Unrecht gehabt, hatte man keine Alternative in der Hinterhand. Bei Benji hatte er wenigstens etwas zu essen bekommen – solange er nicht verhungerte, war er nicht pingelig, wem er folgte.

Er versprach sich von den Cygna sogar einen Bonus. Selbst er hatte dieses Tech in der Tasche gesehen. Das Zeug reichte für einen Lebensunterhalt. Er hatte nur zu viel Angst, wegzurennen. Kenna sah aus, als könnte sie ihn in der Mitte durchbrechen. Mandra waren unglaublich stark, und durch die harte Haut, die gehärtetem Vulkanstein glich, würde es schrecklich schmerzen, sollte sie ihn zu fest anpacken.

»Wohin genau gehen wir?«, fragte er in die Runde, wissend, dass er von mindestens einem der drei Reisebegleitern eine obszöne Geste kassieren würde.

Der leise Klickton kam prompt. Für eine Cygna fluchte sie eine Menge.

»Das hast du doch gerade selbst gesagt: zum Tempel. Warum musst du dann fragen?«

»Das ist aber nicht der Weg zum Tempel.«

»Man kann nicht überall einfach durch die Vordertür spazieren.«

Dann hatte ihr Bauchgefühl sie doch nicht getäuscht! Cecil, die sich die Zügel des Pferdes gepackt hatte und aufpasste, dass es keiner Eidechse hinterherjagte, sah sich genauer um.

Mit Kenna war sie schon rumgekommen, aber sie erinnerte sich genau daran, dass die aus kleinen Dreiecken bestehende Straße eindeutig den Weg zum Eingang des Tempels zeigte, nicht davon weg. Sie schlugen die genau falsche Richtung ein.

»Wohin gehen wir dann? Was machen wir da?«

»Du solltest aufhören, in der Öffentlichkeit so viele Fragen zu stellen«, murrte Freya und griff ihr in die Zügel.

Cecil wurde aufgrund des plötzlichen Richtungswechsels fast zu Boden gerissen. Freya veranlasste die Pferde dazu, sich zwischen zwei alten Steinhäusern hindurchzuquetschen, was in einem Entenmarsch resultierte.

Der Weg endete in einem von den Rückwänden der umliegenden Häuser eingefassten Platz. Lediglich durch einen kleinen Spalt zwischen den niedrigen, grau-schwarzen Häuser sah man auf der anderen Seite des gigantischen Sees direkt das Heiligtum der Mandra.

Neben den Löchern in den dampfenden Steinwänden, geschmückt mit Gold und Silber, war das Gebäude zum großen Teil intakt. Nur der Turm im nördlichen Abschnitt glich eher einem abgebrochenen Zweig und lag auf dem Dach des Hauptgebäudes, was der glitzernden Kuppel aber nichts auszumachen schien.

Freya rutschte von ihrem Pferd, schluckte einen kleinen, schmerzerfüllten Laut hinunter und lehnte sich auf ihren Gehstock.

Cecil erinnerte sich daran, dass es bei manchen alten Verletzungen gute und schlechte Tage gab. Heute war wohl einer der schlechten. Das hielt Freya aber nicht davon ab, den offenen Spalt anzusteuern und einen prüfenden Blick ins Wasser zu werfen. Der Wasserspiegel lag nur wenige Zentimeter unter der Kante des Platzes und schlug in gleichmäßigen, winzigen Wellen dagegen.

»Du willst doch nicht etwa schwimmen?«, fragte Ponpon entsetzt.

Kenna schlug ihm auf den Arm.

»Du bist ein Kalmara«, erinnerte Kenna herablassend. »Stell dich nicht so an. Du schwimmst vermutlich sowieso an der Oberfläche.«

»Das Wasser ist knallheiß! Da werde ich doch in Windeseile zu gekochtem Fisch! Die Luft lange anhalten kann ich auch nicht.«

»Vielleicht sollten wir dich dann in Milchfruchtblätter einwickeln und dampfgaren.«

Cecil lachte schallend, Ponpon lief hochrot an und Kenna grinste vor sich hin. Sogar Freya überwand sich zu einem kurzen Schmunzeln.

Die ältere Cygna steckte dann den Gehstock ins Wasser, stieß auf Widerstand und lehnte sich darauf. Komischerweise sank sie nicht ein. Ihrem Stock ließ sie erst einen Fuß, dann den anderen folgen. Sie sah aus, als würde sie auf dem Wasser stehen. Mit großen Augen lief Cecil ihr hinterher. Erst am Rand, als sich Freya in Bewegung setzte, erkannte sie eine glänzende, fast unsichtbare Oberfläche. War das ... Glas?

»Freya!« Kenna rief nach ihr, aber sie drehte sich nicht um. »Hey!«

Cecil lächelte ihrer Ziehmutter aufmunternd zu und hüpfte hinter Freya her auf das Wasser. Ponpon und Kenna erwarteten schon, die beiden Cygna würden einfach durch die Wasseroberfläche hinuntergezogen werden, tief zwischen die Ritzen des dunklen Vulkangesteins in die leuchtende Lava. Doch Cecil drehte sich auf der Wasseroberfläche stehend zu ihnen um, während sie nur mit weit aufgerissenen Augen starrten.

»Kommt schon! So heiß ist es gar nicht!«

Man spürte das Wasser an den Füßen kaum und selbst die kleinen Wellen plätscherten eher so über ihre Schuhe. Das würde im Nu wieder trocknen.

Ponpon zuckte zuerst mit den Schultern und folgte ihr, wodurch Kenna dann auch keine Wahl blieb, als dem unsichtbaren Pfad zu folgen, idealerweise, bevor Freya zu weit vorausgegangen war. Für eine Frau mit Gehstock hatte sie ein strammes Tempo drauf. Cecil hatte sie dank langer Beine und wenig Furcht schnell eingeholt.

»Wird man uns nicht sehen?«, fragte sie die Ältere. »Ich meine ... Nicht jeden Tag laufen Leute einfach übers Wasser.«

Die Frage brachte Freya tatsächlich dazu, amüsiert zu kichern. Cecil lief eine Gänsehaut über den Rücken. Ihre amüsierten Laute hatten etwas von Kreide an der Tafel oder dem Gelächter einer Hyäne. Freya deutete nach oben und sie sah auf die Bögen, die einmal um den See platziert waren. Einige davon reichten von einem Ufer bis zum anderen, weitere waren mitten im Wasser aufgebaut, unterschiedlich dick und alle mit einem Schuppenmuster versehen.

»Diese Bögen sind nicht umsonst hier. Jeder einzelne ist so angeordnet, dass man von keinem Punkt der Stadt sehen kann, wenn jemand diesen Weg passiert. Es ist ein offener, geheimer Pfad. Man müsste schon fliegen können, um einen Blick auf uns zu erhaschen.«

Da sah sich Cecil doch aufmerksamer um. Ihr war das vorher gar nicht aufgefallen, aber man sah nichts von der Stadt, oder zumindest keine Fenster, Türen oder Wege. Nur die blanken Wände der Häuser. Die steile Steinwand des Vulkans blitzte zwischen den Lücken hervor.

Wasser. Warum muss es ausgerechnet immer Wasser sein? Wir sind hier mitten in einem Vulkan, verdammt! Wenn überhaupt, dann sollte hier überall Lava und Gestein aus dem Boden spritzen. Aber nein, es besteht die absolute Notwendigkeit eines großen, tiefen, unheimlichen Sees!, dachte Kenna aufgebracht.

Sie schob sich voran, prüfte bei jedem Schritt, ob sie nicht gleich ins Leere treten würde. Durch die Spiegelung des Wassers sah man nicht, ob sich überhaupt etwas darunter befand. So fiel sie zwar immer weiter zurück, sogar hinter Ponpon, aber wenigstens minimierte sie so die Chance, zu ertrinken! Endlich am gegenüberliegenden Ufer angekommen, schüttelte sich Kenna ausgiebig. Nie wieder würde sie eine solche Strapaze auf sich nehmen!

Ihr Blick traf auf Freyas, die neben einem herabgestürzten Teil der Mauer stand. »Grins mich nicht so dämlich an.«

Das ist ja kaum zum Aushalten!

Selbst als sich Kenna wieder umdrehte, fühlte sie das nervende, selbstgefällige Lächeln! Steif lief die Cygna auf eine eingeknickte Ecke in der Wand zu. Das Gebäude war nicht völlig rund, sondern hatte hier und da ein paar Einbuchtungen, die in weiteren Räumen ausliefen. In der Ecke angekommen verschwand sie.

Kenna riss die Augen auf.

»Was zum …?«, stammelte sie noch, da sprang Cecil erneut fröhlich hinter Freya her. »Cecil! Warte!«

Schnellen Schrittes folgte sie. Als sie näherkamen, schien sich die Wand aufzulösen und sie standen in einem dunklen Gang, den Freya gelassen entlanglief.

Cecil flüsterte ein leises »Wow!«, das an den kahlen Wänden widerhallte.

»Eine optische Täuschung«, hallte es von Freya zurück. »Keine Magie. Das eingelassene Silber in den Mauern spiegelt die Steine wider und verbirgt viele Geheimgänge.«

Ponpon zupfte an Kennas Ärmel. »Woher kennt ihr sie noch mal?« Er war hörbar nervös.

»Frag lieber nicht.«

Es war besser, er wusste nicht, dass sie die Cygna in irgendeiner Bar aufgelesen hatten. Wenn sie darüber nachdachte, klang es wie eine schlechte Geschichte, die sich die Männer abends bei einem Met oder härterem Alkohol erzählten.

Bei etwas, das einem Ausgang glich, stoppte Freya und drückte sich mit dem Rücken an die Wand. Dort verharrte sie bewegungslos, bis der Rest der Gruppe aufschloss.

Für einige Sekunden herrschte Stille, ehe Cecil murmelte: »Worauf warten wir?«

»Sei leise!«, zischte Freya und beugte sich dann gerade weit genug zur Ecke vor, um den Raum nach Hinweisen abzusuchen.

Auch Kenna riskierte einen Blick. Die Halle, zu der die Cygna sie geführt hatte, war unspektakulär. Am Kopf der kleinen Treppe am Ende des Raums stand ein goldener Stuhl, doch wurde er vielmehr von der Statue dominiert, die an einer gold- und silberfarbenen Kette in der Mitte knapp über dem Boden hing. Kenna musste nicht zweimal darüber nachdenken, was das war.

»Jetzt sag nicht, du willst eine Gebetsstunde einlegen«, knirschte sie in Freyas Richtung.

Sollte die Antwort *Doch!* lauten, würde sie der Cygna die Federn rupfen.

Die Statuen des Salamanders standen überall in der Stadt, und diese hier war nicht einmal die Schönste unter ihnen. Die Kette wand sich um den Schweif und die Hinterläufe des geflügelten Biestes, der Oberkörper mit dem runden Kopf rollte sich nach oben und biss in die eigenen Ketten. Anders als bei vielen Statuen, die sie schon gesehen hatte, waren die Flügel des Abbilds ausgebreitet und die Stacheln auf dem Rücken nicht aus einem andersartigen Stein gefertigt.

»Du wirst mir einfach vertrauen müssen.«

Freya machte einen Schritt in den Raum, hörte aber nicht auf, jede Ecke zu inspizieren. Erst bei der Skulptur angekommen, bemerkte Kenna den Abgrund, der sich darunter ins Unendliche zu erstrecken schien. Von unten stiegen kleine Rauchwolken nach oben, die sich an der Statue spalteten und dann durch die Löcher in der Decke verpufften.

»Auch auf die Gefahr hin, jetzt deinen Glauben zu beleidigen«, unterbrach Ponpon ihre Gedanken, der mit weitaus weniger Angst zum Rand des schwarzen Lochs ging, »Das sieht gar nicht aus wie ein Salamander. Wieso nennt man ihn dann so?«

Kenna blinzelte ihm verwirrt zu. Eigentlich hatte sie noch nie darüber nachgedacht. Warum? Sie kannte Salamander. Die kleinen, schlüpfrigen Biester waren schmackhaft, wenn man sie über offener Lava grillte oder sie in Suppe verarbeitete, aber sie hatten weder Flügel noch einen Rückenkamm.

»Keine Ahnung? Warum sollte man einen Geist fragen, wieso er so aussieht, wie er aussieht?« Sie hielt kurz inne. »Hey, Schlaumeier! Warum sieht der Geist des Salamanders nicht aus wie ein Salamander?«

Freya, die angefangen hatte, den schmerzhaften Trip um das Loch herum und in Richtung des goldenen Stuhls anzutreten, hob eine Augenbraue. Nur kurz zögerte sie mit ihrer Antwort. »Als die Geister vom Himmel stiegen, hatten die Gläubigen keinen Namen für diese Wesen. Also lehnten sie diese an das an, was sie kannten. Der Geist des Kraken sieht auch nicht aus wie ein Krake. Die Menschen der Vorzeit hatten einen Namen für diese Wesen. Die Geister sind kein Phänomen unserer Zivilisation, sondern existierten schon vom Anbeginn der Zeit. Sie haben uns nie vergessen, und wenn die Welt am Abgrund stand, beschwor die Erde selbst sie aus der Unendlichkeit des Himmels herauf.«

Sie drehte sich wieder um, erklomm die Treppe und stützte ihren Gehstock gegen die Armlehne. Sie sah zu Kenna.

»Die Menschen der Urzeit nannten sie *Drachen*.«

Überall im Raum klickte es, als Freya die Armlehne des Stuhls nach hinten zwang.

Plötzliche Hitze, zusammen mit einem roten Lichtblitz, schoss durch den Boden.

Die Gruppe zuckte weg, aber so schnell die Hitze kam, so schlagartig war sie auch wieder vorbei. Nur eine kleine Wolke Wasserdampf stieg aus den Ritzen nach oben und beschlug das Bildnis des Salamanders.

15

»Brauchen wir noch lange?«

Lysandra dachte gar nicht erst daran, diese Frage mit einer Antwort zu würdigen. Sie starrte auf das leicht beschlagene Tablet. Der Anblick war gleichermaßen fantastisch wie erschreckend.

Das gekräuselte Bild ließ nur grob erkennen, was sich im Thronsaal der Mandra abspielte, aber Freyas Figur würde sie unter Tausenden finden. Dachte sie wirklich, sie könnte unbemerkt in das Mandra-Heiligtum einbrechen, nur weil sie den Geheimgang kannte? Was wollte sie da? Diese Aktion hatte sie schon vor Jahren versucht, mit einem besseren Aufgebot und einem viel ausgeklügelteren Plan – und war trotzdem gescheitert. Gedankenlos in die einst heiligen Mauern zu spazieren, sah ihr ganz und gar nicht ähnlich. Sie plante etwas. Die Frage war: Was?

Sie schob den kleinen Bildschirm auf den Tisch vor sich und klemmte ihn dabei zwischen zwei Erhebungen, damit er nicht vom Rütteln des Zugs heruntergeworfen wurde.

»Zeig mir alle verfügbaren Chimära in der Nähe«, ordnete sie an, obgleich dieser Befehl nicht an den Vulpa ging, der ihr gegenüber saß.

Es piepte sanft in ihrem Ohr und vor ihren Augen baute sich eine Karte der unmittelbaren Umgebung des Mandra-Heiligtums auf. Nur die Mitte, genau da, wo sich Freya und ihre kleine Gruppe minderer Kreaturen aufhielten, war ein schwarzer Fleck.

Sie hasste diese Heiligtümer wie die Pest. Die Geister sorgten dafür, dass eine Kartengenerierung unmöglich war, egal wie viele Tracker sie anbrachte. Selbst das Bild der Kamera funktionierte nur, weil dieses umständlich über isolierte Kabel an Schwachstellen im Gestein nach draußen geführt wurde. So behielt sie zumindest einen Raum von Hunderten im Auge.

Gerade dieser war wichtig. Die konzentrierte Kraft des Salamandergeistes bewirkte vieles, und der Gedanke daran hielt sie nachts wach. Magie war von verschiedenen Faktoren abhängig, eine davon war die Nähe zum jeweiligen Geist. Sie glaubte zwar nicht, dass sich in dieser Gruppe, abgesehen von Freya, Magiewirkende befanden, man musste aber auch kein Risiko eingehen.

Auf der Karte um das Heiligtum leuchteten kleine Punkte auf und sie tippte einige nacheinander in der Luft an. Die Namen und Registrierungsnummern der Chimära reihten sich brav am Rand ihres Sichtfelds auf und die Kommunikationsleitung wurde geöffnet.

»An alle Mitstreiter der Hauptstadt der Mandra: Sofort zum Heiligtum des Salamandergeistes. Eindringlinge lokalisieren und festnehmen.«

Niemand würde es wagen, Freya etwas anzutun, bis sie eingetroffen war. Je nachdem, wie wohlgesonnen ihnen der Wind und das sich bildende Eis auf den Schienen waren, dauerte das nur wenige Stunden bis hin zu einem Tag.

Alle weiteren Worte blieben ihr im Hals stecken.

Auf dem kleinen Bildschirm starrte sie direkt in Freyas Augen, die sie aus der Ferne zu durchdringen schienen. Schmale, leuchtende Linien zuckten über die makellose Haut. Aber wie hatte sie ...

Fraveh!

Das Bild wurde schwarz.

Kenna beobachtete Freya, die wie hypnotisiert in eine der oberen Ecken des Raums starrte, während Cecil und Ponpon am Rand des unendlich tiefen Lochs in die Schwärze schauten. Der Boden drohte noch immer, sich durch ihre Schuhsohlen zu brennen, und mit jeder Stufe, die klickend aus den Wänden fuhr und einen Weg nach unten preisgab, verstärkte sich das unbehagliche Gefühl. Zudem hatte die Cygna wieder diese Linien im Gesicht. Sie bewegte die Lippen, einige Momente später riss sie sich von der Mauer los.

»Was ist los?«, wollte sie wissen. Das seltsame Verhalten der Geistlichen behagte ihr ganz und gar nicht.

Freya schritt an ihr vorbei und gestikulierte in Richtung der Treppe. Ein kalter Luftzug jagte Kenna einen Schauer über den Rücken und mit einem Mal war es nicht nur der Wasserdampf, der dem Raum die Luft stahl. Als sie nach oben sah und die unnatürlich glühenden Augen der Salamanderstatue erblickte, verstärkte sich dieses Gefühl nur. Sie wirkten fast lebendig im schwarzen Stein, als würden sie jede ihrer Bewegungen verfolgen.

Etwas war nicht in Ordnung. Vielleicht war es nur ein Bauchgefühl oder eine schlechte Vorahnung, jedoch kratzte es unangenehm in Kennas Hinterkopf. Unheil klopfte an und es blieb nur abzusehen, in welcher Form es über sie hereinbrechen würde.

Sie eilte hinüber zu Cecil, nahm sie an der Hand und entschied, die Augen fortan von keiner der beiden Cygna zu lassen. Mit festem Gang kletterte Freya die Treppe in die Tiefe, stützte sich an der Wand ab und würdigte keinen ihrer Begleiter eines Blickes.

Zögernd rief Cecil der schweigenden Älteren hinterher. Ponpon zuckte lediglich mit den Schultern und folgte nach unten.

»Cecil«, murrte Kenna. »Wenn ich es sage, dann rennst du.«

»Was?«

»Du hast mich verstanden.«

Freya glühte wie ein loderndes Feuer, was zwar den Weg in das pechschwarze Loch nach unten deutlich erleichterte, aber sicher kein gutes Zeichen war. Wenn das beim Zeigen von Emotionen passierte, war sie doch froh über Cecils nie erfolgte Taufe. Die Kleine würde sonst zu jeder Tageszeit in allen Farben des Regenbogens leuchten.

Doch Kenna schüttelte leicht den Kopf. Sie ermahnte sich innerlich selbst, auf das konzentriert zu bleiben, was vor ihr lag. Den Geist aus Cecil zu holen, ihn irgendwie Freya entgegenzuwerfen, mit dem Tech zu verschwinden und sie nie wiederzusehen. Ihr wurde bei dem Gedanken daran, all diese Treppenstufen wieder nach oben rennen zu müssen, mulmig.

Unten angekommen begrüßte sie ein großer Raum mit … nichts. Selbst das Heiligtum des Kraken war geschmückter. Es gab ein paar kahle, schwarze Steinwände und in der Mitte stand etwas, das dem gesunkenen Bug eines Boots glich. Das ebenfalls dunkle Holz war mit kleinen Steinen besetzt, die im Schein des Freya-Feuers rötlich schimmerten. Die Kanten des Boots rahmten einen Spiegel ein, in dem sich der Schweif der Statue zeigte, die hoch über ihnen schwebte.

»Und jetzt?«, brach Ponpon die Stille. »Fragst du einfach nach dem Geist, oder was?«

Freya schnalzte mit der Zunge, was von den Wänden widerhallte. So laut hatte sie noch nie jemanden beleidigt, und Kenna war drauf und dran ihr den Marsch zu blasen, da zog Cecil sanft an ihrer Hand. Sie starrte die Wände an, als wären sie das schönste Kunstwerk auf der Welt.

»Cecil?«, fragte sie vorsichtig. »Was ist?«

»Die Bilder sind wunderschön.« Sie konnte ihren Blick kaum davon abwenden.

Selbst in dieser Finsternis glühten die dünnen Linien aus Licht auf der blanken Oberfläche. Jede Schwingung hatte eine eigene Melodie in sich und alles zusammen ergab das schönste Lied, das sie jemals gehört hatte. Das kalte Blau wurde von den Schwingen des Salamandergeistes aufgehalten und darunter sammelten sich die Mandra, die an einem See mit großen Bäumen tanzten.

»Cecilliana!« Freya riss sie aus den Gedanken und Kenna stoppte sie, bevor sie weiter von einem Bild zum nächsten wandern konnte. »Wir haben keine Zeit zum Starren und Träumen. Komm her.«

Sie machte eine wage Geste neben sich, den Gehstock in der anderen Hand fest auf den Boden gestemmt und das Gesicht dem großen Spiegel in der Mitte zugedreht.

Doch als sie näher kam, sah sie keine Spiegelung der leuchtenden Linien oder der Bilder an den Wänden zu ihren Füßen. Nur die Statue hoch über ihnen war als glühender Punkt in der Mitte der Scheibe zu sehen. Beim Blick weg vom Spiegel und nach oben war alles wie vorher. Die Statue hing dunkel und leblos im spärlich beleuchteten Raum. Der Spiegel zeigte eine ganz andere Wirklichkeit, fast wie ein Tor in eine andere Welt.

Ob das die Welt der Geister ist?, fragte sich Cecil unwillkürlich.

»Was machen wir jetzt?« Ihre klebte die Zunge m Gaumen. Etwas war hier falsch, sie konnte nur nicht deuten, was genau.

»Ich habe euch angelogen. Ich kann den Geist des Kraken hier nicht aus dir herausholen.«

Kenna lief wütend auf Freya zu. Die Cygna holte mit einer flüssigen Handbewegung eine der kleinen Kristallkapseln aus ihrer Kleidung, die in einem dunklen Blau glühte. Bei dem Anblick des Magiespeichers blieb Kenna sofort stehen. Auch Cecil verschaffte sich ein paar Schritte Sicherheitsabstand.

»Der Haken daran, eine Hüterin zu sein, ist, dass nur die Hüterin selbst den Geist anrufen kann. Nur du kannst die Magie des Kraken kanalisieren und nutzen, Cecil. Das heißt aber auch, dass ich dich brauche, um den Geist zu beschwören.« Abwesend drehte Freya den Kristall zwischen den Fingern, während ihre Augen auf die große Statue fixiert waren. »Du musst den Geist für mich beschwören, Cecil. Wenn der Kraken wieder in der Welt ist, hast du eigentlich nur noch eine Aufgabe: am Leben zu bleiben. Stirbst du, dauert es wieder Hunderte von Jahren, bis er erneut beschworen werden kann. So viel Zeit habe ich nicht.« Cecil wurde beim Anblick der hellblauen Augen kleiner. »Du lernst von mir, zu überleben, den Geist zu beschwören und Magie zu wirken. Jedoch nicht in dieser Reihenfolge. Wir kommen schneller zur Praxis, als mir lieb ist.«

Überleben? Hundert Jahre? Was hatte das zu bedeuten? Warum hatte sie nur nicht auf Kenna gehört? Ihre instinktive Abneigung gegen die Cygna hätte ihr ein Hinweis sein sollen! Nur wegen ihrer unerträglichen Neugier waren sie jetzt in dieser Situation!

Cecils unnötig lautes Schluckgeräusch, während sie versuchte, den riesigen Kloß im Hals hinunterzuzwingen, wurde abgewürgt, als sie Stimmen aus dem Raum über ihnen hörte. Rufe und laute Schritte, kurz darauf erschienen die ersten Schatten am Rand der oberen Kante. Sie zielten auf die hängende Statue, Stahlseile wickelten sich um die Krallen und Flügel, andere eilten die ersten Treppenstufen nach unten.

„Was …?", flüsterte Cecil leise.

„Chimära." Kennas tiefes Grollen hätte die Erde beben lassen können. „Wir sind in Schwierigkeiten!"

Ihr Blick huschte von einer Seite des Raumes zur anderen, und auch Cecil suchte nach einem möglichen Schlupfloch. Irgendwo mussten sie sich verstecken!

Der Kristall knackte laut in Freyas Hand und Cecil erstarrte. Die Finger der Cygna leuchteten schwarz-blau auf, dünne Lichtlinien flossen hinaus und hinterließen auf ihrem Weg das kristallene Gebilde eines Speers. Diesen warf sie nach hinten zu Ponpon, wo er klappernd auf dem Boden landete.

»Kannst du damit umgehen?«

Der Angesprochene druckste etwas herum, schnappte sich aber den Speer.

Besser als gar nichts, vermutete Cecil.

Kenna hatte schon längst nach ihrem vertrauten Messer gegriffen.

»Was ist mit uns?«, fragte Cecil mit weit geöffneten Augen.

Freya hatte zwar den Stock, aber der würde ihr doch kaum helfen! Die ersten Chimära seilten sich bereits nach unten ab und Freya leuchtete bloß fröhlich vor sich hin!

»Es sind zu viele für uns vier. Du wirst uns wohl oder übel beschützen müssen.«

»Was?!«

»Du bist jung, der Kraken hat dich auserwählt, wir sind im Heiligtum der Mandra. Da die Heiligtümer miteinander verbunden sind, sollte es kein Problem sein, in kürzerer Zeit die Magie des Kraken zu wirken.« Freya bewegte sich weiterhin keinen Zentimeter und ihr Blick fixierte Cecil. „Er hat dir bereits geholfen. In Benjis Versteck. Dort hast du deinen Instinkt benutzt. Jetzt musst du lernen, es zu kontrollieren und zu steuern. Deine Magie wird hier stark genug sein, um Kenna zu beschützen."

Wie kann sie so ruhig bleiben? Cecil verstand die Cygna einfach nicht. *Ich habe es doch noch nicht einmal geschafft, ein bisschen Magie vom Krakengeist in so einen ollen Kristall zu binden! Und jetzt soll ich kämpfen?*

Freya klopfte ihr so hart auf den Rücken, dass sie auf die Oberfläche des Spiegels stolperte, prompt wurden ihre Füße nass.

»Wasser?«

»Versuch es mit *Siru*.«

»Si... was?«

»Es heißt *Umschließe* oder *Halte*. Der Krakengeist wird dich hören. Fühle erst ihn, dann dein Ziel, das du beschützen und umhüllen willst.«

Am anderen Ende des flachen Sees landeten drei Chimära, erzeugten eine Welle, die das Wasser bis über ihre Zehen steigen ließ. Das rot-orangefarbene Leuchten ihrer künstlichen Augen ließ Cecil erstarren.

»Cecil!«, rief Kenna.

Jetzt ging es ihr eindeutig zu weit! Die Handvoll Chimära auf der Treppe brauchten noch etwas, aber allein mit den drei unten würde Cecil doch niemals klarkommen! Sie war nicht einmal bewaffnet!

Sie ignorierte Freya, die sich rückwärts bewegte, und stürmte zu ihrer Tochter. Sie würde ihre Kleine auf jeden Fall beschützen, doch zum Wegrennen war es zu spät. Der einzige Weg nach draußen war über die Treppe – und sie hasste Freya in diesem Moment mit jeder Faser ihres Körpers.

Ihre Lügen, die Art, wie sie Cecil gegen Kenna ausgespielt hatte, ihre unerträgliche taktische Art, die sie bis hierhergeführt hatte. Das alles für einen alten Geist, der am Ende vielleicht gar nichts änderte. Am Ende des Tages rannten sie nur einer unsicheren Lösung für ein nicht existentes Problem hinterher! Nur weil Freya eine Abneigung gegen Tech hatte, hieß das doch nicht, dass sie einfach die Wesen um sie herum lenken konnte, wie es ihr gerade passte!

Etwas Hartes traf ihr Schienbein und das Bein wurde ihr weggezogen. Automatisch erwartete sie einen vernichtenden Schlag auf den Hinterkopf, doch der blieb aus. Stattdessen flog ihr das Messer aus der Hand. Dann zwang jemand ihren Oberkörper mit einem Zug an der Kapuze hoch, gerade als ein anderer Chimära seinen elektrisch knisternden Stab auf Cecil hinabsausen ließ. Diese riss mit einem Schrei die Arme nach oben.

»Cecil!«, brüllte Kenna aus Leibeskräften. Panik überrollte sie, weil sie ihrer Kleinen nicht helfen konnte.

Sie ist zu weit weg!

»*Siru!*« Die junge Cygna brüllte den Chimära voller Verzweiflung das vermeintlich rettende Wort entgegen.

Kenna stockte der Atem. Unter ihrer Angst quälte sich noch etwas anderes. Ihre Lungen waren ausgetrocknet und dürsteten nach Flüssigkeit, gleichzeitig wurde sie von der trockenen Luft ertränkt.

Das Wasser unter den Chimära schoss in breiten Tentakeln nach oben und zwang sie dazu, in deren Mitte zu schwimmen. Hilflos wedelten die Angreifer mit den Armen hin und her, ehe sich ihre Bewegungen langsam versteiften.

Habt ihr schon einmal Fleisch in Salz eingelegt?, hallte Freyas Stimme in Kennas Erinnerung wieder. Die Haut der ihrer Angreifer schrumpelte in hoher Geschwindigkeit, wurde fahl und die Knochen zeichneten sich darunter ab. Zuletzt erlosch das Leuchten des Techs und es wurde still.

»Steh auf!«, fauchte Freya der paralysierten Kenna entgegen. »Lass sie machen.« Mithilfe des Handgriffes von ihrem Stock zog sie Kenna an ihrer Schulter wieder auf die Beine.

Das Bild, wie Cecil mit vor dem Körper verschränkten Armen auf die ausgetrockneten Leichen im Wasser sah, blieb für die Jägerin für etliche Herzschläge von der Zeit unangetastet. Regungslos starrte sie auf die junge Cygna.

Doch noch war es nicht vorbei.

»Cecil!« Auf den Klang von Ponpons Stimme hin wand das Mädchen den Blick von dem Grauen ab, das sich direkt vor ihrer Nase aufbaute, und sah stattdessen zu ihrem Gefährten, der sich zwischen ihr und der Treppe platzierte. »Ein bisschen Hilfe wäre klasse!«

Sie versuchte, sich zu bewegen, aber es ... ging nicht. Ihr Körper brannte und ächzte unter der Anstrengung, selbst das kalte Wasser, das sich seinen Weg durch ihre Schuhe fraß, setzte dieser Hitze nichts entgegen. Diese fremden Körper schwammen tief in ihrem Inneren. Die langsam verblassenden Herzschläge, das elektrische Kribbeln der Stäbe, die stummen Schreie ... Einfach alles! Sie wollte das doch nicht!

»Du musst, Cecil!« Freyas Stimme hallte in ihrem Kopf wie ein Donnerschlag wider. »Dein Feind wird keine Skrupel haben, dich und diejenigen, die du liebst, zu töten! Warum solltest du dann zögern?«

Cecil starrte auf die Treppe, die sich mit immer mehr Chimära füllte. Ein paar wenige sprangen von oben an die Seile.

Nein, dachte sie. *Ich will nicht, dass Kenna in Gefahr kommt. Ich will nicht, dass sie stirbt. Sie ist mein Leben!*

Ein vertrautes Klicken weiter oben auf der Treppe zwang Cecils Aufmerksamkeit auf sich. Einer der Chimära hatte eine lange Schusswaffe gezückt, die sie zu gut kannte. Damit konnte man aus großer Entfernung punktgenau treffen – und der Lauf zeigte genau auf Kenna.

»*Siru!*« Sie hatte keine Ahnung, ob sie dieses Wort noch einmal benutzen musste, aber sie tat es und streckte den Arm in Richtung Schütze aus.

Der dazugehörige Wasserarm, der die ausgetrockneten Leichen im Innern festhielt, folgte der Bewegung an sein Ziel, unterbrach die Flugbahn der Kugel und riss den Schützen von den Beinen.

Nichts und niemand würde Kenna etwas tun, solange sie noch einen Funken Leben besaß. Vielleicht war es falsch, jemandem das Leben zu nehmen, doch die Chimära hatten angefangen. Der Krakengeist würde sie beschützen, das hatte Freya deutlich gemacht. Eher würde sie selbst sterben, als Kenna aufgrund der einfachen Tatsache, dass sie einen Anhänger von einer Wand genommen hatte, verletzt wurde.

Cecil fühlte etwas ganz Neues in sich. Das, was in ihr brannte, befand sich auf einmal fest in ihrem Griff. Sie würden nicht sterben.

Nicht heute.

Kenna starrte nach oben. Das würden sie niemals schaffen. Niemals. Sie hatten keine Chance, lebend hier rauszukommen. Selbst mit Cecils ... Wasser oder Magie – oder was auch immer das war.

Chimära waren nie allein unterwegs und in der Stadt der Mandra lebten besonders viele von ihnen. Nichts hielt sie davon ab, über sie herzufallen wie eine Plage. Ein Blick in Freyas Gesicht sagte ihr, dass sie eine solche Menge nicht erwartet hatte. Ponpon stellte sich zwar wacker an, das untere Ende der Treppe zu verteidigen, denn dieser schwarz-blau leuchtende Speer schien durch Knochen zu schneiden wie Butter, doch sah Cecil nach kürzester Zeit erschöpft drein, obwohl sie sich weiter pushte. Die Kraft, die hinter dem Wasser steckte, verwendete sie weitere drei Male bei den Chimära weiter oben, beim vierten wurde der Arm jedoch schon deutlich schmaler und ihre Bewegungen träger.

Kenna knurrte für sich, drehte sich zu Freya und stieß sie nach hinten gegen die Wand. Der Stein glühte bei der Berührung mit der Cygna auf.

»Wenn wir hier sterben, dann bring ich dich um!«

»Etwas kontraproduktiv, findest du nicht?« Die Cygna sammelte einige Kristalle aus ihrer Kleidung und hielt sie ihr entgegen.

»Was soll ich damit?«

»Aufpassen.« Dann brach sie einen weiteren Kleinen aus dem Handstück ihres Stocks. Kenna hatte es für einen winzigen, schwarzen Punkt irgendwo im Gewinde des Holzes gehalten. »Den musst du kauen.«

»Wieso?«

»Du wirst mir vertrauen müssen.«

»Genau diese Worte bringen mich dazu, dir kein Wort zu glauben!«

»Wenn du Cecil bei dem, was gleich geschehen wird, nicht umbringen willst, dann tust du genau, was ich sage!«

Den Kristall aus dem Stock hielt sie zwischen den Fingern der rechten Hand, die anderen verstaute sie in der Jackentasche. Sie hatte allen Grund, Freya zu misstrauen, aber was hatte sie an diesem Punkt zu verlieren? Sie warf das kleine Ding in den Mund und biss herzhaft darauf. Ein kurzer Schmerz durchzuckte sie, als hätte man ihr mit voller Wucht auf die Brust geschlagen, dann war es wieder vorbei.

»Was …?«

»Du musst ein paar Minuten auf mich aufpassen.«

Fassungslos starrte Kenna Freya an, wurde aber schnell wieder ins Hier und Jetzt zurückgeholt. Ein Schuss sauste dicht an ihrem Kopf vorbei und schlug zwischen den leuchtenden Linien der Wand ein.

»Wie soll ich-«

»Das Wort ist *Kzavihs*. Stell dir eine Wand vor und konzentriere dich darauf. Du musst fühlen, wie sie aus dem Boden kommt. Der Boden ist reine Magie, verstanden?«

Ihr Körper gehorchte, ehe ihr Verstand erfasst hatte, was Freya von ihr wollte. Sie drehte der Cygna den Rücken zu, hob die Hände vor sich und stellte sich eine massive Mauer vor. Noch während sie das Wort murmelte, regte sich etwas in ihr. Die Angst fiel von ihr ab, aber ihr Körper gehorchte ihr nicht mehr. Selbst während sie Ponpon dabei zusah, wie er seinen Posten an der Treppe verließ und Cecil packte, die auf die Knie gegangen war, blieb sie starr stehen.

Ponpon fluchte.

Ganz tolle Idee – mich einer Gruppe zwielichtiger Gestalten anzuschließen, war schon immer eine beschissene Wahl, aber diesmal habe ich es echt auf die Spitze getrieben!

Er schnappte sich Cecil und zerrte sie rüber zu Kenna. Wieso sie so regungslos dastand, war für ihn unverständlich, aber wenn er jetzt eine Sache verstanden hatte, dann, dass Freya diejenige war, an die man sich hielt. So gruselig die Cygna auch war, nur sie begriff, was hier passierte.

Das Wasser der von Cecil heraufbeschworenen Tentakel knallte auf den Boden und zurück in den Teich, wodurch die Leichen überall verteilt liegen blieben. Ein Schuss donnerte, er sah das blitzende Metall an sich vorbeizischen, doch bei Kenna verpuffte es in einer schwarzen Wolke.

Hinter der lebenden Statue stand Freya gegen die Wand gelehnt, ihr Gehstock vor sich zu Boden geworfen und die Handflächen flach an den Stein neben sich gedrückt. Mit geschlossenen Augen flüsterte sie etwas vor sich hin, wiederholte es immer und immer wieder. Ponpon duckte sich noch mal weg, stolperte mit Cecil nach vorne und landete somit kurz hinter Kennas Füßen.

»*Hvergi takalup. Hvergi hilja.*«

Er hörte Freya kaum, doch mit jedem Wort pochten die Lichtstreifen auf ihrer Haut mehr. Einige davon wanderten die Wand nach oben, stärker und heller, bis sie im Gemäuer des Heiligtums verschwanden. Ihn überkam ein Schauer.

»Los jetzt! Schnappt sie!«, brüllte ein Chimära, der es endlich die Treppe nach unten schaffte und über die toten Körper seiner Kameraden stieg, als wären diese nichts als erschlagene Kakerlaken.

Ein weiteres Pochen, das sich in seinem Rücken anfühlte wie ein Herzschlag, trieb den ganzen Weg durch den Raum. Kurz darauf knackte die hängende Statue hoch über dem See. Das plötzliche Brüllen eines Tieres ließ allen außer Freya den Schreck in die Glieder fahren.

Das brachte die Chimära zum Stillstand und sie hoben den Blick nach oben.

Aus dem Inneren der Statue tropfe etwas herunter, das wie Nebel aussah. Es pochte, wuchs auf seinem Weg, und als es unten ankam, brachen ein paar riesige Klauen daraus hervor und ließen die Erde erbeben. Glühend blaue Augen öffneten sich im Wirrwarr aus Nebel und Rauch.

Als Freya den Rücken durchdrückte, da streckte auch die Gestalt des Salamandergeistes den mächtigen Hals nach oben, bevor er ein lautes Brüllen ausstieß.

Cecil starrte. Ihr war schwindlig und übel, ihr Körper war wund, doch wie Ponpon und die übrigen Anwesenden stierte sie auf das Monster, das sich vor ihnen aufbaute.

War das …?

»Der Salamandergeist!«, schrie einer der Chimära, doch es war zu spät.

Die nur kurz angenommene Form des Geistes löste sich auf und wurde zu einem Wirbelsturm aus Feuer und Rauch, der die Chimära erfasste und mit sich riss. Selbst die schmerzverzerrten Schreie übertönten den ohrenbetäubenden Wind nicht und der Rauch stoppte erst an der unsichtbaren Wand, gegen die sich Kenna stemmte. Nun wusste sie, was ihre Rolle bei all dem war.

Die Lichter im Stein um sie herum färbten sich in tiefes Rot und wieder schien der Boden zu brennen. Der Geist vereinnahmte den ganzen Raum, den darüber und womöglich das komplette Heiligtum. Das Krachen und Knallen von Gestein erklangen, Bäumen zerbarsten, brodelndes Wasser spritzte umher, das schlagartig erhitzt wurde, und der Boden rumorte. Nur Freyas angestrengter Atem und die gemurmelten Worte zerschnitten den Lärm um sie herum.

Cecil sah zu ihr auf, blickte in ihre weit aufgerissenen Augen. Das bisschen Weiß, das sichtbar sein sollte, war tiefschwarz und ihre Pupillen geweitet, sodass man das Blau kaum sah. Ein dünnes Rinnsal Blut lief ihr aus der Nase.

»Wir müssen sie hier rausbringen!« Cecils Hals war staubtrocken, aber der Kalmara schien sie zu verstehen.

Er kam allerdings nicht dazu, sich auch nur einen Schritt zu bewegen.

Da zuckten Freyas Hände, die fest in den Stein der Mauer gebohrt waren, und die junge Cygna verschluckte beinahe ihre weiteren Worte: »*Leita Serif!*«

Eine unschuldige Bitte nach Rettung, nach einem sicheren Hafen, hallte in ihr nach. Automatisch starrte sie wieder hoch. Die Nebelgestalt fiel zurück in die Kammer, direkt auf sie zu. Sie stolperte vor Schreck nach hinten gegen Freya, fühlte dann aber einen Zug an ihrem Körper, der sie in Richtung des Teichs beförderte und sie darin versenkte.

16

Aus. Sie hatte den Bildschirm … ausgemacht.

Schwarz. Nur ihre eigenen Augen starrten sie aus der Spiegelung heraus an.

»Wie hat sie das gemacht?«

Fraveh. Verschwinde. Ein altes Cygna-Wort. Freya hatte ihr Vokabular endlich doch gelernt.

›Brauch keiner‹, hatte sie damals gesagt. ›Heute spricht keiner mehr so.‹

Lysandra ballte die Hände zu Fäusten. Sie hatte nur eine wage Ahnung von Magie, doch das eben bestätigte etwas, was sie schon länger vermutete: Die alten Wörter befahlen die inneren Kräfte besser als pure Konzentration und Zeit. Sie stand auf.

»Lysandra?«

Schnellen Schrittes rauschte sie an dem kleinen Vulpa vorbei, griff dabei nach dem tragbaren Bildschirm auf dem Tisch und lud das Interface erneut hoch. Es dauerte und würde ihren Akku einiges an Lebensdauer einbüßen lassen, aber sie musste wissen, was da drin vor sich ging. Kurzerhand öffnete sie die Tür zur Fahrerkabine des Zuges.

»Miss? Sie dürfen hier nicht sein«, sagte der Mandra am Steuer, verstummte aber gleich beim Anblick ihrer Arme.

Sie schob sich neben den Fahrersitz und öffnete die Abdeckung. Sie brauchte mehr Saft und einen direkten Draht zum Netzwerk. Nur gut, dass inzwischen alle Züge angeschlossen waren.

»Lysandra?«

»Jetzt nicht!«, knurrte sie dem Vulpa entgegen.

Fixiert auf ihren Bildschirm steckte sie die Kabel an. Mit etwas Verzögerung piepte es und das Bild lud wieder. Inzwischen hatte sich eine ganze Meute um das Heiligtum gesammelt. Es war für Freya unmöglich, zu entkommen. Andererseits …

»Lysandra!«

Langsam ist es aber doch genug!

Sie warf dem Vulpa einen giftigen Blick zu. Entgegen ihrer Erwartung scheute er nicht zurück, sondern gaffte gemeinsam mit dem Zugfahrer aus dem Fenster nach draußen und war noch kreideweißer als sonst.

»Was zum …«, murmelte sie.

Statt dicken Schneeflocken trommelte Regen gegen den Zug und bis auf die spärlich beleuchteten Schienen war alles um sie herum in tiefe Dunkelheit gehüllt. Es war unmöglich, festzustellen, ob sie sich bewegten oder nicht. Das Interface piepte, doch wich dies schnell den Schmerzensschreien und dem Geräusch brechender Knochen. Lysandras Nackenhaare stellten sich auf. Einige der Stimmen klangen dumpf wie unter Wasser.

»Was ist bei euch los?«

Doch das Bild auf dem Interface blieb schwarz, selbst mit eingeschalteter Kamera. Schatten bewegten sich. Aber sie wusste erst, was gerade geschah, als ein blau-gelb pulsierender Lichtfetzen die Umgebung für einen Sekundenbruchteil erhellte.

Lautstark fluchend griff Lysandra über den Zugfahrer und riss mit aller Kraft an der Bremse. Der Lichtpuls, den sie gerade noch auf dem Bildschirm gesehen hatten, rollte in der Dunkelheit an ihnen vorbei, während Lysandra, der Vulpa und der Zugfahrer nach vorne gegen das Pult geschleudert wurden. Unter lautem Krachen, Quietschen und Rütteln kam der Zug zum Stehen. Dem Lichtblitz folgte ein Beben, das sie zusätzlich von den Füßen warf. Lysandra fand sich auf dem Boden wieder. Ihr Interface heulte auf, ihre Sicht verschwamm.

»Lysandra!«, rief der kleine Vulpa, aber sie hatte die Hände schon so fest an die Ohren gepresst, sodass sie den Rest nicht mehr hörte.

Das entsetzliche Brüllen kratzte an all ihren Nervenenden, entlockte ihr einen gepeinigten Schrei. Sie kannte diese Art von Schmerz. Er bohrte sich tief in alles, was mit Tech verbunden war, drehte sämtliche so vorsichtig kalibrierten Empfindlichkeiten auf volles Maximum. Es brannte und war eiskalt zugleich, presste ihren Körper auf die Größe eines Sandkorns zusammen und riss ihre Haut in kleine Fetzen.

»*Hvergi takalup.*«

Jedes Wort bohrte sich tief in ihre Haut. Es war nur ein Flüstern, aber der Hass aller Laute war wie ein Messerstich.

»*Hvergi hilja.*«

Der Boden unter ihr bewegte sich und ihr steif gewordener Körper wurde hochgehoben. Jemand zwang sie zur Bewegung.

Du kannst nicht weglaufen.

Unerträgliche Hitze schlug gegen ihre Haut und heißes Wasser tropfte auf sie herunter. War sie draußen? Der Eisregen, der die Heimat der Mandra immer häufiger heimsuchte, glich nun einem Regen aus Glut.

Du kannst dich nicht verstecken.

»Freya … bitte«, presste sie hervor. Es war nicht ihre Schuld, das wusste sie genau. »Das bist nicht du …«

Durch stark tränende Augen sah sie den vor Lava glühenden Boden. Die Schienen schmolzen direkt in die Ritzen der Erde und Teile des Zuges folgten. Aus dessen Inneren flohen Erwachsene und Kinder gleichermaßen, manche in Begleitung ihrer Tiere, doch die lautesten Schreie erklangen tief im Zug.

Das wäre alles nicht passiert, flüsterte es in ihr, *wenn du auf mich gehört hättest.*

Lysandra zwang sich dazu, nach oben zu sehen. Eine schattengleiche Figur stand über ihr, die nahtlos mit der Umgebung verschmolz, nur ein Abbild dessen, was einmal ihre Freundin gewesen war. Die Wiedervereinigung hatte sie sich nicht so vorgestellt. Obwohl es Jahre her war, dass sich ihre Geister berührt hatten, erkannte Lysandra Freyas Anwesenheit genau, obwohl sie nicht wirklich da war. Nur diese Mischung aus Zorn und Schmerz, den Freyas ganzes Wesen ausmachte, bohrte sich tiefer in Lysandras Kopf.

»Du kannst nicht gewinnen.« Ihr Atem wollte kaum ihre Lungen verlassen. »Du wirst dich und alle anderen umbringen!«

Dann sei es so.

Erneut krachte die Erde und ein elektrischer Schock durchfuhr Lysandras ganzen Körper. Ihre angespannten Muskeln versagten und sie fiel ungehindert in sich zusammen. Ihr Atem, ihr Herzschlag, alles setzte aus.

Man mischt Magie nicht mit Tech.

Merkwürdigerweise machte ihr das nichts aus. Es war friedlich, still und die panischen Stimmen um sie herum waren nicht mehr als dumpfes Geflüster. Das Leuchten vor ihrem inneren Auge erlosch, was sie die Welt nach langer Zeit wieder einmal sehen ließ, wie sie wirklich war: kalt, dunkel und leer, voller Schmerzen und Schreie.

Niemand verdiente es, so zu leben. Die Geister kümmerten sich nur um die Toten, nicht um die Lebenden. Wer atmete, der brauchte die Chimära. Aufzugeben stand nicht auf der Tagesordnung – auch in Zukunft nicht.

Einige unendliche Momente verstrichen und ein sachtes Piepen sendete einen zweiten Schock direkt durch sie hindurch. Hatte sie der erste Impuls der Magie umbringen sollen, so brachte sie dieser elektrische Schock des Techs zurück. Sie würde etwas brauchen, bis sie ihre Arme und Beine wieder benutzen konnte, da der fehlende Schmerz in den künstlichen Gliedern mehr Konzentration von ihr forderte, doch so hämmerte zumindest der ungeliebte Muskel in ihrer Brust hart gegen das, was von ihrer fleischlichen Hülle übrig war. Langsam drehte sie den Körper auf die Vorderseite.

Der Vulpa hielt sie fest.

»Lysandra!«, sagte er panisch. »Alles okay?«

»Ja«, presste sie hervor. »Was ist mit dir?«

Er hauchte ein leises »Ja.«, was für sie völlig ausreichend war. Er lebte und erfüllte damit seinen Zweck.

Sie schaffte es, ihre Augen langsam wieder zu öffnen und einen Blick auf den Schaden zu werfen. Der Himmel war bedeckt von dicken Wolken und etwas zwischen Schnee und Hagel prasselte ihnen auf die Köpfe. Einige der geschmolzenen Schienen lagen zusammen mit Zugteilen in der inzwischen erstarrten Lava und die Überlebenden außerhalb versuchten panisch, ihre Liebsten im Inneren zu erreichen.

»Was ... ist passiert?« Der Zugfahrer löste sich aus seiner Starre. »Woher kam das?«

Sein Blick klebte auf Lysandra. Mithilfe des kleinen Vulpa schaffte sie es, sich hinzusetzen, damit er sich um ihre Arme und Beine kümmerte. Das Tech ihres Körpers selbstständig instand zu halten, zählte nicht zu ihren Stärken.

Die Frage beantwortete sie nicht, besonders nicht einem Mandra. Sie hatte jahrelang hart gearbeitet, um diesen Unsinn der Geister und Magie in den Köpfen der Lebenden als Hirngespinst abzutun. Würde sie ihm nun die Wahrheit offenbaren, wäre all ihre Arbeit umsonst gewesen. O nein! Es gab zwar noch Individuen in den Stämmen, die ein besseres Verständnis von Magie hatten, aber die waren leicht ausfindig zu machen. Vor solchen Leuten fürchtete sich die generelle Masse inzwischen, statt sie, wie noch vor einigen Jahren, anzubeten.

Schon in der Vergangenheit hatten die Menschen der Urzeit diese Wesen gefürchtet, nur waren die Geister und Drachen dort verbreiteter gewesen. Zu erfahren, dass der Salamandergeist seinen schleimigen Kopf in die Welt steckte und durch den resultierenden Kurzschluss vermutlich Hunderte oder Tausende von Leben gekostet hatte, würde wieder für Unruhe sorgen.

Lysandra machte eine mentale Notiz, ein paar entsprechende Gerüchte in Umlauf zu bringen. Flüsterkampagnen waren durchaus effektiv, wenn man wusste, wo man eine Information – in diesem Falle sogar eine korrekte – platzieren musste. Ein Geist war nur so mächtig wie seine Anhängerschaft, wurde er nun geliebt oder gefürchtet. Es würde den Chimäre nur helfen, wenn mehr Gläubige ihren Gottheiten den Rücken zukehrten und sich stattdessen den realen Dingen des Lebens zuwandten.

Noch während ihr der kleine Vulpa auf die Beine half und Anwesenden um sie herum diskutierten, wie sie am schnellsten und sichersten in die Stadt der Mandra kommen konnten, ließ sie ein hartnäckiger Gedanke nicht los.

Die Mandra hatten Tech als die Ersten begrüßt und in ihre Mitte aufgenommen. Die Anhänger des Salamandergeistes waren unter ihnen so gut wie nicht mehr vorhanden. Woher hatte Freya derartigen Rückhalt, um den Geist in diese Welt zu beschwören, selbst wenn es nur für wenige Minuten war? Warum hatte es sie nicht umgebracht? Hatte sie bisher unerkannte Unterstützung?

Natürlich bestand die Möglichkeit, dass sich Freya allein der Beschwörung stellte und ihren Tod in Kauf nahm, aber wozu? Nein, das wäre nicht ihr Stil. Freyas Eitelkeit, ihre sture Haltung und nicht zuletzt ihre Erziehung brachten sie dazu, den Tod als ultimative Niederlage anzusehen. Sie würde jeglichen Sterblichen aus purer Bockigkeit überleben.

Lysandras Blick wanderte zum Berg, der inzwischen in völlige Dunkelheit gehüllt war. Die künstlichen Lichter waren erloschen und sonst war da kein Feuer, das Wärme geschenkt hätte. Der wieder aufziehende Wind wehte alles hinweg und hinterließ nur eine zitternde Masse Hilfesuchender. So schnell die Hitze gekommen war, genauso schnell verflog sie wieder. Der Geist hatte das ganze Netzwerk lahmgelegt, es würde Stunden oder gar Tage dauern, bis alles hochgefahren war. Dieser Rundumschlag passte doch wieder zu Freya.

Ihr lief die Zeit davon.

17

Du Geräusch getaucht in Licht.
Ein Flüstern in tiefer Nacht,
deren Schwinge die Finsternis bricht.
Ein Dach aus Eis entfacht.

Etwas war diesmal anders. Das Gefühl des Erstickens schnürte ihren ganzen Körper ein, die Dunkelheit des gefrorenen Sees umspülte ihre Glieder. Das weiche, sanfte Licht des eisigen Baumes streckte sich in die Mitte der Erde, weg vom erlösenden Himmel und der versprochenen Freiheit.
Das stille Wasser war ein Käfig.

Wisse, dass dein Licht erlöschen muss,
Denn mein Herz schlägt heiß und hart
Der Welt völlig Überdruss,
Lauter als jeder Donnerschlag.

»Ich hege keinen Groll gegen dich«, klang es sanft und zärtlich von der anderen Seite des Eises. »Nur sieh bitte, dass dein Zorn keine Erlösung bringen wird. Niemand kann sie dir zurückgeben.«

Wisse, dass der Welten Schicksal droht,
Zu verbrennen in Funken und Feuer.
Nichts, nicht du, niemand lebend oder tot,
Hält auf der Tiefen Ungeheuer.

Das Brüllen dröhnte in den Ohren und hallte im Käfig aus Wasser und Eis wider. Aus der versiegelten Dunkelheit starrten hellblaue, leuchtende

Augen. Mit jedem Atemzug der Bestie drückte die Finsternis weiter gegen das dünne Eis, das es vom Jetzt trennte.

»*Frelskala!*«

Kalter, schwarzer Rauch hing in der Luft. Der Raum glich einem Schlachtfeld. Kenna war die Erste, die ihren Körper wieder fühlte und es schaffte, sich auf die Knie zu heben. Ihr Kopf war wie benebelt. Ihr Geist versuchte, zu verstehen, was genau passiert war, aber jegliche Logik entfiel ihr. Wäre sie mal bei Met geblieben und hätte sich nicht auf dieses hirnverbrannte, unnütze und vor allem gefährliche Abenteuer eingelassen. Jetzt versagten ihre Arme ihr auch noch den Dienst und hingen schlapp neben ihrem Körper. Obendrein wurde ihr bei der kleinsten Kopfbewegung übel.

Zuerst sah sie Ponpon, daneben Cecil, die sich beide vor Schmerzen stöhnend auf die Seite und den Rücken drehten. Freya hingegen war erst ein paar Meter weiter zwischen den Hälften eines zerbrochenen Tischs aufgekommen. Sie lag auf der Seite, wobei sie nur ihre Arme daran hinderten, nach vorne zu kippen. Ihre sonst so weiße Haut war übersät von schwarzen Linien, die mit ihren Adern pulsierten. Nur langsam verblassten die Spitzen in Richtung ihres Halses, als würden sie sich auf ihren Rücken zurückziehen.

»Cecil …«, murmelte Kenna, zwang sich auf die Beine und schleppte sich in Richtung ihrer Kleinen. Mit schmerzhaftem Kribbeln kehrte das Gefühl in ihre Arme zurück. »Cecil, wie geht es dir?«

Murrend und leise stöhnend öffnete die jüngere Cygna die Augen und sah sie mit schwerem Blick an.

»Müde … Ich will für die nächsten acht Wochen schlafen.« Erschöpft wanderte ihr Blick durch den Raum. »Wo sind wir?«

Sie zitterte am ganzen Körper, Kenna half ihr in eine sitzende Position. Ponpon schien am fittesten. Er kämpfte sich zurück in den Stand.

»Ich weiß es nicht. Eine Art Zimmer.« Den Brechreiz unterdrückend zwang sich Kenna dann doch, ihre Umgebung zu begutachten.

Es war nicht kalt, aber die Wände waren von einer dünnen Schicht Eis überzogen und funkelten im Halbdunkel. Die Decke bestand aus hellem Stein, vielleicht Marmor, genau wie die Wände unter dem Eis und der Fußboden. Jedoch wirkte der ganze Raum, als hätte darin ein Monstrum gewütet. Neben den völlig zerstörten Möbeln waren die in der Wand eingelassenen Edelsteine aus den Fassungen gebrochen oder zersprungen, das Eis übersät mit Kratzern von dagegen geworfener Einrichtung. Ganz zu schweigen von dem kläglichen Überrest eines Kamins gegenüber der einzigen gesplitterten Eingangstür.

»Hat sie uns … weggezaubert? Woanders hin?« Ponpon klang genauso verwirrt wie überrascht.

Kenna stimmte brummend zu. Sie und Cecil stützten sich aufeinander, damit sie beide stehen bleiben konnten.

»Sieht so aus. Ich habe so etwas noch nie erlebt.«

Diese Ruine musste mal ein stattliches Anwesen dargestellt haben. Sie sah sich suchend um und fand den einzig intakten Stuhl, auf den sie Cecil behutsam setzte. Die Kleine war blass wie frisch gefallener Schnee.

Gleich danach wackelte sie zu Freya. Die Finger der Cygna zuckten kurz, ihr Körper krampfte und sie übergab sich auf den Boden, wodurch sich darauf dunkelrote, fast schwarze Flecken bildeten. Kenna wurde einen Moment noch bleicher. Sie hatte mit durchsichtiger Galle oder Resten von Brot oder dem Frühstück gerechnet, aber nicht mit dieser widerlichen, dicken Flüssigkeit.

Erschrocken und überfordert griff sie nach Freya, zwang sie auf die Knie, damit sie nicht erstickte. Sofort krampfte sie wieder und eine weitere Welle kam mit einem kläglichen Würgegeräusch aus ihrem Mund.

Ponpon murmelte ein leises »Scheiße«, bevor er einen wahllosen Behälter nahm, vermutlich für sich selbst.

Nach der dritten Welle, bei der dunklere Flüssigkeit aus ihrem Mund kam, kippte Freya auf die Seite und gegen sie, riss sie beide zu Boden.

»Suchen wir einfach ein Bett. Oder etwas Ähnliches.«

Die Aufregung und etwaige Fragen zu den Geschehnissen verflogen schnell, stattdessen kam die Erschöpfung.

Glücklicherweise fanden sie im oberen Stockwerk einige halbwegs intakte Zimmer, in denen sie zumindest so etwas wie eine Matratze und ein paar Decken vorfanden. Der Schlaf übermannte sie als Konsequenz der Ereignisse.

Ein paar Stunden später war es schwer für Cecil, zwischen Albtraum und Realität zu unterscheiden.

Der Staub an den gefrorenen Wänden verlieh der Umgebung etwas von Sandpapier, das Licht schimmerte von oben in bunten Farben herein und warf an vielerlei Stellen kleine Regenbögen. Eigentlich schön anzusehen, doch endeten Farbenspiele nicht in einem Meer aus Gold und Wohlstand, sondern in zerrissenen Decken, Teppichen und darin eingetrockneten Blutflecken.

Dennoch war Cecil zuerst wieder auf den Beinen, nachdem sie sich aus den Armen ihrer Ziehmutter geschält hatte. Besorgt stellte sie fest, wie sich deren dunkle Haut wieder pellte und darunter weiße Flecken zum Vorschein kamen, die vorher noch nicht da gewesen waren. Zu dem Halbmond in ihrem Gesicht gesellten sich langsam immer mehr und mehr Sterne. Sie zog die Decke zurück über Kennas Schulter. Sollte sie sich weiterhin ausschlafen.

Sie selbst hatte Hunger. Wenn alles in diesem Palast gefroren war, dann hatten vielleicht ein paar Notrationen die Zeit überstanden. Die Hoffnung darauf war nicht sonderlich groß, bedachte man den Zustand der Möbel, der Wände und des ganzen Gebäudes. Der Anblick glich einer angeknacksten Schneekugel.

Sie bahnte sich ihren Weg durch den langen Gang, der in weitere Zimmer führte, vorbei an der Treppe nach unten, zu der einzigen nicht zerstörten Tür. Sie hatten auf der Suche nach einem geeigneten Zimmer einen kurzen Blick hineingeworfen, doch die Abwesenheit von Betten und Decken hatte die Gruppe wieder nach draußen gescheucht. Vielleicht sollte sie ihn sich jetzt ansehen, bevor Kenna wach werden und sie daran hindern würde. Ihr ausgeprägter Beschützerinstinkt hinderte Cecil das ein oder andere Mal an allerlei abenteuerlichen Erkundungstouren in eingefallene Gewölbe oder natürlich entstandene Höhlen voller leuchtender Kristalle.

Die reich verzierte Tür aus dunklem Holz führte in einen weiten Raum, der, im Gegensatz zu den anderen, fast völlig intakt war. An der gegenüberliegenden Wand zur Tür, hinter zwei Reihen aus Bänken und Stühlen, erstreckte sich ein Tisch. Die Bänke boten Platz für maximal zehn, vielleicht zwölf Personen, plus zwei simple, aus Stein gefertigte Stühle rechts und links des Tisches.

Die Statue des großen Vogels darauf breitete die Schwingen über die Wand aus, hob die vorderen der vier Beine majestätisch nach oben und streckte den langen Hals in die Luft. Die ganze kristalline Form schien das Licht der Sonne, die durch die Wände kam, in vielen Facetten zu reflektieren. Einzig der Block unter seinen Füßen blieb trotz des Lichts in völlige Dunkelheit getaucht.

Cecil lehnte die Tür hinter sich an und ging ein paar Schritte in den Raum hinein. Wieder hörte sie dieses unausstehliche Summen, das sie in den Heiligtümern schon wahrgenommen hatte. Waren sie hier auch in einem Heiligtum? Dem Vogel nach im Schwanenheiligtum, aber danach sah es gar nicht aus. Sie hatte einen großen See erwartet, eine riesige Statue, vor denen die Herde der Cygna kniete, betete und sich taufen ließ. Zwar hatte sie keine wirkliche Idee, was dabei vor sich ging, aber bei Freya klang es stets wichtig. Auf Zehenspitzen schlich sie ganz nach vorne und besah sich die Statue. Sie war überzogen mit angefrorenen Staubpartikeln, aber sonst intakt. Die Augen des Vogels glühten regelrecht.

»Gebündelte Strahlen.«

Die dünne, etwas schwächliche Stimme ließ sie herumwirbeln. Freya, die Decke um ihre Arme zitternd festhaltend und die Tür mit dem Gehstock zustoßend, betrat stark humpelnd den Raum und setzte sich auf die erstbeste Bank.

»Deshalb sieht sie so aus.« Die ältere Cygna deutete mit dem Stock in Richtung der Decke über der Statue. »Das ganze Haus ist so gebaut, dass Sonnen- und Mondlicht immer genug gebündelt werden, um die Räume zu erhellen.«

Cecil sah sich noch mal um.

Also ist es hier niemals dunkel. Gruselig. Verliert man so nicht das Zeitgefühl?

»Ich hatte vom Heiligtum irgendwie etwas anderes erwartet«, gab das Mädchen zu, trat vor den Altar und glitt mit ihren Fingern über die raue Oberfläche am Bein der Statue.

Wie vermutet war sie kalt, aber auf angenehme Art, die einen an einem heißen Sommertag abkühlte.

Freyas leises Lachen hallte an den Wänden wider. »Warum denkst du, das hier ist das Heiligtum?«

»Du hast gesagt, die Heiligtümer sind verbunden. Hat uns das nicht hergebracht?« Sie ließ ihre Hand auf der Statue ruhen, während sie sich zu Freya umdrehte. Das kribbelnde Gefühl, dass der Vogel in ihren Körper aussandte, beruhigte sie. »Das hier sollte dann doch das Heiligtum sein.«

Freya schüttelte sachte den Kopf. Die blonden Strähnen fielen ihr ins Gesicht. »Nein. Ich verstehe aber, wie du auf diese Idee kommst. Wir befinden uns allerdings direkt zwischen dem Heiligtum und der Oberfläche. Deshalb sind wir hier gelandet.«

Cecil löste sich endlich vom Altar und setzte sich auf die Bank Freya gegenüber. Unsicher starrte sie nach vorne. Sie hatte ja schon feststellen dürfen, dass die Geistliche nicht viel sprach, trotzdem erwartete sie … mehr. Eine Geschichte, eine Erklärung, etwas, das ihr weiterhalf. Das Loch im Bauch würde es zwar nicht stopfen, aber vielleicht vergaß sie dann, dass sie vor Hunger umkippen könnte.

»War d-das …«, stammelte Cecil leise. »War das der Salamandergeist? Der Schatten, den du gerufen hast?« Freya brummte zustimmend. »Kenna hat mir früher von ihm erzählt. Ein riesiger, weißer Geist, dessen Rauch die Erde fruchtbar macht und die Mandra vor der Hitze aus dem Inneren schützt.«

Ein Erdbeben und ein Monster, das die Chimära wortwörtlich in Fetzen riss, hatte sie nicht erwähnt.

Freya schwieg wieder und Cecil fühlte eine emotionale Barriere, die sich um sie aufbaute. Sogar das Surren im Raum war vollkommen erloschen und die Stille drückte zusätzlich aufs Gemüt.

»Wusstest du, dass es zwei Schwanengeister gibt?«, ergriff die Cygna doch noch das Wort, ehe Cecil eine weitere Frage stellen konnte.

Blinzelnd und mit offenem Mund starrte das Mädchen zu Freya, die mit müden Augen nach vorne sah. »Zwei?«

»Die wenigsten wissen davon. Man sagt der eine, der weiße Schwan, schütze die Gläubigen mit seinen strahlenden Schwingen aus Licht. Sie sind undurchdringbar, schenken Wärme und Geborgenheit.«

»Und der andere?«

»Der schwarze Schwanengeist ist ein Geschöpf der Zerstörung und Trauer. Ein Drache, dem man verweigerte, einen Teil der Welt für sich zu beanspruchen.«

Cecil sah über die Statue und den darunter befindlichen Block. Sie hatte nie einen solchen Aufbau gesehen. Nicht, dass es viele davon in den anderen Reichen gab, aber dieser schien ihr einzigartig. Die Statuen des Schwanengeistes zeigten ihn normalerweise mit allen vier Beinen auf dem Boden, ausgestreckten Flügeln parallel zum Himmel und einem nach oben gereckten Kopf. Diese Statue hatte fast etwas Aggressives.

»Was ist mit dem schwarzen Geist passiert?«, fragte Cecil neugierig, während sie mit großen Augen die andersartige Statue betrachtete.

Freya griff an die Feder in ihrem Haar und rieb diese sachte. »Man sperrte ihn im Heiligtum ein. Seine Wut gegenüber den anderen Geistern war zu groß und hätte die Chimära zusammen mit dem Rest der Welt in den Abgrund gerissen. Heutzutage kennen nur noch wenige Cygna wie Fürst Buccinat, seinen General Vulture und jene mit Altem Blut die Geschichte um den schwarzen Schwanengeist.«

Cecil beugte sich etwas vor und starrte, denn Freyas Federn wandelten sich beim Reiben von Weiß in Dunkelrot und Schwarz.

»Wer sind denn dieser Buccinat und dieser Vulture?« Jetzt wollte sie es doch genau wissen. »Was ist das mit diesem Alten Blut? Wieso braucht man es, um mit den Geistern zu sprechen? Kann man so ein Glucksen und Fiepen überhaupt Sprache nennen? Oder können sie wirklich reden?«

Sie traf auf einen verwirrten Blick.

»Das sind viele Fragen auf einmal.« Freya drehte den Stock in der Hand. Die kleinen, schwarzen Punkte am Griff glitzerten im Halblicht wie Edelsteine. »Fürst Buccinat ist der Anführer der Cygna. *War* ist der korrektere Ausdruck. General Vulture ist eine … Legende. Der Beschützer des Volkes, der nur in großer Not auftaucht. Eine maskierte Figur, der Horden von Rebellen mit seiner Anwesenheit ausradierte.« Sie schloss die Augen und lächelte dünn. »Eigentlich macht man damit nur den Kindern Angst, wenn sie sich nicht benehmen.«

Cecil folgte der Erzählung, zog die Beine in den Schneidersitz und drehte sich etwas, damit sie Freya besser ansehen konnte. Die Ältere drückte sich leise stöhnend auf das gesunde Bein und den Gehstock.

»Es gibt ihn also gar nicht?«, fragte die Jüngere.

»Es gab ihn. Vor Tausenden von Jahren. Man sagte ihm Unsterblichkeit nach, aber er verschwand. Die Cygna glauben daran, dass jede Seele irgendwann zurückkehrt. Jedes Jahr füllt man die Straßen mit Gesang, Lobhymnen und Gebeten. Man hofft so, den General in Zeiten der Not in Form eines mächtigen Vogels anrufen zu können. Deshalb vermählen sich mächtige Magier meist untereinander und deren Kinder rufen die Seelen ihrer Vorfahren an. Die Weitergabe dieser Seelen und die Linie der Familie nennt man dann Altes Blut.« Sie ging einige Schritte Richtung Tür. »Gehen wir etwas zu Essen suchen. Ich verhungere.«

Cecil sprang auf. »Freya? Denkst du, jemand hat das bei mir auch gemacht? Du hast gesagt, ich habe Altes Blut, oder?«

Die Ältere schwieg und verließ den Raum, also hastete Cecil ihr lieber hinterher. Sie wusste, dass sie jetzt keine weiteren Antworten erhalten würde.

18

»Cecil?! Cecil!«

Kenna hechtete durch den Gang, riss eine Tür nach der anderen auf und stolperte dann weiter die Treppe hinunter.

Wo war dieses Mädchen jetzt schon wieder hin? Hatte sie nicht deutlich gemacht, dass Weggehen keine Option war?

»Cecil!«, rief sie erneut, rutschte auf dem knirschenden Teppich aus und krachte auf ihrem Hintern die letzten paar Stufen bis zum Boden hinunter.

Fast gleichzeitig streckten sowohl Cecil als auch Ponpon die Köpfe aus der nächsten Tür.

»Alles okay?«, fragte das Mädchen gleich, kniete sich besorgt zu ihr und kassierte von Kenna dafür einen Schlag gegen den Arm.

»Habe ich dir nicht gesagt, du sollst nicht einfach weglaufen?«

»Aber«, unschuldig blickte sie mit glänzenden Augen zu ihr auf, »ich hatte Hunger.«

»Und wenn du verhungerst, du sollst nicht von mir weg! Besonders nicht, wenn ich noch schlafe!«

»Jetzt komm mal runter«, mischte sich Ponpon ein und half ihr zurück auf die Beine. »Kein Grund, so auszuflippen. Wir haben dir was übrig gelassen.«

»Darum geht es doch nicht-«

»Komm! Das ist total lecker!«, unterbrach Cecil die neuerliche Schimpftirade.

Sie zog Kenna an der Hand hinter sich her in den Raum, der wie eine Küche aussah. Kaum setzte sie einen Schritt auf den Mix aus Stein und Eis, war ihr alles egal. Sie ignorierte Cecils aufgeregte Erklärung, das gelb-weiß schimmernde, brotähnliche Zeug in ihrer Hand und auf dem Tisch, Ponpon, der sich ein Stück so groß wie seine Faust in den Mund stopfte und auch das ominöse herrschende Halbdunkel.

Ihr Tunnelblick führte sie mit stechendem Schritt direkt zu der blassen Cygna auf einem Hocker, die sie zunächst keines Blickes würdigte. Sie holte aus und beförderte sie mit einem gezielten Faustschlag ins Gesicht auf den Boden. Anschließend packte sie Freya am Kragen, kniete sich über sie und drückte sie mit dem Rücken gegen den Boden.

»Wage es noch einmal, ein einziges Mal, Cecil so in Gefahr zu bringen, und ich schwöre dir, ich bringe dich um! Hast du verstanden?!« Freya japste etwas unbeholfen. »Ob du verstanden hast, habe ich gefragt!«

Zum ersten Mal konnte Kenna das Weiß in den Augen Cygna erkennen. Deren nervöser Atem drückte gegen ihr Gesicht, wie bei einer umgefallenen Puppe lagen ihre Hände zwischen ihren Knien. Auf ihrer Haut zeigte sich schnell ein roter Fleck. Wenn nötig, hätte Kenna sie hier und jetzt erdrosselt. Erst als Freya zögernd nickte und den Blick dabei nicht von ihr abwandte, löste die Mandra die Hände von ihr.

»Gut. Ich sage es kein zweites Mal.«

Sie erhob sich bebend.

Allein der pure Wille hinderte sie daran, weiter auf Freya einzuschlagen und den Inhalt ihres Kopfes auf dem glänzenden Boden zu verteilen. Lieber richtete sie ihre Aufmerksamkeit zurück auf Cecil.

»Du wolltest mir etwas zeigen?«

Kaum entfernte sie sich ein paar Schritte von Freya, tänzelte Ponpon im großzügigen Bogen um sie herum zu der Cygna. Cecil blieb wie angewurzelt stehen, bis Kenna bei ihr stoppte. Das Mädchen drehte die Hand und zeigte ihr das kleine, kreisrunde Ding.

»Uhm ... das ... ist wirklich ... wirklich lecker ...«, stammelte sie.

Kenna nahm einen Bissen. Es knackte, wurde im Mund aber schnell weich, süßlich und erinnerte sie an Brot mit Honig.

»Kenna? Alles in Ordnung?«, fragte Cecil besorgt.

»Jetzt schon.«

Eilig holte Cecil ein paar der Rationen aus der kleinen Kiste, die Freya aus einer verborgenen Bodennische gezogen hatte. Das in den Wänden und im Boden gebrochene Licht verbarg sie so gut, dass man die losen Steine nicht einmal bemerkte, wenn man genau darauf stand. Nur änderte der faszinierende Zaubertrick nichts an der drückenden Stille, die beim Essen über der Gruppe lag.

Kenna tat so, als wäre ihre Aktion nie geschehen und konzentrierte sich lieber auf den Magenfüller. Ponpon aß weiter neben Freya, die stirnrunzelnd versuchte, das Geschehene zu verarbeiten. Sie rührte ihre Ration nicht mehr an. Cecil verschlang den Rest, ehe sie sich an die Cygna wandte.

Eine brennende Frage, die ihr die ältere Cygna im Gebetsraum nicht beantwortet hatte, brannte ihr noch auf der Zunge. »Freya? Wo genau sind wir eigentlich, wenn wir uns nicht im Heiligtum befinden?«

Das schien auch die anderen beiden zu interessieren, sie richteten ihre Aufmerksamkeit auf die Cygna. Cecil wusste zwar, dass sie sich irgendwo zwischen Heiligtum und Oberfläche befanden, aber das war äußerst vage. Freya drehte endlich eine frische Ration in ihrer Hand und riss sie langsam in kleine, faserige Stücke, die sie sich in den Mund steckte, ehe sie antwortete.

»Wir sind nicht im Heiligtum, korrekt«, begann sie zögernd. »Wir befinden uns darüber. Ziemlich weit darüber.«

»Also sind wir in der Schwanenstadt?«, mischte sich Kenna ein. »Warum haben wir das nicht gleich so gemacht, anstatt erst tagelang durch die Einöde zu reisen?«

»Du meinst unter Außerachtlassung der unwichtigen Tatsache, dass es mich fast umgebracht hätte? Ich kann nicht kontrollieren, wohin mich der Geist bringt. Und von hier aus kommt man nicht direkt ins Heiligtum. Es ist zu abgeschottet.«

»Freya.« Kennas Stimme glich wieder einem wütenden Brummen. »WO sind wir? Was ist das für ein Haus?«

Kenna riss der Geduldsfaden, dieses haltlose Gerede, ohne richtige Informationen preiszugeben, zerriss ihr langsam aber sicher das Nervenkostüm.

Cecil hingegen musterte ihre Umgebung. So wie Freya die Nase rümpfte, wie vertraut sie sich bewegte, wie genau sie wusste, wo alles aufbewahrt wurde, wie sie über die Räumlichkeiten sprach …

»Es ist dein Zuhause«, stellte sie fest.

Der Blick der älteren Cygna sagte schon alles. Sie atmete sichtbar ein, vermied jeglichen Blickkontakt. »Ich bin hier aufgewachsen. Ich kenne mich hier oben aus. Das ist alles. Ich habe kein Zuhause.«

»Hier oben? Was heißt hier oben?«, schrie Kenna beinahe.

Freya stand abrupt auf. Obwohl sie inzwischen etwas gegessen hatte, zitterten ihre Knie bei jedem Schritt, den sie aus der Küche stampfte. Die Zurückgebliebenen wechselten einen Blick, hasteten ihr aber hinterher.

Freya führte sie durch den Raum, in dem sie angekommen waren, um den kaputten Tisch und die blutigen Flecken am Boden herum zu einem Fenster. Mit einem beherzten Druck gegen eine kleine, kreisrunde Stelle öffnete sich eine versteckte Tür und erlaubte ihnen, einige Schritte nach draußen zu gehen.

Dort riss Cecil überrascht die Augen auf. Sie landeten nicht in einem Garten oder etwas Ähnlichem, das man im unteren Geschoss eines Hauses erwartete, sondern auf einer halbrunden Plattform, die an einem Geländer endete: ein Balkon.

Cecil lief an Freya vorbei und lehnte sich über die Absperrung. Einige Hundert Meter vor ihnen erstreckte sich eine leere Höhle, doch bestanden Wände, Boden und Decke nicht aus Stein, sondern aus klarstem Eis. Es sah aus, als würden sie am Himmel schweben. Hoch oben breitete sich der klare Nachthimmel aus und nur einige Schneeböen wurden über das Eis gewehrt. Unter ihnen dagegen strahlten die künstlichen Lichter, schnurgerade Straßen führten von einem Ende ans andere und schienen durch die Bewegung der Massen zu leben.

»Wir sind ÜBER der Schwanenstadt?«, fragte Kenna etwas zu laut. »Was bei den Geistern …?«

»Das Haus ist in eine Blase im Eis geschlagen.« Freyas Erklärung wirkte jetzt viel ruhiger als zuvor. Sie deutete hoch. »Genau über uns befindet sich eine kristalline Konstruktion, die Licht und frische Luft nach unten leitet. Wir liegen genau dazwischen. Um hinunterzukommen, muss man die Zwischenschicht durch bestimmte Tunnel verlassen und an einer anderen Stelle die Straßen betreten. Es gibt nur eine Handvoll dieser Häuser.«

Cecil durchfuhr ein angenehmer Schauder. Tech, so weit das Auge reichte. Die Straßen, die schwebenden Bretter, die Laternen, die Häuser, die Drähte und Kabel überall, alles leuchtete in unterschiedlichen Farben. Während die Lampen eher kalt-weißes Licht schenkten, pulsierten die Straßen rot und orange wie das Blut der Stadt.

Sie beugte sich etwas weiter über das Geländer, um nach unten zu sehen. Lediglich der Kreis direkt unter ihnen war scheinbar vollkommen von diesem künstlichen Lebewesen abgeschnitten. Nur vereinzelt glitzerten die kleinen Häuser an den wirren Straßen, die einige neuwertige, gerade Linien durchzogen.

Kenna zerrte an ihrer Hand und Cecil fiepte überrascht. Fast wäre sie gestolpert. Sie versuchte, noch einmal zum Geländer zu kommen, aber Kenna zog sie unbarmherzig in Richtung Tür.

»Wir gehen«, bestimmte sie. »Kein Tech der Welt ist das hier wert.«

Ponpon stellte sich zwischen Kenna und die Tür.

»Moment, Moment!«, sagte er mit abwehrend erhobenen Händen. Zurecht. Kenna würde ihm vermutlich direkt eine verpassen. »Hältst du das für eine gute Idee?«

»Es ist sicherer, zu gehen, statt von dieser Verrückten da und ihren selbstmörderischen Aktionen umgebracht zu werden!«

»Denkst du, es ist da draußen so viel gefahrloser?«

»Alles ist besser als dieser Käfig! Hier finden uns die Chimära auf jeden Fall!«

Da kam Leben in das Mädchen und Cecil riss sich von ihrer Freundin los. »Nein!«, brüllte sie ihre Ziehmutter an. »Du hast unrecht!«

Kenna fiel alles aus dem Gesicht. Sie machte einen Schritt zu Cecil, um sie wieder zu packen, aber die wich nur weiter zurück, bis sie mit dem Rücken an das Geländer stieß.

»Verstehst du denn nicht? Wir können nicht mehr weglaufen! Du hast doch gesehen, was passiert ist! Sie wollten uns umbringen! Vielleicht zuerst wegen ihr, aber denkst du wirklich, sie würden uns nach all dem einfach gehen lassen? Der Krakengeist hat *mich* auserwählt! Das kann ich nicht wegignorieren!«

Fassungslos starrte Kenna zwischen ihr und Ponpon hin und her. Ihre Hände zuckten und der Unterkiefer bewegten sich unkontrolliert, während sie sich darum bemühte, einen Sinn in all dem zu sehen. Sie scheiterte aber völlig und drehte sich zornig zu Ponpon um.

»Du willst mir nicht sagen, dass du bei diesem manipulativen Stück bleiben willst?«, brüllte sie ihm ins Gesicht. »Sie hätte dich auch fast getötet!«

Der Mischling presste zunächst die Lippen so fest zusammen, dass sich auf seinen Wangen kleine Grübchen bildeten, grinste dann aber schief und zuckte mit den Schultern.

»Wenn ich die Wahl habe, vor einer Horde irrer Chimära auf schwebenden Brettern wegzulaufen, die mich im Zweifelsfall auch einfach erschießen können, oder mich hinter der Irren da zu verstecken, die Waffen aus dem Nichts zaubern kann und, du weißt schon, so etwas Unwichtiges beschwören kann wie den Salamandergeist, dann bleibe ich lieber bei dem *manipulativen Stück*.«

Cecil versuchte, sie zu beruhigen, indem sie zu ihr kam und vorsichtig ihre Hand in ihre eigenen schloss. Sie fühlte sich heiß an, sie spürte sogar den beschleunigten Puls an ihrer Haut.

»Kenna«, sagte sie beruhigend. »Ich muss lernen, wie man ... Magie benutzt, nicht wahr? Damit wir uns wehren können. Und du hast Freya doch gehört: Wenn ich den Geist beschwören kann, muss ich nur noch am Leben bleiben. Sie macht den Rest.« Prüfend drehte sie sich zu Freya, die weiterhin regungslos die Szenerie beobachtete. »Das stimmt doch so, nicht wahr?«

Die Cygna nickte leicht. »Die vier Geister zusammen können die Chimära zurückdrängen. Ohne ihr Tech gehen sie unter. Ganz nebenbei retten wir dadurch die Welt, aber für eure kleinen egoistischen Ziele ist das sicher nur ein positives Beiprodukt.«

Verzweifelt suchte Kenna nach einem Gegenargument, Cecil konnte sich nicht daran erinnern, wann ihre Ziehmutter das letzte Mal so hilflos ausgesehen hatte.

»Cecil ...« Sie seufzte und legte die zweite Hand auf ihre. »Das wird nicht funktionieren. Hast du mal da runter geschaut? Da unten sind Tausende und Abertausende Kameras, Züge und anderes Tech. Die Chimära sind an jeder Ecke. Wir können nicht eine ganze Nation täuschen! Wir sind tot, bevor wir auch nur einen Schritt Richtung Heiligtum machen können!«

Freya räusperte sich. Inzwischen hatte ihre verletzte Wange eine leicht bläuliche Farbe angenommen.

»Eigentlich«, murmelte sie nachdenklich, »müssen wir nur eine täuschen.« Sie warf wieder einen Blick nach unten und drehte ihnen den Rücken zu.

Vermutlich hätte Kenna sie am liebsten über den Rand geschubst, aber sie blieb stehen. Nachdem einige Zeit nichts passierte, drehte sich Freya um und schritt an ihnen vorbei, hinein ins Haus. Ponpon zuckte mit den Schultern und folgte ihr. Cecil tat es ihm gleich und Kenna kam zum Schluss mit verschränkten Armen hinterher.

WIRKLICH gerne hätte Kenna dieser eingebildeten Kuh den makellosen Kopf mit dem nächstbesten Stuhl eingeschlagen.

Was fällt der eigentlich ein, die ganze Zeit über nur halbe Informationen preiszugeben?

Sie bebte vor Wut. Später würde sie irgendetwas kaputtmachen müssen.

»Jetzt spuck es schon aus!«, fauchte sie nach einer gefühlten Ewigkeit des Schweigens. »Wen? Und warum?«

Freya stand vor einer Wand und rieb mit der Handfläche über einige der vereisten Steine. Zwischen ausgewählten schob sie prüfend die Finger, stellte unzufrieden fest, dass sie das Gesuchte nicht fand, und ging zum nächsten über.

»Freya!«, brüllte Kenna.

Sie war drauf und dran, ihr ein weiteres Veilchen zu verpassen!

»Meine Frau.« Sie sprach an die Wand gerichtet.

»Deine WAS?«

»Ihr Name ist Chi. Zumindest habe ich sie so genannt. Ihr richtiger Name ist Lysandra.«

»Und … wer genau ist diese Lysandra?«, fragte Ponpon mit zusammengezogenen Augenbrauen. »Warum muss man nur sie ablenken?«

»Sie führt die Chimära an. Mehr als das-«

Kenna mischte sich wieder ein. »Warte, warte, warte!« Mit zwei Schritten stand sie einen halben Meter vor Freya. »Sag mir, ich habe mich verhört! SIE FÜHRT DIE *CHIMÄRA* AN?! Das sagst du uns erst jetzt? Bist du wahnsinnig?«

»Wenigstens ist sie kein Drache.«

Freya hatte gefunden, was sie suchte. Einer der Steine löste sich. Sie fischte einige Einzelteile aus dem entstandenen Loch. Das dabei herausfallende Bild einer jungen, schwarzhaarigen Cygna mit einem Metallarm ignorierte sie dabei völlig.

»Sie versucht aber, einer zu sein. Wenn es nach ihr ginge, dann wäre sie General Vulture. Das tut jetzt nichts zur Sache. Alle Informationen der Chimära laufen durch eine Stelle: Dem Zentralrechner, dem künstlichen Geist, mit dem sie direkt verbunden ist. Die beiden teilen sich einen Verstand.«

»Freya. Ich verstehe kein Wort von dem, was du da gerade sagst.« Kenna sah verwirrt dabei zu, wie die Cygna die Teile auf einem der Stühle verteilte und sich ächzend davorsetzte. Cecil und Ponpon gesellten sich dazu. Kenna setzte erneut an. »Das heißt jetzt was?«

Wieder antwortete sie nicht gleich, drehte ihren Gehstock zwischen den Fingern und drückte gegen ein Stück von dessen Verzierung, bis sich ein schmales Bruchstück daraus löste. Aus diesem Teil kamen mehr Dinge heraus als aus einer Matrjoschka. Bei Schmugglern wäre das Stöckchen sicher äußerst beliebt, wüssten sie davon.

»Freya!«, ermahnte Kenna sie nochmals, nachdem die Blonde drei weitere unterschiedlich geformte Teile aus ihrem Stock gelöst hatte. »Wörter! Benutzen!«

Den Blick hob sie nicht, fing aber an, mit den Werkzeugen an dem Stück Tech herumzuschrauben. »Über die Jahre hat Lysandra den Zentralcomputer darauf gepolt, nach mir zu suchen. Es wird sich nicht vermeiden lassen, dass sie von unserem, sprich meinem, Aufenthaltsort erfährt. Wenn man die Information aber von vielen verschiedenen Punkten der Stadt einspielt, wird sie die Chimära verstreuen und wir können ungehindert zum Heiligtum vordringen.«

Mit schnellen Fingern drehte sie an unterschiedlichen Stellen und vielen Stäbchen. Ein Funke flog und das Tech leuchtete himmelblau auf.

»Hast du das gerade aktiviert?«, fragte Cecil besorgt.

Kennas Hals wurde trocken.

»Keine Sorge. Dieses Tech ist nicht an die Cloud angeschlossen oder hochgeladen. Es hat in diesem Zustand nicht einmal eine ID. Ich habe es gefunden, als ich so alt war wie du. Ponpon? Wie gut bist du mit Tech?«

Der Angesprochene zog die Augenbrauen hoch und wedelte wild mit den Händen vor dem Körper, stammelte dabei Bruchstücke wie »keine Ahnung.« und »Zu hoch für mich.«.

Freya schnalzte so laut mit der Zunge, dass gleich etwas von den Wänden fallen und zerspringen musste. Sie fixierte Kenna.

»Dann schließen wir dich an.«

19

Abermals breitete Kenna die kleinen Kristallgefäße vor sich aus, schön nach Farbe sortiert. Cecil ergriff einen, legte ihn an eine andere Stelle.

»Ich glaube, das muss so …«

»Woher weißt du das?«

»So ein Gefühl.«

»Wenn ich das noch einmal hören muss, explodiere ich!«

Acht Tage.

So lange waren sie jetzt schon in diesem eisigen Gefängnis eingeschlossen. Selbst ihr als Mandra wurde langsam aber sicher kalt. Die innere Hitze, auf die sie sich sonst in heftigen Stürmen und dunklen Nächten verlassen konnte, versagte dabei, ihre Umgebung aufzuheizen. Es ging sogar so weit, dass Cecil ihren Lieblingsschal an sie weitergab, der jedoch nichts gegen die Kälte und die darin liegende Ungewissheit half.

»Das funktioniert aber so«, murmelte Cecil leise. »Hat Freya so gesagt.«

Ponpon bewegte sich auf seinem Platz neben Cecil, schlang die Arme um die angezogenen Beine. »Kannst du mir noch mal erklären, wie das geht? Dieses Magiezeug meine ich.« Während er fragte, versuchte er, sich in eine Position zu bringen, die das Fleisch am Hintern nicht gänzlich anfrieren ließ.

»So ganz habe ich es auch nicht verstanden.« Cecil fischte nach einem Kristall. »Freya sagt, man kanalisiert Magie mit Gefühlen. Aber das allein reicht offensichtlich nicht. Man braucht einen Ursprung, eine Aktion und ein Ziel. Die wenigsten können das.«

»Sie erzählt Unsinn!« Kenna schnaubte. »Man kann nicht auf verschiedene Weisen fühlen. Wut ist Wut, Traurigkeit ist Traurigkeit, wie man es auch dreht und wendet.«

»Da gibt es sehr wohl Unterschiede! Man kann jemanden doch auf verschiedene Weisen lieben, oder? Deshalb benutzten die Magiewirkenden

Wörter. Weil die immer eine exakte Emotion auslösen. Mit Wörtern kann man am leichtesten eine Aktion und ein Ziel bestimmen. Freya sagt, man nimmt dafür die Alte Sprache, weil man so am einfachsten eine bestimmte Emotion an ein Wort bindet. Das ist nicht wie bei ›Ich liebe dich‹, von dem es Hunderte Variationen gibt.«

Ponpon nickte bei der Ausführung. »Also ...«, sagte er nachdenklich, »wenn ich zum Beispiel ein Messer in der Hand halten will, wie funktioniert das?«

Cecil kratzte sich am Kinn. »Ich denke, du müsstest das Messer physisch spüren. Das wäre die Aktion. Das Ziel ist natürlich deine Hand. Und der Ursprung ...« Darüber grübelte sie länger. »Das Material des Messers. Freya sagt, man kann nichts aus Nichts erschaffen. Man transformiert entweder einen physischen Gegenstand in magische Energie oder nutzt die Energie, die schon da ist.«

»Das ist mir zu kompliziert«, sagte Ponpon gelangweilt.

Kenna kuschelte sich derweil weiter in den gefundenen knallbunten Umhang. Er schenkte wenigstens etwas Wärme. »Ich frage mich immer noch, wie sie den Salamandergeist gerufen hat.«

Und besonders, wieso Freya mich dazu gebracht hat, diesen Stein zu schlucken.

Nachdem ihre Wut über die Cygna verflogen war, hinterließ er einen kleinen Fleck in der Brust, der sich langsam tiefer eingrub und wie ein zweites Herz pulsierte. Immer, wenn sie Freya ansah, regte er sich erneut. Oder war sie das selbst? Einen Unterschied schien es kaum zu geben. Wie sehr sie es auch versuchte, solange sich Cecil nicht in unmittelbarer Gefahr befand, zum Beispiel, wenn sie explodierende Kristallgefäße gegen die Wand warfen, sprang ein Funke in ihr herum. Sonst entfachte er sich in einen neuen Tobsuchtsanfall.

Doch in ihrem eisigen Gefängnis hatte sie fast schon Mitleid mit der älteren Cygna. Je länger sie darüber nachdachte, umso schmerzvoller schien ihre Geschichte zu sein. Alles, was ihr außer einer zerstörten Beziehung, einem zertrümmerten Haus und einem geschundenen Körper blieb, war der unbeugsame Wille den Rest der Lebenden vor einer eventuellen Bedrohung durch einen künstlichen Geist zu retten.

»Entweder hat sie die Magie des Heiligtums benutzt oder die ihres Körpers. Vermutlich eher Letzteres, sonst wäre sie nicht so ausgepowert«, antwortete Cecil, auf die Kristalle starrend, und riss Kenna so aus den Gedanken.

Besser, Kenna sah mal nach der Cygna. Wenn sie Cecil keine Vorträge über Magie hielt oder mit ihnen immer wieder ihren ach so großartigen Plan durchging, sperrte sie sich in einem der Zimmer ein und war über ihr Tech gebeugt. Zum Essen zwang man sie und an Schlafen war bei ihr nicht zu denken.

»Sortiert ihr weiter eure Todesfallen.« Kenna stöhnte beim Aufstehen. »Ich schau mal, was unser Vögelchen so macht.«

Ponpon wartete, bis die Mandra aus dem Raum war, bevor er sich nach hinten lehnte und die Beine an den Kristallen vorbei ausstreckte.

»Echt schräg, dass ihr immer noch hier seid.«

»Wieso?«

»Kenna sieht aus, als wäre sie überall lieber als an diesem Ort. Ich dachte echt, sie würde dich k. o. schlagen und mitschleppen.«

Cecil lachte leise, machte einen kleinen Haufen aus den Kristallen und fing mit dem Sortieren wieder von vorne an. Soweit er das verstanden hatte, versuchte sie, die Wirkungsweisen zu unterscheiden nach physisch, wie Waffen und Rauch, und psychisch, wie temporäre Verwirrung und solchen Mist. Er würde davon die Finger lassen, solange er damit keinem das Auge ausstechen konnte.

Gegen die Langeweile half es trotzdem nicht, also lauschte Ponpon in den Gang, ob er etwas hörte. Kein Geschrei und kein Gepolter. Das hieß, die beiden Frauen zerfetzten sich nicht, was ein verbuchter Erfolg war, auch wenn ihm Kennas plötzlicher Sinneswandel verdächtig vorkam.

»Hey, Cecil«, flüsterte er. »Gehen wir raus?«

»Wir dürfen nicht, das weißt du doch.«

»Ja, ja, klar. Du darfst auch keine Magie benutzen, wenn Freya nicht dabei ist, trotzdem tust du es.«

Ihre weißen Wangen färbten sich verlegen rot und Cecil zog die Schultern unmerklich hoch. Sie wirkte wie ein kleines Mädchen, das man mit der Hand im Keksbeutel erwischt hatte.

Er beugte sich vor, grinste breit und stupste vorsichtig ihren Arm an. »Na? Na? Komm schon. Du bist doch auch neugierig. Wir schauen doch nur. Uns erwischt schon keiner.«

Cecil schürzte unentschlossen die Lippen.

Ponpon stand leise auf und zog an ihrem Arm. »Komm schon. Wir sind wieder da, bevor jemand etwas merkt. Wir nehmen zwei oder drei von den Glitzerkristallen mit und dann passiert uns schon nichts. Du hast gesagt, du bist sonst auch immer in Ruinen. Das ist nichts anderes.«

Das schien sie dann doch zu überzeugen. Sie sammelte den Haufen vom Boden auf und packte den Rest in den kleinen Beutel, der auf seinem Platz auf dem Fensterbrett neben der versteckten Tür landete. Weit genug weg vom Eingang entfernt, falls sich doch jemand hierher verwirrte, nahe genug dran, um im Notfall mitgenommen zu werden.

Auf dem Weg nach draußen schnappte sich Ponpon Cecils Hand, die Kleine würde sonst verloren gehen. Er musste sich aber eingestehen, dass er doch aufgeregt war. Seit der Bruchlandung hatten sie nur einen kurzen Abstecher auf den Balkon getätigt, einen halben Schritt aus der Vordertür gewagt und waren dann von Kenna zurückgezerrt worden. Dabei sollte sich dieser Trip als ungefährlich erweisen.

Freya hatte erwähnt, dass die versteckten Häuser in der oberen Eisschicht aufgrund von geschickten Schliffen für die Stadt unten und die Oberfläche darüber nicht sichtbar waren. Man hatte die Möglichkeit, von innen nach außen zu sehen, aber nicht umgekehrt.

So leise es möglich war, schlichen sie durch die Vordertür aus dem Haus, durch die davor befindliche Eisblase, die einen stinknormalen Vorgarten imitierte, in den angeschlossenen Gang. Die Straße war kunstvoll geschnitzt und über ihnen glänzten in einer perfekten Reihe kleine Eiskugeln, die das Innere erhellten. Bis auf einige herausgebrochene Brocken liefen sie auf vollkommen intaktem Boden, wie bei einem verlassenen Dorf. Die Wände dagegen waren so glatt, dass sie sich darin spiegelten.

»Das wars?«

Cecil klang enttäuscht, als sie nach wenigen Gehminuten schon das Ende erreichten, das durch eine senkrechte Wand mit einem eingekerbten Bogen gekennzeichnet war. Es sah nicht eingefallen aus.

»Kann doch nicht sein, oder?«, murrte Ponpon und trat an den Bogen.

Erst eine Armlänge davon weg offenbarte sich das ganze Ausmaß der optischen Täuschung: Der Boden sackte schlagartig hinter der Säule ab und formte eine Treppe nach unten, eine weitere auf der anderen Seite hinauf. Sie war nicht schmal, aber wenige Meter weiter verlor sich der Blick darauf in einem nebligen Schleier. Die geschliffenen Wände, das reflektierende Licht und der Mangel von Wegweisern bereiteten ihm Kopfschmerzen.

»Vielleicht sollten wir zurück«, sagte Cecil mit einer Sorgenfalte auf der Stirn. »Wir verirren uns noch.«

Ponpon beugte sich etwas vor, damit er einen Blick nach unten werfen konnte, und stockte sofort. Gemurmel.

»Pon?«

»Sei mal still …« Er lauschte noch einmal. »Hörst du das auch?«

Sie kam zu ihm, hielt sich sicherheitshalber an ihm fest.

»Da redet jemand«, stellte sie fest. »Das könnte aber von überall herkommen.«

Jetzt wurde er etwas nervös. Waren diese Leute nahe? Wenn ja, wie nahe?

»Wir sollten nachsehen, wie weit das entfernt ist.« Seine Kehle wurde trocken und seine Worte gingen in ein raues Gluckern über. Trotzdem hielt er den Blick so weit voraus fixiert, wie es ihm das Eis erlaubte.

Langsam tastete er sich voran. Nach einigen Metern, in denen die Stimmen deutlich lauter wurden, ertastete er eine weitere Tasche im Eis, bei der die Wände überlappten, und diese Spiegelung erlaubte ihm einen Blick um die Ecke.

»Chimära.« Cecil drückte sich an seinen Arm.

Es handelte sich um einen kleinen Raum, der zwei überdimensionale Ausgänge hatte, die nach oben und unten führten. Durch den oberen wehten kleine Schneeböen herein, doch brachte der Schnee weitere Figuren mit sich, einige mehr, andere weniger mit Metall überzogen. Sie schoben diverse Kisten auf Rollbrettern ins Innere. Zwischen ihnen lief ein einzelner, rothaariger Vulpa, der als einziger so gar nicht ins Bild passte.

»Beeilt euch, bitte«, fiepte der Junge. »Es soll alles bis morgen Abend aufgebaut sein.«

Einer der Älteren lachte tief, sodass die Halle vibrierte. Sie knallten die Boxen aufeinander und öffneten einige andere, aus denen Kabel und Stangen zum Vorschein kamen.

»Du glaubst doch nicht echt, dass die Tür da unten einfach magisch aufschwingt, wenn das schon die letzten zehn Jahre nicht passiert ist, oder?«, grölte der breiteste unter ihnen.

Unförmig, unfreundlich, vernarbt und so seltsam sprechend, dass man ihn durch den Hall kaum verstand.

Ob Cecil und Kenna sie kennen?

Fragend sah Ponpon zu Cecil, die den Kopf schüttelte. Blieb die Frage, um welche Tür es sich handelte. Wenn er doch nur einen besseren Blick auf alles bekommen könnte! Vorsichtig schob er sich ein bisschen nach vorne, sodass seine Finger auf einer Linie mit dem Rand der überlappenden Wand waren. Direkt um die Ecke kamen einige weitere metallene Boxen zum Vorschein, die unterschiedlich hoch und fein säuberlich aufgetürmt an der ungleichmäßig hohen Decke standen.

»Bitte macht es einfach.« Der rothaarige Jüngling hörte sich fast schon flehend an.

Endlich öffnete einer der Kerle den größten der Container, der genau in der Mitte stand. Zum Vorschein kam eine Konstruktion, die ihn erschreckenderweise an die kleinen Kristalle mit Magie erinnerte.

»Wer seid ihr?«

Ponpon wirbelte herum und starrte direkt in den Lauf einer Pistole.

Kenna drückte die Tür auf und trat in den im Halbdunkel liegenden Raum, lauschte dem leisen *Klick, Klick, Klick* von Freyas schnellen Fingern. Die Cygna hatte sie gar nicht bemerkt. Der Gehstock lag verbannt und seiner Werkzeuge beraubt in der Ecke. Nicht, dass sie ihn brauchen würde. Freya verließ den Stuhl kaum.

»Willst du nicht langsam eine Pause machen?«, bemerkte Kenna laut.

Keine Reaktion. Typisch. Aber … Na, einen Versuch war es wert.

Sie brauchte einen Moment mentaler Vorbereitung, klemmte die Zunge unter den Gaumen und schnalzte, so laut sie konnte. Sofort zuckte der schlanke Körper nach oben und suchte die Quelle des Geräuschs, wodurch Kenna einfach in das sowohl müde als auch wütende Gesicht grinste.

»Hey, das ist ja einfach. Wie bei einem Hund.«

»Was willst du?« Ein leichter, schwarz-roter Schimmer leuchtete auf ihren Wangenknochen auf. »Warum beleidigst du mich?«

»Sonst hörst du ja nicht.« Obendrein war es lustig. Kenna ging zu ihr und lehnte sich an den Schreibtisch. »Warum machst du nicht mal eine Pause? Nicht, dass ich es nicht urkomisch finden würde, wenn du mit dem Gesicht in deine Arbeit fällst, aber wenn jemand den Schädel eingeschlagen bekommen muss, bist du unsere beste Option.«

Mit einem lauten Brummen drehte Freya ihre Werkzeuge im Tech. Kenna rechnete wieder mit einem abfälligen Klicken, einem Murren, irgendetwas, doch mit dem Schimmern auf der Haut verschwand das wütende Flimmern in ihren Augen. Sonst sah sie Freya hauptsächlich von hinten, aber diese Seite von ihr zeigte anderes. Ihre Schultern hingen, ihr Atem ging schwer. Sie wirkte besiegt.

»Erzähl mir von deiner Frau.«

Ein Lebensfunke kehrte zurück in Freyas Augen. Es war nur ein kurzes Blitzen aus Wut und Trauer in einer Falte zwischen ihren Augenbrauen, aber er war da. Das erwartete Leuchten ihrer Hautbemalung fiel dieses Mal völlig aus.

»Ich dachte, ich hätte schon alles gesagt. Ihr Name ist Lysandra und sie führt die Chimära an. Sie ist eine Cygna. Was gibt es da noch zu erzählen?«

»Wie sieht sie aus? Wie ist ihr Charakter so? Solche Dinge. Damit ich weiß, vor wem ich weglaufen muss, falls es dazu kommt.«

Überraschenderweise legte Freya die Werkzeuge beiseite und lehnte sich auf ihrem Stuhl zurück. Sie rieb sich den Nacken und einer der Wirbel knackte, was Kenna einen Schauer über den Rücken jagte.

Igitt.

»Um ehrlich zu sein, erinnerst du mich sehr an sie«, erklärte Freya, ohne sie anzusehen. »Sie war auch eine Berührte. Bis sie sich entschieden hat, dass es nicht ihr Leben bestimmen darf.«

»Was soll das denn heißen? Man entscheidet sich nicht einfach, keine Berührte mehr zu sein.«

»Wenn man die Chance dazu hat, ist das schon möglich. Ich habe mich dafür entschieden, mit dem zu leben, was mir der Geist gegeben hat. Sie sah das nicht so.«

»Gegeben? Was hat er dir gegeben?« Freya tippte leicht auf den Oberschenkel ihres kaputten Beins. »Warum sollte dir der Geist so etwas geben? Das ist kein Geschenk.«

»Natürlich ist es kein Geschenk. Es soll auch keines sein. Es soll mich ausgleichen.«

»Ausgleichen?«

»In meiner Familie ist es Tradition, zum Militär zu gehen. Mein Vater, meine Mutter, meine ganze Familie war dort. Sie alle haben es sehr weit gebracht und wir waren hoch angesehen bei seiner Exzellenz.« Ihre Stimme brach leicht, während sie weitererzählte. »Als ich zur Welt kam, war mein Bein völlig verdreht. Ich kann mich an den Schmerz nicht erinnern, doch die Heiler brachten es in die richtige Position. Vater ging mit mir sogar zum Schwanengeist, damit er dort eine Heilung für seine Treue erflehen konnte. Der weiße Schwan verweigerte sein Flehen, aber ich lebte, lernte Laufen und wuchs mit dem Glauben auf, dass ich, wenn ich mich nur mehr anstrengte als andere, irgendwann wie alle anderen leben konnte. Zeitweise funktionierte es sogar.«

Zumindest erklärt das ihre Verbissenheit.

Kenna nickte etwas abwesend. Freya dagegen wurde immer angespannter.
»Und dann?«

»Eines Tages war ich in der Stadt. Ich war … vielleicht so alt wie Cecil oder etwas jünger. Dort bin ich Lysandra begegnet. Unabhängig von den körperlichen Makeln fiel sie aus der Menge heraus. Sie hatte Augen wie ein Jäger. Wir freundeten uns an. Sie erzählte mir von den ganzen großartigen Sachen, die sie gefunden hatte. Du musst wissen, sie ist mit einem Arm geboren worden. Den anderen hat sie sich aus Metall gebastelt, das sie tief im Eis gefunden hat.«

»Sie hat Tech im Eis gefunden? Funktionierendes?«

»Einzelteile.« Das erste Mal seit Langem kroch ein kleines Lächeln auf Freyas Lippen. »Ihr ganzes Haus war vollgestopft davon. Zusammen haben wir ihren Arm immer weiter verbessert. Wir wollten die Welt verändern. Angefangen mit ihrem Arm und meinem Bein …« Sie stockte und ihr Lächeln verschwand.

Kenna sah ihr an, wie der kleine Spalt in der Tür zu ihren Gedanken wieder zuschnappte und die Maske zurückkehrte. Nochmals huschten für einen Moment die dünnen Linien auf ihre Haut und Kenna entschied sich, das Thema zu wechseln. Nicht weil ihre Neugier nach dieser Lysandra befriedigt war, sondern weil sie genau wusste, wie wenig man aus jemandem herausbekam, der seine Vergangenheit loswerden wollte.

»Sag mal …«, begann sie, um vom Thema abzulenken, »wovon ist dein Glühwürmchen-Dasein eigentlich abhängig? Du leuchtest nicht auf, wenn ich es erwarte.«

Bisher war sie der Meinung gewesen, es würde sich um eine Art Emotionsanzeiger handeln, aber dann brauchte sie auf jeden Fall viel mehr Farben.

»Es ist keine bewusste Entscheidung.« Freya hielt den Blick auf den Boden gerichtet. »Wenn wir getauft werden, zeigen diejenigen, die Magie benutzen können, ein Muster auf der Haut. Es ist direkt an unsere innere Kraft gekoppelt. Wenn wir Magie wirken, dann leuchtet die Zeichnung auf, abhängig davon, was für eine Art von Magie es ist.«

Kenna beugte sich etwas vor, klickte wieder mit der Zunge und sah fast augenblicklich dabei den rötlichen Schimmer über Freyas Haut huschen.

»Weil Magie an Emotionen geknüpft ist, leuchtest du dann auf?«

»Ja … Nein …« Freya scannte Kennas Gesicht. »Es … Die meiste Zeit kann ich meine Gefühle von meiner Magie abkoppeln. Sonst würde ich ständig leuchten.«

Kennas Blick verweilte bei den hellblauen Augen der Cygna. So nett anzusehen das Leuchten unter der Haut war, es schien völlig abgeschnitten zu sein von der grell leuchtenden Iris in den mandelförmigen Augen. So gesehen waren die ganz hübsch.

Wieder war da dieses kleine Klopfen direkt unter ihrem Brustbein. Sie wusste, wie es sich anfühlte, wenn das Herz einem aus der Brust sprang, aber das hier war anders. Wenn diese Frau sie nur nicht so wütend machen würde! Dann könnte sie … Vielleicht … Also eigentlich wollte sie ihr nur etwas in das absurd perfekte Gesicht hauen, ihr die ganzen Spielsachen wegnehmen und sie an ein Bett binden! Die Augenringe passten ganz und gar nicht zu ihr!

»Mach Pause. Bitte«, murmele sie, bewegte sich aber nicht von der Stelle.

Als ob ihre Worte etwas bringen würden. Sobald sie ihr den Platz freigab, würde sie sich wieder mit ihren Werkzeugen vertraut machen.

Kenna folgte einem inneren Impuls, der sie komplett übermannte, beugte sich vor, stützte sich auf die Armlehnen und schob Freya weiter in den Sitz. Ein roter Hauch, der ausnahmsweise nicht von ihrem Gesichtstattoo herrührte, legte sich über die Wangen der Cygna und die Hände der Blonden wanderten in Kennas Haare. Kaum berührte ihre Nasenspitze Freyas Haut und sie spürte den leicht nervösen Atem auf ihren Lippen, ging der Rest von allein.

Kenna überwand den übrigen Abstand und schloss die Augen, bevor sie Freya für einen unendlichen Moment in einem Kuss hielt. Ihr wurde heiß und kalt zugleich, ein Gefühl von Angst rüttelte sie durch, aber gerade wollte sie nur in der Mitte des Wirbelsturms verweilen.

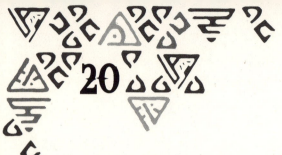

20

Cecils Muskeln waren wie festgetackert. Sie hatte schon oft Pistolen gesehen, aber nicht aus dieser Nähe. Zumindest nicht von dieser Seite. Die geladenen, hellorangefarbenen Linien schlängelten sich zwischen dem dunkelgrauen Metall hindurch, bereit, die Ladung im Inneren direkt in sie zu zwingen. Der schwarzhaarige, schlanke Riese trat einige Schritte auf sie zu und scheuchte sie damit rückwärts aus der Spalte im Eis. Das Gemunkel zwischen den Boxen verstummte sofort.

Der kleine Vulpa drückte sich an einem größeren Chimära vorbei und kam mit etwas Abstand zum Stehen. Cecil konnte ihm nur einen kurzen Seitenblick zuwerfen, da ihre Aufmerksamkeit auf dem Mordinstrument vor ihrer Nasenspitze lag, doch dieser Blick reichte für einen Eindruck. Seine Haut war fahl, nicht eine Atemwolke kam aus seinem Mund, als ob er gar nicht atmen würde.

»Hol Lysandra«, befahl der Schwarzhaarige mit der Pistole. »Sie soll entscheiden.«

Hastig drehte sich der Vulpa um sich selbst, rannte zu einem Metalltisch, der auf schrägem Untergrund neben der bereits geöffneten Box stand, und klappte den darauf befindlichen Computer auf. Über den schwarzen Bildschirm rollten weiße Buchstaben und Zahlen, bevor ein verzerrtes Bild auftauchte.

Cecil drehte sich der Magen um. War sie das? Lysandra? Sie sah aus, wie die Frau auf dem Bild. Waren sie direkt in das Nest der Chimära gelaufen? Wenn es eine Person gab, die sie nicht sehen wollte, dann deren Anführerin höchstpersönlich. Sie mussten weg. Schnell. Das Amulett an ihren Rippen kitzelte schon unangenehm.

War das vielleicht die Magie, die es zum Vibrieren brachte? Konnte sie das nutzen wie im Heiligtum des Salamanders?

Krampfhaft versuchte sie, sich zu erinnern, denn seit dem Tag hatte sie keine Magie mehr gewirkt. Nun, ausprobiert hatte sie es schon, doch ohne Ergebnis. Die Wasserarme fanden hier keinen Ursprung, und selbst wenn sie ein paar der Chimära wegschleudern konnte, hätte sie der Schwarzhaarige bis dahin schon erschossen.

Seine künstlichen, hellblauen Augen sahen eine Bewegung schneller, als sie sich für selbige entschied.

»Warum störst du?«, hallte es aus den alten Lautsprechern des Computers. »Ich sagte doch, ich komme heute Abend!«

»Hier … sind Leute.« Der kleine Vulpa war kurz vor einer Ohnmacht. »Kaz hat sie im Durchgang gestellt.«

»Na und? Werft sie wieder raus.«

»Aber … Aber Lysandra … Sie waren *hinter* der Wand! Und sie … Na ja …« Er wedelte mit der Hand vor dem Bildschirm. »Kannst du uns sehen? Also gut sehen?«

»Ja. Wieso?«

Der Vulpa winkte zu ihnen, der Schwarzhaarige drehte Ponpon an der Schulter und zwang ihn vor sich, ein anderer packte Cecil am Arm. Ihre Beine verweigerten ihr den Dienst, sodass man sie zum Tisch zerren musste. Dort angekommen verdrehte man ihr den Arm schmerzhaft nach hinten, was sie auf die Zehenspitzen zwang.

Auf dem Bildschirm flimmerte für einen Moment das entsetzte Gesicht einer Cygna auf. Zumindest das, was von ihr übrig war. Die Augen glänzten metallisch, ebenso wie die Ansätze unter ihrer ausgebleichten Haut und die schwarzen Wurzeln der Haare. Die Ringe ihrer Augen hatte nichts Natürliches mehr.

»Bringt sie ins Heiligtum«, knisterte Lysandras Stimme, während der Bildschirm wieder schwarz wurde. »Und Kaz.« Angesprochener versteifte sich neben ihr. »Sieh nach, ob du einen weiteren Gang finden kannst. Sie müssen irgendwoher gekommen sein.«

Der Schwarzhaarige drückte die Waffe gegen Cecils Kopf. »Können wir es nicht einfach aus ihnen rausprügeln? Oder wir schließen sie an.«

»Nein! Wir werden sie nicht anschließen!« Lysandra klang noch harscher und kälter als vorher. »Jemanden mit Magie an die Cloud anzuschließen, ist gefährlich. Bringt sie mir. Sofort!«

Der Computer knackte und schaltete sich damit aus. Kaz, ganz wie es sonst ein Cygna tat, schnalzte empört mit der Zunge, schob seine Gefangenen dann aber ohne ein weiteres Wort voran. Ein anderer schnappte sich Ponpon. Der Halbling wehrte sich viel mehr als sie, stemmte sich gegen seinen Angreifer – allerdings ohne Erfolg. Neben dem großen Behälter kamen sie noch einmal zum Stehen, wo sie an einen Kalmara übergeben wurden.

»Pass auf sie auf. Ich schau mal nach diesem Gang«, raunte Kaz.

Cecil versuchte, einen Überblick über die Situation zu bekommen. Es waren zu viele Chimära, um wegzulaufen, die Boxen standen überall und der aus seiner Transportbox bezogene Behälter glänzte unheilvoll. Sie hatte sich nicht geirrt. Das Glas sah aus wie einer der Kristalle, umarmt von vielen Kabeln und metallischen Konstruktionen, die artig auf ihr dazu passendes Gegenstück warteten.

Kein Rost, keine Altersflecke, nicht einmal Wasserflecke.

»Und? Besser?«

Freya raunte unter ihren Fingern, dachte aber gar nicht daran, das Gesicht aus dem Kissen zu heben. Kenna grinste. Noch mal drückte sie sanft den kleinen Knubbel unter der Haut, was die halb eingeschlafene Frau wieder zucken ließ.

»Weißt du, das wäre leichter, wenn du das Teil einfach ausbehalten hättest.«

Sie schob die Hände höher über den unteren Rücken, fand einen weiteren Knubbel und drückte beherzt darauf. Freya stöhnte schmerzerfüllt auf, wacher als vorher, aber noch mit dem Gesicht im Kissen vergraben. Ein schöner Laut. Sanft platzierte Kenna einen Kuss auf ihrem Kopf.

»Habe noch nie jemanden gehabt, der so angespannt war.« So behutsam, wie es eben ging, drückte sie auf die Verspannung. Da fühlte sie etwas anderes unter der beanspruchten Haut, sah irritiert auf den Rücken. »Was ist das?«

Mit den Fingerspitzen fuhr sie über die unnatürlich gradlinige Erhebung neben der Wirbelsäule. Da sie aber unter beiden Händen eine sehr ähnliche Linie fühlte, tat sie es nicht als eine der Narben ab, von denen Freya überhäuft war. Schade nur, dass sie so angespannt war. Kenna hätte sich gerne weiter auf ihrem Schoß gerekelt, die Leidenschaft genossen und so viele Stunden auf allen Möbelstücken des Hauses verbracht, aber Freyas körperlicher Zustand ließ die Wirkung des Adrenalins schnell verfliegen. Schade eigentlich. Das Vögelchen hatte geschickte Finger.

Kurzerhand hatte sie die Cygna ins Bett verfrachtet. Sie dort rauszulassen, hatte sie so nicht vor, und wenn sie sie festbinden müsste.

»Gar nichts«, knurrte Freya zurück.

»Sieht aber nicht nach gar nichts aus.«

Mit einem protestierenden Brummen legte Kenna den Rücken weiter frei und riss die Augen auf. Der freudige Funken in ihrem Kopf wich dem Ekel.

Was zum …?

Es waren nicht nur Narben, sondern es wirkte, als ob jemand flächenweise Haut von ihrem Rücken entfernt hatte, wodurch sie in unschönem, rotem Narbengewebe wieder zusammengewachsen war. Jede herausgetrennte Fläche war ordentlich eingerahmt mit schwarzen, gestreckten und fast ausgeblichenen Linien. Die gestempelten Formen krallten sich über die Haut bis auf ihre Seiten.

»Sind das … Flügel? Wieso?«

Unabhängig davon, dass ihr bei dem Anblick die Galle hochkam, musste die Narben sehr alt sein, bei der Art und Weise, wie sie gestreckt waren. Die schmalen Abstände leuchteten bei der Erwähnung.

»Gar nichts«, wiederholte Freya nochmals. Das sah Kenna vollkommen anders. »Ein Rest aus meiner Vergangenheit.«

»Mit Lysandra?«

»Meinem Vater. Nimm es einfach hin.« Die Geistliche drehte das Gesicht weiter ins Kissen, zog die Arme fester darum.

Kenna verharrte einige Momente regungslos, doch das Oberteil musste weg, also zwang sie es an Freyas unbedeutenden Körpergewicht und den natürlichen Kurven vorbei, bis sie alles zufriedenstellend freigelegt hatte.

Es waren tatsächlich Flügel. An der Wirbelsäule gesellten sich einige schwarze Striche hinzu, die dagegen willkürlich auf der Haut am Knochen aufgemalt waren. Prüfend rieb Kenna mit der Fingerspitze darüber, ob es sich nicht doch nur um Asche handelte. Freya buckelte, drehte sich mit einem kräftigen Ruck auf den Rücken und warf Kenna damit von sich.

»Lass das! Es ist nichts!«

»So siehts aber nicht aus. Bist du krank?«

Sie knurrte ein unzufriedenes »Nein!«, doch ihre Anstalten, aufzustehen, unterband Kenna sofort, packte das wieder runtergerutschte Oberteil und zwang Freya zurück in die Sitzposition.

»Lass mich!«

»Du kannst mir nicht erst die Zunge in den Hals stecken und dann dichtmachen«, empörte sich die Mandra. »Ich sag's auch keinem. Tut es weh?«

Wieder murmelte sie ein »Nein«, diesmal leise, und wich ihrem Blick aus. Die glitzernde Wand aus Eis war da viel interessanter.

Kenna starrte sie weiter an. Unter den fest zusammengepressten Lippen, den angespannten Muskeln und dem starren Blick, der einem Kopfschmerzen bereitete, schillerte noch etwas anderes. Trauer? Wenn sie so schwieg, hatte man glatt das Gefühl, sie würde darauf warten, dass ihr jemand sagen würde, was sie laut aussprechen sollte. Vielleicht war an der Sache, die Ponpon gesagt hatte, etwas dran, und sie war wirklich eine Kriegerin. Das würde zumindest viele der Eigenarten erklären, die sie manchmal zeigte. Kriegerinnen folgten normalerweise ihrem Anführer, doch was tat so jemand, wenn er auf einmal eigene Entscheidungen fällen musste?

»Wie lange bist du eigentlich schon allein unterwegs?«

Besser war es, das Gespräch in eine andere Richtung zu lenken. Mit Druck bekam man aus diesem Dickschädel höchstens einen Diamanten heraus. Herausgerissen aus ihrem Gedankengang schloss Freya die Augen, atmete einmal durch und entspannte merklich.

»Fast zwanzig Jahre«, antwortete sie brav. »Plus/minus ein paar Jahre. Nach einer Weile verschwimmt alles.«

»So lange? Aber du hast doch schon drei Geister.«

»Stirbt der Hüter eines Geistes an unnatürlichen Umständen, dauert es einige Jahre, bis der Geist zurück in sein Heiligtum gefunden hat und einen neuen Hüter wählt. Lysandra hat die Anführer und die Hüter ausgelöscht, als sie in die Hauptstadt marschiert ist.«

Kenna nickte, schob sich vom Bett, stand auf und suchte nach ihrem Oberteil. »Also wird diese Lysandra Cecil jagen, weil sie eine Hüterin ist, um dich daran zu hindern, den Geist zu beschwören. Das habe ich verstanden. Aber was passiert, wenn die Geister beschworen sind? Du sagtest, damit wird Tech aufgehalten und eine Katastrophe verhindert, aber wie?«

Unschlüssig rieb sich Freya die Hand übers Gesicht. Sehr unüblich für diese Cygna, wenn sie so darüber nachdachte. Sonst war sie so gehalten und korrekt.

»Die Geister können Tech unschädlich machen. Genau wie damals. Das kostet die Lebenden zwar ihre Bequemlichkeit, vieles wird wieder schwieriger, aber zumindest gibt es dann ein Leben. Gefühle. So etwas wie Leidenschaft. Nicht nur kalte Kalkulation.«

Kenna beäugte Freya genau. Sie wich ihrem Blick aus und die Anspannung kehrte zurück. Sie fröstelte unter den bunten Tüchern.

»Das ist nicht alles, oder? Was passiert noch?«

Für diese Antwort brauchte Freya ungewöhnlich lange, seufzte und erhob sich stöhnend. »Die Ungläubigen und Unwürdigen werden das Opfer bringen müssen, damit der Planet gerettet werden kann. Sie werden zusammen mit dem Tech untergehen.«

Kenna erbleichte. »Sie werden ... was? Sterben?«

Die Cygna verließ den Raum.

Keine Antwort war Antwort genug. Doch wer waren die Ungläubigen? Diejenigen, die sich dem Tech verschrieben hatten? Die Chimära, oder?

Die Lebenden unterschieden sich nach ihrem Glauben, allerdings gab es inzwischen so viele Chimära, dass es mehr als ein paar Opfer sein würden. Doch auf der anderen Seite retteten sie damit so viele. Die Lebewesen, die noch an die Geister glaubten und Schutz bei ihnen suchten. Jede Geschichte ihrer Zeit redete davon, dass nur die vier großen Geister die Balance zwischen Erde und Leben schufen.

Der Gedanke an Flucht kehrte wieder zurück, aber Kenna war sich inzwischen bewusst, dass die Option lange verflogen war. Sie hätte Freya damals im Pub liegenlassen und ihr einen Becher Met über den Kopf schütten sollen. Trotzdem folgte sie ihr in den ungewöhnlich stillen Gang. Freya steuerte mit dem ungleichmäßigen *Tock, Tock, Tock* ihres Gehstocks die Tür am Ende an, Kenna warf einen Blick die Treppe hinunter.

Stille.

»Cecil?« Sie rief etwas lauter. »Ponpon? Esst ihr noch?«

Die Lichter funkelten stumm. Sogar Freya drehte sich überrascht zu ihr um. Sie tauschten einen Blick, wobei die Blonde zuerst die Tür zu ihrer Rechten öffnete, in der Kenna mit Cecil schlief.

»Leer«, stellte sie fest. »Vielleicht auf dem Balkon.«

Kenna nickte, hastete nach unten. Wieder rief sie ihre Ziehtochter und deren neuen Freund.

Das nächste Mal ist die Leine ein Diskussionsthema!

Doch nichts. Die leeren Räume mit dem zerstörten Inventar zeigten keine Anzeichen der ungebetenen Eindringlinge. Die geheime Tür nach draußen war fest verschlossen. Erst als sie die offene Vordertür sah, wurden ihre Knie weich.

Ganz von allein verlagerte sich ihr Gewicht vor, sodass sie ihre Beine bewegen musste, um nicht umzufallen. Immer schneller lief sie nach draußen, krächzte zunächst leise Cecils Namen, wurde dann aber lauter, bis zu einem Brüllen. Freyas Rufen am Fenster ignorierte sie, rannte den eisigen Gang entlang, bis dieser an einer Wand endete. Ihr schossen die Tränen in die Augen, während sie perplex das plötzliche Ende anstarrte.

»Kenna!«, hallte es durch den Gang. »Komm zurück! Sofort!«

Einen Scheiß werde ich!

Cecil sollte nichts passieren! Von allen Dingen, die sie von Freya verlangt hatte, war das doch das Einfachste, oder nicht? Mit plötzlich aufquellender Wut drehte sie sich auf dem Absatz um, lief, so schnell sie konnte, und traf Freya am Anfang des Durchganges.

»Wo führt der Gang hin?«, fauchte sie der Cygna entgegen. »Raus damit! Oder-«

»Oder was?«, fiel sie Kenna ins Wort. »Ich habe deutlich gesagt, dass sie dieses Anwesen nicht verlassen sollen!« Der Blick aus Freyas hellblauen Augen zuckte suchend über die Eisfläche und die Denkfalte kam zurück auf ihre Stirn.

Kenna schlug frustriert mit der Faust gegen die Säule neben sich, die daraufhin verdächtig knackte. Vielleicht war es auch ihr Knochen.

»Sie könnten überall sein. Zu Fuß zu suchen, ist gefährlich. Vielleicht können wir ihre Wärmesignaturen ausfindig machen. Vorausgesetzt, sie leben noch.«

»Wärme-*was*?«

Schleifenden Schrittes steuerte Freya das Haus an, Kenna hastete ihr hinterher.

»Sprich mit mir!«, verlangte sie mit zitternder Stimme.

»Wir müssen dich an das Netzwerk anschließen. Dann kannst du die Informationen der Umgebung abrufen und-«

»Freya! Ich verstehe kein Wort von dem, was du sagst!«

Sie hatte die Blonde schnell eingeholt. Deren Augen zuckten bei jedem Schritt, als würde sie einen unsichtbaren Text lesen.

»Das Stück Tech, an dem ich gearbeitet habe.« Sie suchte zwanghaft nach einem Startpunkt, stöhnte leise, wenn sie mit dem Bein falsch auftrat. »Alle Chimära, auch Lysandra, sind an eine große Cloud angeschlossen.«

»Dieser Hauptcomputer, der Informationen für Lysandra filtert? Das wollten wir schon vor Tagen machen!«

»Genau. Jede eingehende Information ist mit einer Identifikation versehen. Jeder Chimära hat eine. So kann man sehen, woher die Information kommt. Sieht beispielsweise ein Chimära etwas in der Stadt der Mandra, dann werden die Art der Information und der Standort an die Cloud gesendet und Lysandra kann von jedem Ort der Welt sehen, dass es in der Stadt der Mandra geschehen ist.«

Kenna überlegte, nickte aber. »Du willst ganz viele Informationen an diese Cloud schicken? Was dann?«

»Ja«, stimmte Freya zu. »Die Information muss nicht real sein, um übertragen zu werden, aber sie muss von einer echten Identifikation gesendet werden. Der Computer prüft, ob ein schlagendes Herz an die Identifikation angeschlossen ist. Sonst könnte es einfach ein anderer Computer sein.«

Kennas Kopf fühlte sich an wie Watte. Dabei sollte sie sich langsam daran gewöhnen, von Freya einen ungewöhnlich hohen Informationsinput zu bekommen. »Also ... was ist das für ein Tech?«

»Ein Mutationssender.«

»Ein ... ein was?«

Wie jemand mit einer solchen Beeinträchtigung so schnell eine Treppe nach oben kam, würde sie wohl nie verstehen. Ehe sie es sich versah, erblickte sie von Freya nur noch die Rückseite.

»Stell dir einfach vor, es ist eine Information, die aber von Hunderten Orten gleichzeitig gesendet wird. Wie Datenbomben, die in der Cloud ihre Aufmerksamkeit auf sich ziehen, während wir uns ungehindert in der Stadt bewegen.«

Kenna rollte mit den Augen. »Sag das doch gleich so! Aber wie finden wir damit Cecil?«

In Freyas Raum angekommen steuerte diese sofort den Schreibtisch an und griff nach dem halbmondförmigen Stück Tech.

»Du wirst damit auch Informationen abrufen können, wenn du korrekt fragst. Deshalb sollte man zumindest ein bisschen von Tech verstehen.«

»Warum machst du es dann nicht?«

Freya schnaubte wieder, deutete aufs Bett.

»Magie und Tech vertragen sich nicht. Ich bin außerdem noch nicht bereit, zu sterben. Leg dich hin. Es wird etwas wehtun, aber nur so finden die beiden im Eis. Möglichst bevor sie erfrieren oder Schlimmeres passiert.«

21

Die Schwanenstadt war überwältigend. Zu schade nur, dass Cecil zu abgelenkt war, um sich an irgendetwas davon zu erfreuen. Die grellen, bunten Lichter, die schwebenden Bretter auf den Straßen, die vielen Hologramme und die Cygna, die sich kleine Tech-Vierecke ans Ohr drückten, lenkten nur vorübergehend von der Waffe ab, die man ihr in den Rücken schob. Der Vulpa eilte dabei in sicherem Abstand voraus, gerade weit genug weg von ihnen entfernt, damit Ponpon ihn nicht packen und wegzerren konnte.

Nach dem Eistunnel, der langen Hauptstraße und dem schier endlosen Weg die Seitengassen entlang gelangten sie an ein Tor, das zunächst von zwei Wachen versperrt wurde. Beide sahen Freya nicht unähnlich: Hoch gewachsen, blond, harte Gesichtszüge und sie trugen gestreifte und gefleckte Federn in den Haaren. Sogar der prüfende, zugleich abwertende Gesichtsausdruck war derselbe. Der Vulpa sagte nichts, drehte nur den kleinen Computer in der Hand und daraufhin ließ man sie passieren.

»Cecil ... ist das ...«, flüsterte Ponpon, kaum hatten sie das Tor passiert.

In der Mitte, hinter den glatt polierten Dächern der einstöckigen Häuser, erstreckte sich ein in sich gedrehter Turm, der bis an die obere Eisdecke und darüber hinaus reichte. Sicher wurde das Licht durch diese Säule nach unten geleitet. Dann musste dort auch das Heiligtum sein.

Cecil schauderte. Je näher sie dem Turm kamen, umso kälter wurde ihr. Dann war da noch dieses unangenehme Kratzen über ihrem Bauch, dort, wo der Anhänger des Kranken in ihrer Haut verankert war. Inzwischen wollte ihr Körper das mit Magie gefüllte Stück gar nicht mehr hergeben. Obwohl der Anblick besonders bei Kenna Panik ausgelöst hatte, störte es Cecil gar nicht. Irgendwie gab ihr der Anhänger Sicherheit, als würde der Krakengeist in ihrem Kopf singen und damit die Angst vertreiben. Vor ihrer Ziehmutter verteidigte sie ihre Ruhe vor dieser Situation lediglich damit, dass sie ihn sowieso nicht wegwerfen konnte. Wenn sie aufhörte, den Anhänger loswerden zu wollen, dann musste sich das leblose Stück Metall auch nicht an sie klammern wie Efeu an einen Baum.

Doch Kennas Schimpftiraden würde sie auf jeden Fall dem Anblick dessen, was hinter dem Tor auf sie warten mochte, vorziehen. Sie sollte nicht hier sein. Sie sollte nicht hineingehen.

Trotzdem zwang man sie durch die Eingangstür, über den kunstvoll geschliffenen Boden des Saals, der hinter dem Eingang lag. Auf den wenigen Stufen wäre sie fast gestolpert, aber selbst dann wandte sie den Blick nicht von der einzigartigen Kunst ab. Jeder Winkel, jeder Teppich und jeder Stein waren sorgfältig gewählt, zusammen tauchten sie alles in ein unwirkliches Flimmern wie aus einem Traum. Der Boden selbst wirkte wie der Nachthimmel, und trotz des düster wirkenden Ambiente konnte man die Details ausmachen. Die kleinen, leuchtenden Punkte vibrierten bei jedem Schritt auf dem Eis.

»Hier entlang«, sagte der Vulpa leise.

Mit einer Handbewegung führte er sie ans Ende des Raums und hinter einen imposant wirkenden Stuhl, dessen Rückenlehne in riesige Flügel überging, die einen großen Teil der Wand dahinter einnahmen. Wie schon im Geheimgang sah Cecil die überlappende Wand erst, als sie quasi darin standen. Ihr Körper blockierte automatisch und sie presste die Fersen ins Eis.

»Was soll das denn jetzt?« Der unzufrieden wirkende Chimära drückte die Waffe weiter in ihren Rücken. »Bewegung!«

»Nein!«, brüllte sie zurück.

Irgendwie schaffte sie es, den deutlich stärkeren Mann zumindest zeitweise zurückzuhalten, bevor dieser sie in den Rücken schlug und damit doch nach vorne zwang. Schon kurz darauf reichte einer nicht mehr aus, um sie im Zaum zu halten. Sie wehrte sich vehement, schob sich immer stärker gegen den Zwang nach vorne. Der weiche Teppich schlug dabei genug Falten, sodass sie die Füße darin vergrub.

»Jetzt reichts!«, knurrte der Größte, der hinter Ponpon lief, und nahm Cecil mit beiden Armen in die Zange, hob sie auf, als hätte sie kein Gewicht.

Zwar quetschte er ihr die Luft aus den Lungen, aber das änderte nichts daran, dass sie trat und verzweifelt versuchte, sich aus dem Griff zu winden. Die vorherige Ruhe, die zuerst vom Anhänger in ihrer Haut ausgegangen war, schlug vollständig um. Hitze und Wut durchzogen ihre Adern. Alles in ihr schrie, ihre Gedanken überflutet von Gefahr. Etwas lauerte weiter vorne, das sie verschlingen wollte. Mit jedem Schritt drängte man sie weiter an einen Abgrund, von dem sie nicht sagen konnte, wie und warum er existierte. Reiner Instinkt treib sie an.

Erst der Knall eines Schusses ließ sie zusammenzucken – der Lauf der Pistole zeigte auf Ponpon. Neben ihm klaffte ein Loch in der Wand.

»Hiergeblieben.«

»Okay, okay …«, flüsterte Ponpon, hob die Hände und drehte dem sicheren Ausgang wieder den Rücken zu.

So viel zum Fluchtversuch. Er behielt die Hände oben, nur für den Fall.

Wo bin ich hier nur reingeraten? Wo ist Freya, wenn man sie mal braucht?

Cecil flippte derweil im Arm des Chimära aus, und zu allem Überfluss schoss man auf ihn!

Cecil schien ihren eigenen Wutausbruch nicht wahrzunehmen. Sie schnaubte und grunzte wie ein Schwein vor sich hin, ihre Augen waren völlig vernebelt. Es wurde stetig schlimmer, je weiter sie die Treppe nach unten liefen.

Der Gang endete in einem kreisrunden Raum, an dessen Ende eine Schwanenstatue in die Wand eingelassen war. In allen anderen Reichen hätte man ihn als Thronraum gewählt, aber die Cygna zogen es vor, ihren wichtigsten Raum geheim zu halten.

Ponpon sah sich um und blendete Cecils Wutausbruch kurzzeitig aus.

Der Boden, die Decke und die Wände waren völlig ausgeschmückt mit Gold und Silber. Mit dem Inhalt des Raums könnte man seinen Kindern und Enkelkindern problemlos ein sorgenfreies Leben verschaffen. Vor der Statue auf dem Boden hockte eine Figur mit schimmernden Armen, die langen Haare über die Schulter gelegt, und einem großen, schwarzen X im Nacken.

Das musste sie sein.

»Lysandra?« Der kleine Vulpa kam geduckt einige Schritte nach vorne, die Hände an die Brust gepresst. »Wir sind hier.«

»Ich habe dich gehört. Gleich«, murrte die Frau zurück, ohne den Kopf zu heben.

Unsicher seine Finger knetend blieb der Rotschopf einen halben Meter entfernt stehen. »Sollen wir draußen warten?«

»Ich sagte: Gleich!«

Sogar der Chimära neben ihm zuckte zusammen, als hätte man ihm eine Nadel in den Arm gerammt. Die kleine metallene Platte auf seinem Handrücken knisterte aufgeregt.

Lysandra gestikulierte in der Luft und starrte angestrengt zur Schwanenstatue hoch. Die Augen leuchteten rötlich auf und ein Lichtblitz zuckte durch die Flügel bis in die Wand, doch dann wurde es wieder dunkel. Die Anführerin der Chimära fluchte laut. Die war mit Freya verheiratet? Sie schien ausladender und emotionaler, nicht wie die hochgewachsene Eisstatue.

Ponpon schluckte trocken, als Lysandras kalter Blick über ihn und Cecil huschte. Ihre Gelenke klickten beim Aufstehen und jeder weiteren Bewegung. Kein Wunder, dass Freya das nicht ausstehen konnte. Es glich einer konstanten Beleidigung.

Cecil versuchte noch immer, sich aus dem Griff zu lösen, hatte aber zumindest aufgehört, zu brüllen, und war auf angestrengtes Schnaufen umgestiegen. Ponpon dagegen war von der durchaus schönen Frau angetan. Ihre nackten Arme bestanden komplett aus Metall und ihrem Gang nach galt das auch für ihre Beine. Ob noch mehr ihrer Körperteile ausgetauscht waren? Gehört hatte er von dieser Möglichkeit schon, aber selbst Chimära ließen sich ungern Gliedmaßen abhacken oder aufschneiden.

»Du bist also diejenige, die meine Leute ertränkt hat.« Ponpon war für Lysandra schnell uninteressant. Sie fixierte sich auf Cecil. »Hast du eigentlich eine Ahnung, wie viele Leute du mich gekostet hast?«

»Lass mich los!«, fauchte Cecil erneut, traf den Chimära endlich mit einem Tritt am Knie und landete zusammen mit ihm am Boden.

Mit wenigen Schritten war Lysandra bei ihr und pinnte die schmalere Cygna mit dem Fuß auf dem Oberkörper an der eisigen Fläche fest.

»Aufbrausend. Ich kenne noch so jemanden. Wenn ich so drüber nachdenke ... Du siehst ein bisschen aus wie Freya. Nur deine Augen sind anders.«

Cecils Strampeln kämpfte sie unbeeindruckt nieder.

»*Siru!*« Cecil brüllte es ihr entgegen, aber nichts passierte.

Ponpon hatte zumindest mit einem Knacken des Bodens oder etwas Ähnlichem gerechnet, doch mit einem stillen Raum bestimmt nicht. Sogar die anwesenden *Chimära* sahen sich überrascht um.

»Stirb? Ernsthaft? Man sollte denken, dass *große, alles ertränkende Riesententakel* eine etwas ausgefallenere Vokabel hat.«

Ponpon suchte erneut den Boden nach irgendetwas ab. Wieso hatte das nicht funktioniert?

Quelle, Aktion und Ziel ...

Wusste Cecil nicht, wo sie die Magie hernehmen sollte? Oder die Quelle war nicht verfügbar.

Wenn Ponpon die Umgebung richtig deutete, waren sie nicht im Heiligtum, sondern in einem Raum davor. Diese Lysandra versuchte verzweifelt, die Tür zu öffnen, also war das, was dahinter lag, wertvoll. Bestimmt hatte diese unhandliche Maschine etwas damit zu tun.

Ein wenig amüsiert war Lysandra schon. Für einen Moment war ihr das ungeliebte Herz stehen geblieben, als die Kleine auf einmal so geschrien hatte, aber es war ja nichts passiert. Ihre Nackenhaare waren jedoch noch immer aufgestellt. Sie trat etwas nach und entlockte dem Mädchen damit ein schmerzhaftes Atmen und sich einen erleichternden Moment Ruhe.

»Also«, begann sie, »verstehen wir beide uns jetzt? Oder muss ich erst etwas ausfallender werden?« Wieder ein Schnauben, aber sie hielt regungslos ihren Fußknöchel gepackt. »Gut. Ich will, dass du mir diese Tür da aufmachst. Ein Altes Blut wie du weiß doch bestimmt, wie das funktioniert, getauft oder nicht.«

Lysandra warf einen flüchtigen, aber nicht uninteressierten Blick zum Begleiter des Mädchens. Die Beziehung der beiden war nicht so gut einzuschätzen, dafür aber die Werte, die messbar waren. Körpertemperatur, Herzschlag, Blutdruck, Atemfrequenz. Alles Dinge, die sie mit ihren künstlichen Augen sah, und die von ihrem ergänzenden Ich in Bruchteilen einer Sekunde verwertet wurden. Beim Blick in seine Richtung beschleunigte sich Cecils Atem und sie wurde nervöser. Sogar die Pupillen weiteten sich.

»Hast du etwa Angst?«, fragte Lysandra belustigt. »Keine Sorge. Dir werde ich nicht wehtun. Bei ihm«, sie nickte in die Richtung des Halblings, »bin ich mir nicht so sicher.«

Volltreffer. Sofort spannten sich wieder alle Muskeln an, so sehr, dass sogar Lysandra mit ihren mechanischen Beinen Probleme hatte, sie unten zu behalten.

»Lass ihn in Frieden!«

»Mach mir die Tür auf.«

»Er hat dir nichts getan!«

»Mach. Mir. Die. Tür. Auf.«

»Lass ihn-«

»Öffne die verdammte Tür!«

»Ich weiß nicht wie!«

Tränen schossen in die hübschen, grünen Augen. Das kämpfende, zornige Etwas machte eine Hundertachtziggradwende, und auf einmal krallte sich mit dem beschleunigten Herzschlag auch der ängstliche Gesichtsausdruck an ihr fest. War das ein Trick?

Schnaubend griff Lysandra nach unten, an den Hals der jungen Cygna, und zog sie auf die Beine. Sie gurgelte unbeholfen, versuchte nur, den Griff mit den eigenen Fingern zu lockern, statt nach ihr zu treten, so wie Lysandra das zuerst vermutet hätte. Doch diese Situation allein sagte viel über das Mädchen aus, was sie zusätzlich verunsicherte. Freya hätte sich aus dem verstärkten Arm längst befreit und ihr vermutlich ein oder zwei Ohrfeigen verpasst. Gehörte das nicht zur Militärausbildung?

»Bitte«, wimmerte die Jüngere. »Lass ihn gehen. Ich versuch es!«

Fast ohne Anstrengung warf sie die Cygna in Richtung der großen Schwanentür.

»Dann los.«

Bebenden rappelte sich Cecil auf. Die ganze Wut, der Widerwille, der Gesang in ihrem Kopf, auf einmal war das alles weg. Sie sollten Ponpon nicht wehtun.

Es war nur eine Tür, oder? Dahinter befand sich das Schwanenheiligtum, in dem Tech nicht funktionierte. Die Chimära würden mit all ihren Modifikationen einfach umfallen, zumindest diese Lysandra. Außer der sichtbar pochenden Oberfläche über ihrem Herz war doch nichts mehr an ihr natürlich, das hatte Freya ihnen deutlich klargemacht. Selbst wenn sie sich bewegte, sah man die künstlichen Energieimpulse zwischen den Platten ihrer Arme. Sie war ein einziges, wandelndes Stück Tech, das ausfiel, wenn es in die Nähe des großen Schwanengeistes kam. Dadurch konnten sie vielleicht fliehen. Aber wie bekam sie die Tür auf? Sie erinnerte sich daran, wie Freya vom Heiligtum erzählt hatte, dass man es nur fand, wenn man wusste, wo es war. Mit zitternden Knien stellte sie sich vor die Schwanenstatue. Ihre Finger glitten zwischen die Krallen der nach oben gerichteten Klaue. Sie hatte nicht, was diese Statue für den Eintritt verlangte.

»Bitte«, flüsterte sie leise. »Bitte, bitte ...«

Bei jedem Wort zitterte das Eis unter ihrer Haut, aber die Statue blieb eine stumme Wache an der Tür.

Lysandra wurde wieder laut, sprach so deutlich, dass ihre Worte in den Wänden widerhallten. »Wie wäre es damit: Alle zehn Minuten, in denen sich diese Tür nicht öffnet, schneide ich deinem Freund hier einen Teil seines Körpers ab? Sobald die Tür auf ist, ersetzen wir sie auch wieder.«

»Was? Nein!« Cecil wirbelte herum. »Tu ihm nicht weh!«

»Ich habe sehr wenig Geduld, Liebes. Entweder bringst du diese groteske Kreatur eines Türstehers dazu, den Weg passierbar zu machen, ohne den ganzen Gletscher der Schwanenstadt einstürzen zu lassen, oder ich verfrachte die Einzelteile deines Anhängsels ins Ersatzteillager.«

Sie sah aus, als würde sie nachlegen wollen, da änderte sich ihr Gesichtsausdruck von wütend in fassungslos. Die zusammengezogenen Augenbrauen lösten sich und sogar die künstlichen Pupillen wurden so weit, dass man sich darin spiegelte. Cecil hätte hinterher schwören können, sie hätte gleichzeitig etwas Farbe verloren. Auf einmal wirbelte Lysandra herum.

»Ihr beiden!«, brüllte sie den Chimära entgegen, die bei Ponpon standen. »Ihr bleibt hier und sorgt dafür, dass sie die Tür öffnet! Der Rest kommt mit mir!« Als der kleine Vulpa an ihr vorbeiwollte, packte sie ihn an der Schulter. »Du nicht.«

»Aber-«

»Nein! Sobald die Tür offen ist, sollen die Kapsel aufgebaut werden. Sie soll nicht hinein.« Sie deutete mit einer flüchtigen Handbewegung zu Cecil und starrte giftig zu ihr hinüber, bevor sie ihnen den Rücken kehrte.

Perplex und leicht überfordert tauschte die junge Cygna einen Blick mit Ponpon, fixierte anschließend wieder die dunklen Augen der Statue.

Sie musste diese Tür aufbekommen!

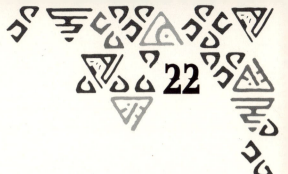

22

»Die Augen langsam öffnen.«

Kenna tat, wie ihr geheißen wurde. Ihr ganzes Gesicht schmerzte und ihre Fingerspitzen fühlten sich an, als ob man ihr die Kuppen abgeschnitten hätte. Wenigstens hatte Freya ihr nur irgendwelche Nadeln in die Haut gejagt, statt sie komplett aufzuschneiden.

Nicht, dass es angenehmer wäre. Die Umgebung erschien ihr heller und unwirklich. Eine blassblaue Farbe stach aus allen Ecken hervor und das Eis auf den Steinen machte sie schwindelig.

»Und?«

Kenna kniff die Augen zu. Die kleinen Metallplatten in ihrem Gesicht klebten fremd an ihrer Haut, wie eine Ladung Matsch, die man nicht abbekam.

»Ekelhaft. Aber ich werde damit leben.« Sie setzte sich langsam auf. »Wie finden wir Cecil?«

Inzwischen könnte das Mädchen überall sein, zumal sie kein Zeitgefühl besaß. Entweder lag sie erst wenige Minuten auf dem Bett oder bereits viele Stunden.

Freya saß über einen kleinen Bildschirm gebeugt, der bis vor wenigen Augenblicken durch schmale Kabel mit ihrem Gesicht verbunden gewesen war. Nur die an ihren Händen knisterten noch fröhlich vor sich hin.

»Erst einmal sehen wir, ob alles funktioniert, wie ich mir das vorstelle«, murmelte Freya langsam und tippte auf dem Bildschirm.

Ein elektrischer Schock schoss durch ihre Hand bis in ihr Auge, wodurch Kenna fluchend zusammenzuckte. Dünne Linien formten sich vor ihr und passten sich an die Ecken und Kanten ihrer Umgebung an. Zusätzlich huschten einige Wörter an ihr vorbei, die sie nicht lesen konnte. Noch betäubt vom Schmerz schlug sie sich gegen die Schulter.

»Siehst du etwas?«

»Du meinst das Lichterfest? Ja! Was ist das?«

»Kartierung.« Freya machte sich nicht die Mühe, von ihrem Gerät aufzusehen. »Es wird dir helfen, nicht gegen Eiswände zu laufen. Die Stadt ist voller optischer Illusionen, die du so einfacher identifizieren kannst. Chi hat versucht, mein Programm zu kopieren, aber ihres ist bei Weitem nicht so gut.« Ein selbstgefälliges Schmunzeln umspielte ihre schmalen Lippen. »Siehst du noch etwas?«

Kenna sah sich noch einmal um, starrte neben dem Bett nach unten auf den Boden. Sie stellte winzige, sich bewegende Punkte fest, die sich in einer leicht gebogenen Linie anordneten.

»Was ist das? Ameisen?«

»Ah, die Wärmesignatur funktioniert.« Freya löste die letzten Kabel. »Das sind die Gläubigen um das Heiligtum. Zumindest diejenigen, die uns am nächsten sind. Auf größere Entfernungen wird es nicht funktionieren.«

»Wie finden wir damit Cecil?«, war alles, was Kenna wissen wollte.

Sie stand auf und wankte ein wenig, das war aber auszuhalten.

»Zuerst rufen wir die Standorte der Chimära ab. Ich will ihnen nicht in die Arme laufen.« Vom Tisch griff die Cygna nach einem zweiten Bildschirm, so groß wie ihre Handfläche, und reichte ihn Kenna. »Den hier wirst du brauchen. Damit kannst du dein Interface bedienen und mit der Cloud in Kontakt treten, ohne bemerkt zu werden.«

»Inter…?«

»Interface. Du weißt schon. Das Lichterfest gehört dazu. Alles, was du sehen kannst, aber nicht real ist, gehört zu deinem Interface.« Sie zog Kenna so zu sich, sodass sie einen guten Blick auf Freyas eigenen kleinen Bildschirm hatte. »Die beiden Tablets sind geklont. Das heißt, alles, was du eingibst, kann ich sehen und umgekehrt. Wenn du also einen Fehler machst, kann ich eingreifen. Ich würde aber vorziehen, es nicht zu tun.«

»Wieso?«

»Die Befehle gehen direkt an das Implantat. Damit sind schon böse Dinge passiert, wenn man nicht aufpasst. Wenn es überlädt, könnte es abplatzen und meine ganze Arbeit-«

Kenna unterbrach sie abrupt. »Abplatzen?! Warum sagst du mir das nicht vorher? Du meinst, ich könnte dabei draufgehen?«

»Du hättest höchstens einen Krater im Gesicht, davon sterben würdest du nicht. Du müsstest es doch ohnehin gewohnt sein, angestarrt zu werden.«

Kenna japste unbeholfen nach Luft, aber da grinste Freya nur, beugte sich zu ihr und drückte ihr einen Kuss auf die Wange. Die Mandra wurde rot und verstummte, während ein wohliges Schnurren in ihrer Brust die Wut verstummen ließ. Das Gesicht wie ein schmollendes Kind verziehend, richtete Kenna lieber den Blick auf den Bildschirm in ihrer Hand. Er war nicht begrenzt auf die physische Fläche, sondern erstreckte sich über knapp eine Unterarmlänge auf eine unsichtbare Erweiterung.

»Wie finden wir Cecil?«, fragte sie zum wiederholten Mal. »Sie ist kein Teil von diesem Cloud-Ding, oder?«

»Irgendein Sensor wird sie registriert haben, bewusst oder nicht. Die Chimära befinden sich überall in den Schächten und Gängen.«

»Und wie?«

»Du müsstest einen Punkt sehen, der *Bioüberwachung* heißt.« Sie wartete, bis Kenna zustimmte und den entsprechenden Punkt berührte. Dabei sah sie auf ihr eigenes Gerät. »Sehr gut. Du musst sie dir vorstellen. Ihr Gesicht, Größe, Haarfarbe, andere Eigenarten. Die Cloud gleicht die Informationen mit der Datenbank und den Eingehenden ab und gibt dir ein Feedback.«

»Was?«

Freya schnaubte genervt.

»Es sucht nach Cecil und sagt dir, wo man sie zuletzt gesehen hat.«

»Sag das doch gleich.«

Sie kannte Cecil besser als jeder andere, weshalb es ihr nicht schwerfiel, sich die Kleine genau vorzustellen. Die blonden Haare, die Stupsnase, das schmale Gesicht und ihre grünen Augen.

Ein sich drehender Kreis erschien und nach einigen Sekunden spuckte die leuchtende Platte ein Bild aus, das ihr Mädchen zeigte, wie sie zwischen die Arme eines Hünen geklemmt hochgehoben wurde wie ein Spielzeug.

Freya starrte auf ihren Bildschirm.

»Wo ist das?«, wollte Kenna sofort wissen. »Wo kann ich mir das anzeigen lassen?«

»Das brauchst du nicht. Ich weiß, wo sie sich befindet.« Freyas knurrender, fast wütender Tonfall ließ sie in einem komplett anderen Licht erscheinen.

Sie hatte die Schultern angespannt, den Unterkiefer in einer schmerzhaften Haltung nach hinten gedrückt und die im Alltag schon raubtierhaften Augen fest auf das Bild vor ihr fixiert. Sogar ihre Pupillen verkleinerten sich auf einen winzigen Punkt des eisigen Sees, den sie in ihren Augen trug.

Ein Schauder durchfuhr Kenna. Kein angenehmer, es fühlte sich an wie ein kalter Tropfen, der ihr an einem warmen Tag direkt in den Nacken fiel, nur blieb diese beißende Kälte fest an ihre Muskeln gekrallt.

»Und wo?«

Die Gefahr, für diese Frage den Stock im Rachen zu riskieren, schien ihr durchaus real. Doch ehe Freya ihr antwortete, blinkte eine kleine Nummer am Rande ihres Interfaces auf. Auch die Cygna bemerkte das und fokussierte sie auf ihrer eigenen Anzeige.

SW-23

In Kennas Hinterkopf klingelte es leise und sie sah sich um. Direkt unter ihnen zeichneten sich die roten Flächen einer Person durch das Eis ab.

»Wir haben Besuch«, murrte die Mandra und sah sich hastig nach einer Waffe um, die nicht aus einem Gehstock bestand. Sie hatte zwar das Messer in ihrer Jacke, aber etwas sagte ihr, dass es eventuell nicht reichen würde, wenn sie in den Lauf einer Pistole sah.

Freya griff sofort nach ihrem Stock. »Wo sind die Zauber?«

»Du meinst diese Kristalle? Unten. Wenn die Kinder sie nicht mitgenommen haben.«

Kenna sah, wie Freya ihre Zunge gegen den Gaumen drückte, sich dann doch gegen einen unnützen und vermutlich verhängnisvollen Laut entschied, und stattdessen leise die Tür öffnete. Wie man sich beim Trampeln und Klopfen ihres Stocks sonst Sorgen um die Stabilität des Hauses machen musste und sie sich dagegen jetzt derart lautlos bewegte, war Kenna ein Rätsel. Kopfschüttelnd tauschte sie den Bildschirm in ihrer Hand mit dem Messer aus.

»Mara?«, tönte eine männliche Stimme von unten. »Bist du hier?«

Die Figur schob sich weiter durchs Erdgeschoss und die beiden Frauen stoppten in der Nähe der Treppe. Freya hielt den Blick auf den Bildschirm fixiert, deutete in Richtung der Wand, aber Kenna konnte dort auch nichts sehen, außer der platten Fläche und den schrillen Umrissen des Fensters. Das hieß vermutlich, dass dieser Typ allein kam. Freya stoppte sie am oberen Ende und humpelte ohne sie nach unten. Ihre Figur ging dabei außerhalb ihres Sichtfeldes in die gleiche, rötlich-blaue Form über, wie dieser andere Kerl sie hatte.

»Kaz?«, sagte sie sanft und stützte sich dabei wieder auf ihren Gehstock auf.

Freya sah durch diese Technik seltsam aus. Sie hatte drei hellweiße Flecken direkt unter der Brust sitzen, nahe am Herzen, und der Stock war nur an der Stelle sichtbar, die sie mit der Hand umklammerte. Kenna musste es in diesem Augenblick so hinnehmen. Sie versteckte sich am oberen Rand der Treppe, hinter einem der kleinen Tische, auf denen die Überreste einer kaputten Vase lungerten.

»Was tust du hier?«, fragte die Cygna an Kaz gewandt.

»Das könnte ich dich auch fragen. Seit wann bist du zurück?«

»Ein paar Tage.«

»Du hättest dich zumindest melden können. Ich war krank vor Sorge!«

»Dich so von deiner Arbeit abhalten und dabei Gefahr laufen, gefunden zu werden, liegen nicht in meinem Interesse.«

Kenna beugte sich etwas vor, auch wenn das ihre Sicht nicht verbesserte. Sie standen voreinander, dieser Kerl griff nach Freyas freiem Arm und sie hielten sich kurz zur Begrüßung fest. Sie erinnerte sich daran, wie Freya den Kalmara in der Krakenstadt so verabschiedet hatte – dann kannten sie sich entweder gut, oder dieser Kerl stand mit ihr auf einer Stufe. In ihr rührte sich ein kleiner Tropfen Wut. Oder Eifersucht? Wieso schenkte sie ihm so etwas wie Freundlichkeit?

»Aber du bist wieder da. Was heißt das?«

»Hoffentlich, dass wir bald dem Ende zusteuern.«

Da hielt sie es nicht mehr aus. Kenna schnaubte, kam aus ihrem Versteck hervor und lief trampelnd die Treppe nach unten.

»Sag mir, wo Cecil ist!«, verlangte sie.

Der auf sie gerichtete Lauf der Pistole war ihr völlig egal. Auch Freyas Beleidigung durch ein leises Klicken.

»Darf ich vorstellen: Kenna. Meine Reisebegleitung. Das Mädchen, das ihr ins Heiligtum gebracht habt, gehört zu ihr.«

Der Schwarzhaarige hielt die Waffe unschlüssig auf sie gerichtet, steckte sie dann jedoch wieder zurück in den Gürtel. Er hatte kein Metall im Gesicht oder an irgendeinem sichtbaren Bereich seines Körpers, aber das hieß nicht, dass es nicht da war.

Na großartig, dachte sie sich. *Noch jemand, bei dem ich mir das Genick brechen kann.*

Ihr war nicht bewusst, dass ein lebendes Wesen überhaupt Freyas Körpergröße erreichen konnte.

»Freut mich sehr.« Seine Aufmerksamkeit lag schnell wieder auf Freya. »Wie geht es weiter?«

»Lysandra muss aus dem Heiligtum. Sie will es bestimmt öffnen und Cecil dafür benutzen.«

»Wieso sie?«

»Sie hütet den Krakengeist.«

Der Schwarzhaarige zog die Augenbrauen nach oben, doch bevor er etwas erwidern konnte, schob sich Kenna zwischen ihn und die Cygna.

»Wir holen Cecil und verschwinden! Warum stehen wir hier noch untätig herum?«

Sie würde ihre Kleine nicht länger als nötig in den Krallen dieser Verrückten lassen.

Freyas Blick zuckte zwischen ihnen hin und her, man konnte ihr deutlich ansehen, dass sie eine Idee ausarbeitete. Ein dünnes Lächeln schlich sich auf ihre Lippen.

»Wir machen weiter, wie wir es vorher geplant haben. Du«, sie deutete auf Kenna, »wirst die Informationen überall in der Stadt streuen und du«, ein schneller Umschwung zu Kaz, »wirst dabei auf sie aufpassen.«

Der Schwarzhaarige runzelte die Stirn. »Ich? Wieso?«

»Ich habe ohnehin darauf gebaut, dass du in der Stadt bist. Es gibt immer einen, der anfangen muss, nach oben zu sehen.«

Kaz begegnete ihr mit verschränkten Armen und einem Augenrollen, nickte es dann aber ab. »Verstehe. Weiß sie denn, was sie tun muss?«

»Die Befehle sind vorprogrammiert. Sie muss sie nur noch ausführen.«

»Moment mal! Ich hole Cecil da raus, mit oder ohne dich!«, warf Kenna endlich ein.

Sie hasste es, dass man hier wortwörtlich über ihren Kopf hinweg entschied!

»Das wäre sinn- und kopflos. Die ursprüngliche Idee war ohnehin, in das Heiligtum zu gehen. Wenn du die Chimära weglockst und mir genug Zeit verschaffst, kann Cecil den Krakengeist beschwören. Danach könnt ihr gerne tun und lassen, was ihr wollt.«

Das konnte ja heiter werden. Doch leider musste sie sich eingestehen, dass der Plan so besser war – obwohl man in diesem Fall sowieso nicht von einem *guten* Plan sprechen konnte.

Mit dem Schwarzhaarigen im Rücken drückte sich Kenna durch einen Spalt im Eis und auf die belebte Straße. Sie wusste nicht, was sie davon hielt, fühlte sich aber zu taub, um Freya weitere Beleidigungen oder eventuell auch Fäuste ins Gesicht zu drücken, auch wenn ihr dies nach den kürzlichen Umständen weitaus schwerer fiel. Cecil füllte ihre Gedanken vollkommen aus. Sie würde nicht zulassen, dass diese Lysandra Hand an sie legen oder ihr gar schaden würde.

Sie hetzte den Punkten auf dem Boden hinterher, die Freya ihr sichtbar machte, indem sie ihr irgendein Ziel auf der Karte angegeben hatte. Die Leute gingen ihrem Treiben nach und nur ab und zu bemerkte sie einen Chimära, der sich zwischen den Massen bewegte. Deren Interesse weckten weder Kenna noch ihr ungewöhnliche Begleiter.

»Was wollen sie im Heiligtum?«, fragte sie außer Atem. »Was kann so wichtig sein?«

»Der Schwanengeist natürlich.« Mit einer so prompten Antwort hatte sie nicht gerechnet, würde sich aber nicht beschweren. »Die Geister verhindern eine großflächige Ausbreitung des Techs. Lysandra will die Geister einsperren.«

»Wie denn?« Fast hätte sie ein Kind umgerannt und stolperte über eines der geparkten Bretter. »Sie sind riesig und viel zu mächtig!«

»Genau so, wie Freya Magie speichert. Nur viel größer.«

Kenna entsann sich an eine große kristallartige Kapsel, die sie auf dem Weg passiert hatten. Wenn sie so darüber nachdachte, konnte sie die Ziele dieser Lysandra nachvollziehen. Die Geister blockierten höher entwickeltes Tech. Die Gläubigen hielten unablässig an diesen Traditionen fest, obgleich ihr Leben mit den neuen Erfindungen bequemer und schnelllebiger wurde. Das hieß, dass die Geister nie völlig aus der Welt verschwinden und das Wachstum irgendwann stagnieren würden. Freya dagegen wollte genau das verhindern, um einen eventuell und unter ganz speziellen Umständen eintretenden Untergang der Welt, der in den Sternen stand, zu vermeiden.

Eigentlich war das alles völlig egal. Sie und Cecil, nicht einmal ihre Nachkommen, würden diesen unwahrscheinlichen Untergang mitbekommen, falls er denn eintreten sollte. Warum sich sorgen? Vielleicht erzählte Freya auch nur Schauergeschichten, um ihre eigenen Taten zu rechtfertigen. Das Hier und Jetzt zählte, und in diesem Moment sollte sie Cecil aus den Klauen eines Monsters retten, welchen Namen es auch tragen mochte. Vielleicht, ganz vielleicht, konnte sie Freya davon überzeugen, mit ihnen zu leben.

Leider kannte Kenna nun ihre Anziehung zu dieser Frau, spürte sie in jeder Faser. Sie von sich zu weg wissen, hinterließ ein kleines, schwarzes

Loch in ihrer Brust, dass sich mit Leere füllte. Hatte sich das die ganze Zeit unter ihrer Abneigung und Wut versteckt?

Schwer zu sagen.

Endlich erreichten sie das Ziel, das mit einem blauen, nur für sie sichtbaren Kreis auf dem Boden gekennzeichnet war. Unter der Brücke rasten unablässig Bretter und andere Karren vorbei.

»Freya?«, flüsterte sie, während sie wieder ein paar Optionen auf dem Interface betätigte. »Wir sind hier. Sollen wir anfangen?«

»Warte noch einen Moment«, hallte es kratzend in ihrem Ohr wider.

»Wie lange?«

»Ich gebe dir ein Zeichen.«

Kenna versuchte, den Kloß in ihrem Hals runterzuschlucken, und schob stattdessen die Befehle an die richtige Stelle. Freya war sehr direkt, was dieses Programm anging. Sie standen unter dem dünnsten Punkt des Eises, das die Stadt vom Himmel trennte. In der Entfernung prangte der gewundene Turm, der gleichzeitig als Stütze fungierte, in die Decke und das Eis ersetzte den wolkenlosen Nachthimmel. An jedem anderen Tag hätte sie die Schönheit der Umgebung gerne bewundert.

»Kaz, richtig?« Kenna starrte weiterhin auf den Bildschirm und würdigte ihn keines Blickes. »Woher kennst du Freya? Warum hast du sie Mara genannt?«

»So hieß sie früher. Ich kenne sie schon mein ganzes Leben. Meine Schwester hat sie und Chi verheiratet, als sie zusammen diese kleine Bewegung gegründet haben.«

»Bewegung?«

»Die Chimära. Sie wollten das Leben einfacher machen, zumindest bis Freyas Taufe kam.«

»Ihre Taufe? Was hat das damit zu tun?«

»Das soll dir Freya besser selbst erzählen. Ich bin nicht in der Position, dir alle Details zu offenbaren.«

Wie es auch Freya so häufig tat, schob Kaz seine Finger in eine kleine Tasche zwischen den Falten seiner Kleidung, die in allen Rottönen leuchtete, und holte daraus einen Kenna nur allzu vertrauten Kristall hervor. Sie hatte aufgepasst. Der kleine, schwebende Fleck in der Mitte würde sich zu einer Waffe formen, wenn man das Gehäuse zerbrach.

»Woher ...«

»Kenna«, wurde sie von Freya unterbrochen. »Ich bin da. Los.«

Sie zögerte. Irgendetwas war hier nicht geheuer. Ihr Instinkt schlug Purzelbäume, ihr Bauchgefühl knurrte wütend. Sie fühlte sich zurückversetzt an den Tag, an dem sie Cecil kennengelernt hatte. Statt das Kind herzugeben, war sie mit ihr weggegangen. Sie zu töten, wäre unverzeihlich gewesen.

Aber war es ein Fehler, Freyas Wunsch jetzt auszuführen?

Doch wieder meldete sich dieses kleine Loch in ihr. Sie wollte Freya gefallen, damit die Nähe zu ihr den Gnom in ihrer Brust schweigen ließ. Keiner würde sie ihr wegnehmen. Ihr ganzes Wesen verzehrte sich danach, sich an sie zu klammern und zu inhalieren.

Kenna aktivierte das Programm mit einem Fingerzeig.

0357RUC7 EINGELEITET

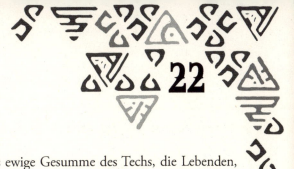

22

Der Lärm war unerträglich. Das ewige Gesumme des Techs, die Lebenden, die dagegen anbrüllten, und diejenigen, die sich nicht wehrten. Auch rund um das Heiligtum war es laut. In solchen Momenten wollte sie einfach alles abschalten und die Zeit zurückdrehen. Damals war ihr größtes Problem ein zu laut lachendes Kind gewesen, das ihren Gehstock geklaut hatte – das würde ihr heute nicht mehr passieren.

Innerlich summte Freya. Lieder halfen ihrer Konzentration. Sie war sich bewusst, dass jede Silbe in ihren Gedanken die heiligen Linien auf ihrer Haut in ein tiefes Schwarz tauchten, aber das war ihr egal.

Genug Versteckspiel.

Sie trat aus der Seitengasse, wo sich zwei Häuser überlappten und in einen der versteckten Gänge führten. Den Weg musste sie nicht sehen. Kaum auf der Straße drehte sich der erste Cygna nach ihr um. Ein kurzer Blickaustausch, und der Mann verlor sichtbar an Farbe. Hastig ergriff er die Flucht. Auf ihrem Weg zum gewundenen Turm wiederholte sich diese Situation einige Male, aber wahrlich nicht bei allen. Diejenigen, die nicht zurück in ihre Häuser flüchteten, verbeugten sich ehrfürchtig. Die kleinen Funken ihrer Magie konnte sie in der bunten Kleidung erfühlen.

›*Fürchte den Vogel im weißen Gefieder*‹, lautete die Geschichte.

»Freya? Wir sind hier. Sollen wir anfangen?«

Offensichtlich war die Mandra schneller an ihrem Ziel angekommen als erwartet. Gut so. Motivation war ein starkes Antriebsmittel, auch wenn sie selbst diese Art lange verloren hatte.

Sie hob den Arm, in dessen Ärmel sie das Stück Tech versteckte. »Warte noch einen Moment.«

»Wie lange?«

»Ich gebe dir ein Zeichen.«

Ewig würde sie nicht brauchen. Die Cygna teilten sich und gaben ihr ohne Gegenwehr einen Weg frei, sodass sie zügig vor den Toren des Heiligtums stand. Sie war sich bewusst, dass es nicht die ganze Zeit so glattgehen würde.

»Geht. Wartet in der Stadt«, befahl sie den Wachen an der Tür.

Kurzerhand spannten sie sich an und verbeugten sich ebenfalls.

»Jawohl, General«, sagte der Kleinere von ihnen, klemmte sich zwei Finger in den Mund und stieß einen lauten Pfiff aus.

Freya wartete, bis die vielzähligen Magiepunkte weiter vom Heiligtum entfernt waren, bevor sie den Eingang passierte, und durch die Halle lief. Eigentlich war das Auffinden dieser winzigen, fast naiven Konzentrationen von Magie gar nicht so unähnlich dem, was Lysandra mit der Überwachung ihrer Anhänger tat. Zwar fiel es Freya schwerer, genaue Standpunkte zu ermitteln, doch sie wusste jederzeit, wo sich jemand in Berührung mit Magie befand, welcher Gattung er angehörte, wie sein Gemütszustand war und einige weitere Details. Ganz in der Ferne fühlte sie auch Kenna, die mit ihren Gedanken nicht länger nur an Cecil, sondern auch an ihr klebte.

Erst im Thronsaal hielt sie an.

Zu gut erinnerte sie sich daran, wie sie zuletzt vor diesem Thron gekniet hatte. Es war eine kleine Feier gewesen, ganz zu Ehren ihrer Taufe, und nur vier Leute hatten dem beigewohnt: sie selbst, Fürst Buccinat, ihr Vater und der sterbende General.

Irgendwie fühlte sie sich schon schuldig, Cecil nicht die Wahrheit gesagt zu haben, was General Vulture anging, aber es war nicht ihre Schuld, dass dieses Mädchen nicht bei den Cygna aufwuchs.

Eine Maske trug dieses spezielle Amt zwar schon, doch es war keine, die man einfach absetzte. Mit ihrer Taufe war sie General Vulture, hatte Amt und Verantwortung an jenem Tag auf ihre Schultern genommen und fühlte das Gewicht seither mit jedem Atemzug.

Freya erklomm die zwei Schritte zum Thron und setzte sich. Den Moment musste sie auf sich wirken lassen. Sie hatte mehrere Jahrzehnte darauf hingearbeitet, war oft gescheitert und gezwungen worden, von vorne anzufangen – doch diesmal fiel alles in die richtige Position.

Es war fast vorbei.

»Kenna. Ich bin da. Los.«

Verzweifelt starrte Cecil auf die Schwanenstatue. Wie sollte man eine so massive Tür überhaupt öffnen? Es war nicht so, als könnte sie einen Türknauf drehen. Mit zitternden Beinen ging sie zu der Statue und hielt sich an der Kralle fest. Vielleicht ... musste man etwas hineinlegen? Aber was nur? Freya hatte nie irgendetwas erwähnt.

Doch während sie sich so festhielt, vibrierte sie, innerlich und äußerlich. Es war, als würde ihr Herzschlag direkt ins Eis übergehen und dort für ein Echo sorgen, das ihr ein Wiegenlied vorsang.

Ihre Angst und Nervosität richteten sich weg von ihrer Umgebung und alleinig in ihr Inneres. Sie fürchtete sich davor, dass dieses Lied ihr Herz zum Stillstand bringen würde. Ihr Blut wurde dick und weigerte sich, aus ihrer Hand zurück nach oben zu wandern.

Erst ein überraschter Schrei und das anschließende erstickte Gurgeln rissen sie herum und Cecil fiel vor Schreck neben der Statuenklaue gegen die Wand. Spitze Eiszapfen ragten aus dem Bogen und hatten sich durch die Hälse der beiden Aufpasser bei Ponpon gebohrt.

»F-Freya«, stammelte er überrascht. »Wie hast du ... Wo ist Kenna?«

Die Cygna ignorierte den Kalmara völlig. Cecil blieb wie erstarrt an ihrem Platz, obgleich die Wand hinter ihr nicht mehr Schutz bot als ein Balanceakt über einer Schlucht. Freyas Augen hatten noch nie eine große Wärme ausgestrahlt, doch mit den schwarzen Linien im Gesicht und ihrem hochgehaltenen Kopf, fixiert auf den kleinen Vulpa, waren sie endgültig jenen eines Raubtiers gewichen.

»Du bist Lysandras Back-up?«, fragte sie trocken vor dem zusammengekauerten Rothaarigen.

Dieser hob die Arme über den Kopf. »Bitte, bitte, tu mir nicht weh!«

»Ich habe dich etwas gefragt. Bist du das Back-up?« Selbst auf das Wimmern und Flehen hin erhob sie die Stimme nicht.

»J-Ja! Aber bitte ... bitte töte mich nicht! Ich bin nicht an die Cloud angeschlossen ...«

»Ich weiß. Sonst wärst du bereits ein Vulpa am Spieß.« Sie drückte ihm das Ende des Gehstocks gegen die Stirn, bis er sie ansah. »Wollte sie so verzweifelt einen Freund, dass sie so jemanden wie dich ausgesucht hat? Lächerlich.«

Was folgte, war eine Bewegung, die Cecil nur ein einziges Mal zuvor gesehen hatte. Mit lange verinnerlichten Abläufen warf Freya den Stock in die Luft, fing ihn am anderen Ende und holte aus.

Cecil sprintete nach vorne, schrie »Nein!«, aber da war es schon zu spät.

Der Gehstock machte schmerzhaft laut Kontakt mit dem Kopf des Kleinen, der durch die Wucht zur Seite geschleudert wurde und bewegungslos liegen blieb.

Bei dem Geräusch, das der Stock beim Aufprall auf den Schädel von sich gab, stellten sich Ponpon alle Haare auf. Er konnte nicht gut mit Blut, wodurch sein Magen schnell angewidert gluckerte und die Säure seinen Hals nach oben schoss.

»Reiß dich zusammen«, sagte Freya monoton. Sie kam erst vor Cecil zum Stehen. »Wir haben noch etwas zu erledigen.«

Etwas packte den Kalmar, innerlich traf er eine Entscheidung, denn was hier folgen würde, wollte er auf keinen Fall mit eigenen Augen ansehen. Sofort und er lief zu der jüngeren Cygna und zerrte sie am Arm.

»Cecil«, presste Ponpon zitternd hervor. »Lass uns gehen. Bitte.«

»Was würde es bringen, jetzt wegzulaufen?« Freyas Stimme hatte alle Menschlichkeit verloren. »Das Heiligtum war unser Ziel, oder nicht? Es ist günstiger, es jetzt durchzuziehen, statt den Schwanz einzukneifen und eine Chance ungenutzt verstreichen zu lassen.«

Ponpon hatte Angst, dass der nächste Schlag gegen ihn gerichtet sein würde. Zumindest schnitt Freya ihm mit dem bisschen geschenkter Aufmerksamkeit genüsslich immer mehr von seiner Seele weg.

Er schluckte.

Irgendetwas stank bei dieser ganzen Aktion zum Himmel!

»Okay. Wo ... ist Kenna?«, stammelte Cecil.

»Draußen. Sie wird auch nicht ohne dich gehen. Beeilen wir uns also.«

»Aber wie ...?«

»Ihr solltet zur Seite treten. Stellt euch da drüben hin.«

Freya machte einen Fingerzeig außerhalb der Bodenzeichnung und stellte sich selbst in einen der Kreise. Sie sah prüfend in Richtung Decke.

Ponpon dagegen brummte etwas, schob sich unter Cecils Arm und stützte sie. Das Mädchen wirkte, als hätte man ihr den Boden unter den Füßen weggezogen. Sein Kopf sagte ihm, dass Flucht die klügste Entscheidung wäre, und sein Bauch stimmte dem absolut zu, aber er wollte Cecil nicht allein mit diesem Monster lassen. Sobald der Krakengeist beschworen war, in welcher Form auch immer, würde er sich Cecil und Kenna schnappen – und dann nichts wie weg.

Freya würde ihn aufspießen, sollte er vorher versuchen, zu verschwinden.

Als Freya an Ort und Stelle stand, Cecil und Ponpon abseits hinter ihr, stockte die Luft. Nicht einmal der Lärm des Alltags drang bis in die Tiefen hinab. Kaum zu glauben, dass es zehn Jahre her war, dass sich dieser Raum das letzte Mal geöffnet hatte.

Sie stellte den Gehstock vor sich ab, genau in die kleine Kerbe, die sich für Unwissende verbarg, legte beide Hände darauf und schloss die Augen. Ein Schauder durchdrang ihre Knochen. Hier konnte man die Zeit fühlen. Viele, viele Jahrhunderte, die in jeder Kerbe des Raums lagen.

Der Wind sich dreht,
Die Erde summt.
Kind leg dich hin,
Schlaf fest.

Jede Note wanderte über ihren Körper, die Hände, den Stock, ihre Füße, direkt in den Boden und in die Wände.

Der Geist an deiner Krippe steht,
Find' Ruh' darin
In deinem Nest,
Kind leg dich hin,
Schlaf fest.

Sie öffnete die Augen wieder und wurde von dünnen, glänzenden Linien unter dem Eis begrüßt, die langsam vibrierend ihren Weg durch das sorgsam ausgebaute Mauerwerk flossen.

So starr die Zeit,
Dein Weg war weit,
Kind lass die Flügel ruh'n.
Leg dich hin.

Viele ihrer Worte huschten weiter durch die Mauern, wurden zurückgeworfen, als würde man ihr antworten. Von ihrem eigenen Kokon umhüllt zu werden, war ihr eine Genugtuung.

Wenn Licht verstummt
Und Blut gefriert,
Du ewig wirst geborgen sein,
Ohne Scham und ohne Pein,
Kind lass deine Beine ruh'n.
Schlaf fest.

Der ganze Raum bebte inzwischen. Während sie sang, setzten sich die Mechanismen in Bewegung und der Wächter gestattete Zugang. Unter ihnen hörte man das Krachen von Gestein und Gewichten. Licht floss aus der Statue heraus, rauschte durch das Eis nach draußen und erhellte das Halbdunkel.

Wenn der Schatten leise summt,
Dich ein Federkleidchen ziert.
Ruh dich aus und gib dein Herz
Zurück an den, der es dir gab.
Lass los den Schmerz,
Bis zum nächsten Tag.
Leg dich hin,
Schlaf fest.

Auch nachdem ihre Stimme verhallt war, erklang das Lied weiter in der ganzen Stadt. Etwas außer Atem wartete sie einige Momente und sah hinauf auf die Schwanenstatue. Die Augen leuchteten in allen Farben des Regenbogens auf und schlussendlich fiel die letzte Platte vor Freya nach unten, gab eine Treppe frei, die in den Gang zum eigentlichen Heiligtum führte.

»Gehen wir«, verkündete sie und ging die ersten Schritte.

Zum Glück gab es nur wenige Treppen und der Weg ins Heiligtum war nicht weit. Das Ende, *ihr* Ende, war zum Greifen nah. Die Anstrengungen eines ganzen Lebens fuhren durch ihre Glieder. Jeder Schritt so kurz vorm Ziel fühlte sich an, als würde sie nur noch weiter versinken, doch es musste sein.

Für alle.

Für die Lebenden, für Leidenschaft, für eine Zukunft.

Ihr ganzer Körper zitterte.

So fest sie konnte, klammerte sich Cecil an Ponpons Arm. Sie hatte dieses Lied schon einmal gehört, im Traum, aber dort hatte es bei Weitem nicht so gruselig geklungen. Obendrein hatte nicht der ganze verdammte Raum mitgesungen wie ein Chor! Ihre Beine waren wie paralysiert.

»Hey«, sagte Ponpon sanft. »Alles okay?«

»Ja ... Ja, ich glaube schon.«

»Wir müssen das hier nicht machen.« Seine Stimme klang ebenso unsicher, wie sie sich fühlte.

»Doch. Ich muss.«

Ob es ihr gefiel oder nicht. Wenn sie den Krakengeist beschworen hatte, würde man sie nicht mehr jagen. Alle vier Geister konnten das Ungleichgewicht der Welt aufheben. Sie würde ihr einfach vertrauen, auch wenn sich in ihr alles dagegen sträubte.

Krampfhaft hielt sie Ponpons Hand fest. »Bleib bei mir, okay?«

Der Kalmara grinste schief. »Klar. Wir sind so was wie Freunde, oder?«

Das erste Mal lächelte Cecil wieder.

Er klang dabei so ernst, und sie wollte ihm glauben. Den Umständen entsprechend war er das, was einem Freund am nächsten kam. Nicht, dass sie sonderlich viel Erfahrung damit hätte. Freunde waren eher Mangelware, wenn man immer nur zu zweit unterwegs war.

Ponpon an der Hand haltend, hastete Cecil mit ihm die Treppe nach unten und hinter Freya her, die, trotz des kaputten Beins, schnell einen ungewöhnlichen Vorsprung aufgebaut hatte.

Das Ende des Gangs, der nur eine Unterführung unterhalb der Statue war, mündete direkt in den Turm, den sie schon von außen gesehen hatten. Die leuchtenden Wände des Zylinders ragten weit über die obere Eisfläche hinaus, und wenn man genau hinsah, glitzerten die Sterne des Nachthimmels über der dünnen Decke.

Das Innere sah anders aus, als Cecil erwartet hatte. Da war der See, den sie schon so häufig in ihren Träumen gesehen hatte – genau in der Mitte, umgeben von kleinen Büschen und einer dicken Schicht Schnee –, doch statt eines stattlichen Baums aus Eis, der mit den Wänden verschmolz, war dort nur ein kläglicher Überrest des gläsernen Holzes. Der Stamm war in der Mitte gesplittert, als hätte er einen Blitz Einschlag erlitten. Die weitreichenden und ausladenden Äste waren heruntergebrochen oder hielten nur noch an wenigen Fasern am Hauptstamm. Selbst die Säulen aus Marmor, zwischen dem kläglichen Rest der Vegetation, waren zum großen Teil zerstört und lagen traurig auf der dicken Eisfläche.

Cecil schlug die Hand über den Mund.

»Was ist hier passiert?«, hauchte sie atemlos, nachdem sie Freya am Eingang eingeholt hatten.

»Das geschieht, wenn Tech in die Welt zurückkehrt. So sieht es bald überall aus«, antwortete die ältere Cygna. Freya hielt Ponpon mit ihrem Stock auf, bevor dieser einen weiteren Schritt tat. »Nichts für ungut, aber das hier ist das Cygna-Heiligtum. Warte hier.«

Prüfend sah der Kalmara zu Cecil. Nach kurzer Überlegung nickte sie. Sie hatte den Glauben und dessen Regeln nie verstanden, aber wenn es den Cygna so viel bedeutete, dann wollte sie sich daran halten. Vorsichtig ließ sie Ponpon los, folgte Freya in Richtung des Sees. Der Anhänger in ihrer Haut vibrierte wieder aufgebracht und ihr Körper juckte unwillkürlich.

»Das ist normal«, versicherte ihr Freya. »Steig aus den Schuhen und geh aufs Eis.« Sie deutete auf den zerstörten Baum. »Bis ganz in die Mitte. Dort konzentrierst du dich. Höre auf den Geist des Kraken. Bitte um seine Anwesenheit. Fühle die Magie um dich herum und stell dir den Krakengeist genau vor.«

»Aber ich weiß doch gar nicht, wie er aussieht.«

»Da muss ich dir widersprechen. Du bist Hüterin. Du weißt es, du kannst dich nur nicht erinnern. Hör auf dein Blut. Du hast es in dir. Vertrau darauf, was du hörst und fühlst.«

Das bekräftigte ihr Selbstbewusstsein nicht. Die Aussage ›Ja, mach mal‹ war die Quelle aller Unsicherheit der Welt.

Es sollte einfach vorbei sein, also stieg sie wie angewiesen aus ihren Schuhen und unterdrückte einen erschrockenen Laut, als ihre Füße auf den kalten Schnee trafen. Das Eis war nicht viel angenehmer. Sie rutschte und schob sich nur Zentimeter für Zentimeter vorwärts, den Blick starr vor sich gerichtet. Unter der Eisdecke war nichts weiter als Dunkelheit, die sie zu sich zerren wollte.

Freya, die ihr folgte, schien weitaus weniger Probleme zu haben. Sie war barfuß, lief aber völlig normal über die Eisfläche, was Cecil nur zusätzlich verwirrte. Sogar den Gehstock ließ sie zurück und in den Schnee gesteckt.

»Du … läufst?«

»Wir sind hier im Heiligtum des Schwans. Dem Geist des Schutzes und der Heilung. Alle Fragen kannst du mir später stellen.«

Abgewürgt. Schon wieder. Kenna würde ihr das sicher nicht durchgehen lassen.

»Ist es h-hier gut?« Cecils Stimme zitterte immer stärker. Hatten sie die Mitte endlich erreicht? »Oder n-noch w-weiter?«

Freya zeichnete mit dem Fuß etwas weiter weg ein kleines X auf das Eis, auf das sich Cecil stellte. Das Mädchen schlang die Arme fest um sich.

»Es ist vielleicht einfacher, wenn du die Augen schließt.«

»Das Eis hält auch? Ist es sicher?«

Da schmunzelte Freya amüsiert. »Das Eis hat Tausende Jahre gehalten. Ein Fliegengewicht wie du wird es wohl kaum zum Einsturz bringen.«

Natürlich hatte die Cygna recht. Es gab kein ominöses Knacken, kein Wackeln und keine großen Anzeichen eines Einbruchs. So schweinekalt, wie es hier war, erschien ihr ein aufgetauter, aufgebrochener See recht unwahrscheinlich.

Cecil atmete tief ein und aus, legte beide Hände auf den Talisman in ihrer Haut und schloss die Augen. Sie hatte den Kraken schon häufiger gehört, jetzt ging es ums Sehen. Doch wie sah man etwas, das man nicht kannte? Sie versuchte, sich zurückzuerinnern, was mit ihr passiert war, als sie Magie im Mandra-Heiligtum gewirkt hatte. Das leise Flüstern im Hinterkopf, der Griff in ihr Inneres, das dann zur Realität geworden war, und der sanfte Walgesang, der sie erst dazu geführt hatte.

Irgendwie wusste sie genau, wonach sie suchte. Eine riesige Kreatur, dunkelblau wie die tiefe See, nicht ganz wie eine Schlange, mit rot-gelben Augen entlang des Körpers. Überall hatte sie kleine und große Tentakel, seitlich zwei lange Flügel, oder Flossen, mit denen sie majestätisch durch die Tiefen des Meeres glitt.

Als sie die Augen wieder öffnete, begrüßten sie ein salziger Atem und der sanfte, hingebungsvolle Blick der Bestie, die sie sich vorstellte. Ihre Angst war für einen kleinen Moment einfach weggeblasen. Ruhig und gelassen lag der Krakengeist auf der Eisfläche, wobei der massige Körper einmal um den Rand des ganzen Sees reichte.

Cecil lächelte. Sie hatte es geschafft. Das Eis unter ihr grollte.

»*Frelskala!*«

Schneller als das Auge sah, bauten sich die Zeilen vor Kenna auf. Immer enger schoben sich Wörter und Zahlen aneinander, bis sie nur ein einziges, leuchtendes Durcheinander ergaben – was sie dann doch dazu veranlasste, den kleinen Bildschirm zurück in ihre Tasche zu stecken. So verschwanden die ihr unverständlichen Aussagen und Befehle, die sie sowieso nicht beeinflussen konnte. Von ihrem Platz auf der Brücke überblickte sie einen Teil der Stadt, in der nach und nach immer mehr leuchtende Punkte erschienen, an die stets die gleiche Nummer geheftet war.

»Funktioniert es?«, fragte sie halblaut.

Der Schwarzhaarige beugte sich über den Rand der Brücke, fand einen Chimära auf einem der fliegenden Bretter und beobachtete ihn, bis er aus dem Sichtfeld verschwand. Der Chimära, wie einige Metallgesichter um sie herum auch, spannte sich plötzlich an, blickte fragend umher und sprach zu einer unsichtbaren Identität.

Kaz sah zufrieden aus. »Ja. Aber du solltest in Bewegung bleiben, wenn du nicht sofort gefunden werden willst.«

»Freya hat gesagt-«

»Lysandra ist nicht dumm. Sie wird schnell die Spur zu dir verfolgen«, unterbrach er sie rüde. Ohne sie anzusehen, deutete er auf einen Pfeiler, der sich in der Nähe des gewundenen Turms befand. »Im südlichen Teil der

Stütze da gibt es noch einen Geheimgang. Wir treffen uns dort, vorausgesetzt, du schaffst es dorthin.«

Kenna versuchte, die Information zu verarbeiten, da rannte der Schwarzhaarige bereits los und sprang in eine der Nischen, wo er sich ein schwebendes Brett schnappte.

»Hey! Warte!« Sie rannte zur anderen Seite der Brücke, aber da verschwand er schon in der Masse der Reisenden. Der Ruf blieb ihr im Halse stecken, als eine weitere Stimme in ihrem Ohr knallte.

»*An alle Einheiten in der Schwanenstadt.*« Das musste dann Lysandra sein. »*Bewegt euch zu den gegebenen Zielkoordinaten. Ich will jeden Punkt abgedeckt haben! Findet sie!*«

Kenna schluckte hart. Waren sie schon aufgeflogen?

Aber das, was sie damit bewirken wollten, schien zu funktionieren. Die wenigen Chimära, die sie auf Anhieb sah, blieben entweder perplex stehen oder änderten ruckartig ihre Lauf-, beziehungsweise Fahrtrichtung. Zwei rasten einige Meter weiter ineinander, wieder andere schrien sich an, rannten dann los und stießen im Weg stehende Passanten zur Seite. Sie selbst lief in die Lücke, die Kaz zuvor ebenfalls angesteuert hatte.

Südseite. Sie wusste nicht einmal, wo hier Süden war! Eins nach dem anderen. Am Pfeiler würde sie sich überlegen, wie es weiterging.

Doch bevor sie die ersten paar Treppenstufen hinabgestiegen war, stoppte sie im Lauf. Etwas vibrierte und sie hörte ... Musik? Es klang wie ein Wiegenlied. Sie war damit offensichtlich nicht allein. Viele der Cygna sprachen auf einmal aufgebracht miteinander, andere stießen Pfeiflaute und lautes Glucksen aus, summten und sangen.

Ein kleiner Junge, nicht weit weg von ihr, deutete nach oben. Kenna folgte dem Fingerzeig und riss die Augen auf. Über der klar gewordenen Eisdecke erschien ein Meer aus Licht im Sternenhimmel. In jeglichen Farben und Farbkombinationen glitt der dünne Schleier umher, als würde er tanzen. Auch der gewundene Turm fing mit einem Mal an, die Lichter des Himmels zu imitieren, wellenartig rollten die dünnen Lichtfäden durch das Eis der ganzen Stadt.

»Lobet den Schwanengeist!«, hörte sie ein älteres Paar rufen.

»Er ist zu uns zurückgekehrt!«

»Wir sind gesegnet!«

Die Mutter des kleinen Jungen packte ihren Sohn am Arm und zog ihn hinter sich her. Die Cygna schienen ein genaues Ziel zu haben, aber das war Kenna gerade egal. Bis auf die Chimära, die hastig an einen der Zielpunkte rasten, war der Verkehr schlagartig zum Erliegen gekommen. Sie schnappte sich ein Brett, warf es auf das Gegenstück der Straße und sprang darauf.

»Ich komme, Cecil«, murmelte sie zu sich und stieß sich ab.

Die wirren Geräusche der Cygna, die aus der Stadt ein einziges Durcheinander von Lauten erzeugten, wollte sie ausblenden. Sie passierte eine Brücke, dann eine zweite, eine dritte. Erst ein Blitz auf der vierten holte sie aus ihrem tranceartigen Zustand.

Sie riss das Brett unter ihren Füßen herum, fuhr dabei fast in einen Kalmara und kam zum Stehen, bevor der Körper eines Chimära vor ihr auf der Straße zerschellte. Auf ihm – deutlich weniger verletzt – hockte ein Cygna mit einem sehr vertrauten, eisigen Speer in der Hand, den er dem Chimära direkt in die Kehle rammte.

Etwas Warm-Feuchtes traf Kenna an Schulter und den Haaren, beim Blick nach oben sah sie einen weiteren Chimära, dessen Torso über der Absperrung des erhöhten Gehwegs gedrückt wurde, während der Kopf an den letzten Muskelsträngen des Halses baumelte. Eine Cygna trennte wutentbrannt den Rest ab.

Mit einem Mal war Kenna klar, was Freya während der letzten paar Jahre getrieben hatte: Die Krieger der Cygna, einfach zu erkennen an den eingewobenen Federn in den Haaren, waren alle mit Waffen ausgestattet. Freya, oder wer auch immer für das größere Ganze verantwortlich war, musste ihnen Anweisungen gegeben haben, auf die Chimära loszugehen, sobald dieses Licht auftauchen würde.

Militärische Taktik.

Nervös berührte Kenna das Metall in ihrem Gesicht. Es abzuziehen, war keine Option – sie hing an ihrem Augenlicht –, doch bevor sie über das Verstecken nachdenken konnte, war der Cygna auf der Straße schon auf sie aufmerksam geworden. Völlig fixiert riss er einen Passanten von seinem Brett und lief auf sie zu. Kenna fluchte laut, duckte sich unter dem Schlag weg und startete ihr eigenes Brett erneut. Kurz darauf hörte sie die ersten Schüsse.

»War ja klar!«, fluchte sie atemlos, warf nur einen flüchtigen Blick über die Schulter.

Wenn er sie für eine Chimära hielt, dann würden viele weitere auch davon ausgehen. Sie musste diesen Kerl unbedingt loswerden! Wenigstens waren diese Bretter nicht so schwer zu bedienen wie andere Tech-Stücke, die sie früher in den Ruinen gefunden hatte.

Ich brauche einen toten Winkel, dachte sie hektisch.

Bei der nächsten Biegung stieg sie, so abrupt es ihr möglich war, auf den hinteren Rand, der Funken schlug und sie fast vom Brett fegte. Aber durch die enge Kurve brachte sie Abstand zwischen sich und den Cygna. Abschütteln ließ er sich jedoch nicht.

Schnell wandelten sich Gesang und Jubel in Schreie und aufgebrachtes Rufen. Überall ertönten Schüsse, das Klirren von Eis und Metall, das Trampeln der Flüchtigen. Immer mehr Jagende und Gejagte suchten Sicherheit, und der vorher fast stillliegende Verkehr verkam zu einem einzigen Chaos. Diejenigen, die sich auf den Straßen fortbewegten, flossen nicht wie zuvor nur in eine Richtung, sondern versuchten schnell, eine sichere Nische oder einen anderen Ort aufzusuchen, der ihnen vertraut war. Das hatte wieder zur Folge, dass jeder in jede Richtung fuhr und einige Individuen unentschlossen oder erstarrt stehen blieben.

»Aus dem Weg!«, schrie Kenna, wich gerade noch so aus, bevor sie einen Mann mittleren Alters umnietete.

Das wieder brachte sie so ins Wanken, dass sie gegen die seitliche Wand knallte und vom Brett flog. Ihr Verfolger rauschte an ihr vorbei, stieß mit dem Speer nach ihr, hinterließ aber glücklicherweise nur eine Kerbe in der Mauer.

Weg hier!, dachte sie nur.

Vom Adrenalin getrieben spürte Kenna nicht, ob sie sich eventuell verletzt hatte. Die Kälte und die Angst, jeden Moment als Mahnmal auf einem Speer zu enden, tötete alle Gedanken und Gefühle ab. Sie sprang auf, drückte sich gegen die Wand und suchte den nächsten Weg auf eine sichere Anhöhe. In dem Trubel gab es nur eine Möglichkeit, also sprang sie, so hoch sie konnte, und vergrub die Finger in einer der Kanten der Steine. Das Eis war rutschig, doch sie krallte sich mit den Nägeln fest.

»Hiergeblieben!«, brüllte der Cygna, der inzwischen gedreht hatte und auf sie zusteuerte.

Wieder fluchte Kenna und krallte sich in den nächsten Vorsprung. Das würde sie nicht schaffen. Bis sie oben wäre, hätte er sie zweimal wie einen Schmetterling an die Wand gepinnt. Sie versuchte es dennoch. Im Augenwinkel sah sie, wie er den Speer wurfbereit machte. Wieder ein Knall, sein Kopf schnellte ruckartig nach hinten und er fiel vom Brett. Mit kalter Hand packte sie jemand am Handgelenk und zerrte sie über die Kante.

»Bist du okay?«, wurde sie gefragt.

Sie blieb zunächst auf allen vieren auf dem Boden. Beim Anblick ihrer Retterin wäre sie aber fast in Ohnmacht gefallen. »Bist du nicht ...«

Metallene Arme, künstliche Augen, künstliche Beine, künstliche Haut.

Lysandra.

Kenna hatte nie ein Bild von ihr vor Augen gehabt, doch Freyas Beschreibung von ihr passte auf diese Frau. Deren Gesicht verzerrte sich schlagartig zu einer wütenden Fratze, sie packte Kenna am Hals, die daraufhin laut aufkeuchte, und presste sie gegen die metallene Absperrung.

»Wo ist sie? Raus mit der Sprache, oder ich prügle es aus dir heraus!«

Kenna klopfte gegen den Metallarm, konnte den Griff aber nicht lockern. Schon nach wenigen Momenten flackerten vor ihren Augen bunte Lichter, die nicht von der Lichtershow der Stadt herrührten.

»Rede!«

»Keine ... Luft ...«, krächzte sie.

Erst da ließ Lysandra los und packte sie mit der gleichen Hand wieder am Oberteil.

»Rede, verdammt! Wo ist Mara? Hat sie die Tür aufgemacht? Was hat sie vor?«

»Ich weiß nicht, wovon du redest!« Vermutlich von der Tür im Heiligtum, doch das würde sie natürlich nicht verraten. Ihr Blick schnellte hoch. »Pass auf!«

Lysandra drehte sich blitzschnell um, hob die Waffe und traf die angreifende Cygna direkt in den Hals. Hastig sah sie sich um, griff sich Kenna und zerrte sie hinter sich her in die nächste Seitengasse.

Alles ging so furchtbar plötzlich. Im ersten Moment herrschte dieser unschuldige Funken Hoffnung, dass man ihre Frau doch fand – lebendig wohlgemerkt –, im nächsten flogen Speere durch die Luft und durchbohrten ihre Begleiter wie heiße Nägel das Eis. Die Heiligen Lichter waren wieder da, was zuletzt vor zehn Jahren geschehen war.

Inzwischen wusste sie, dass beim Öffnen der Tür, deren Mechanismus sie nicht kannte, etwas so im Eis bewegt wurde, dass der Turm die Lichter in den Himmel und damit in die ganze Stadt projizierte.

Die Cygna hatten dieses Phänomen schon immer als heiliges Fest gefeiert, denn vor dem Einzug der Chimära hatte es diese Riten regelmäßig gegeben, immerzu begleitet von Himmelslichtern, weshalb ihr der erste Jubelruf nicht merkwürdig vorgekommen war. Den gezielten Angriff der Krieger hatte sie nicht erwartet.

Das alles trug Freyas Handschrift.

Schnaubend presste sie die kleinere Mandra gegen die Wand, als sie weit genug in der Gasse waren, um keinen Angriff im Rücken befürchten zu müssen. Trotzdem hielt sie die Waffe im Anschlag. Sie packte die Brünette so fest am Kragen, dass das Metall knackte.

»Raus mit der Sprache! Wo ist sie?«

»Ich weiß es nicht!«

»Ist sie bei deiner kleinen Freundin im Heiligtum? Sag schon!« Sie schlug die Frau nochmals gegen die Mauer, sodass der Speichel aus deren Mund flog.

Mit einem Mal verdunkelte sich die Miene der Mandra. »Du hast doch schon verloren. Wenn Cecil den Krakengeist beschworen hat-«

Mit aufgerissenen Augen schnitt Lysandra ihr das Wort ab. »Sie will was beschwören?«

»Freya wird alles Tech außer Kraft setzen, wenn die Geister beschworen sind. Die Chimära werden aufhören, zu existieren.«

»Denkst du ernsthaft, das ist es, was passieren wird?«, fragte Lysandra fassungslos.

Ihre ganze Welt sackte ein Stück in sich zusammen. Sie steckte die Waffe weg und packte die Frau am Gesicht, drehte es so, dass sie den metallenen Halbmond genauer ansehen konnte.

»Woher hast du das? Hast du das programmiert?« Sie brauchte keine Antwort, sie kannte sie schon.

Freya war die einzige Person mit den Fähigkeiten, eine solche Schleife zu programmieren, aber eine Fremde mit hineinzuziehen, das klang ganz und gar nicht nach ihr. Ihrer Frau konnte sie viele Dinge nachsagen, doch darauf zu vertrauen, dass ein Außenstehender, eine Mandra noch dazu, ihren Befehl ausführte, war einfach fahrlässig und sah so gar nicht nach ihr aus.

Wenn sie so darüber nachdachte, dann wollte sie gar nicht wissen, wie die beiden zueinanderstanden. Allerdings hatte sie ihre Freya nicht mit ihrem Kosenamen, Mara, angesprochen. Vielleicht hatte sie sich doch keine neue Frau angelacht?

»Du hast keine Ahnung, was passiert, wenn die Vier Geister zurück in die Welt kommen, oder?«, hauchte sie atemlos. »Was hat dir Freya erzählt? Dass die Geister wieder so etwas wie ein Gleichgewicht herstellen? Bring mich nicht zum Lachen!« Sie trat einen halben Schritt zurück und vergrub die Hand in den Haaren.

Die andere setzte zum Weglaufen an, doch blieb sogleich wieder wie angewurzelt auf der Stelle stehen.

»Was soll das heißen? Die Geister schützen ihre Gläubigen doch.« Ihre Stimme kratzte noch von dem Würgegriff.

Lysandra lachte höhnisch. »Die Geister retten niemanden! Sie beschwören Katastrophen, die Überlebenden haben einfach nur Glück! Mara nennt es Schützen, aber es ist lediglich ein einziges, riesiges Fegefeuer für alle Sterblichen!«

Den Moment, in dem die Information bei ihrem Gegenüber sackte, konnte sie genau sehen. Die Brünette starrte sie mit leeren Augen an. Es war natürlich schwer, zu verstehen, dass der vergötterte Schutzpatron eigentlich den Untergang herbeiführte. Lysandra hatte genug Aufzeichnungen aus der Vergangenheit gesehen, um einen Einblick zu gewinnen, was diese Geister wirklich waren: übernatürliche Wesen, die Tod und Zerstörung in die Welt brachten und sie als die ihre beanspruchten.

»Aber … sie«, stammelte die Mandra. »Sie halten die Natur im Gleichgewicht. Sie stabilisieren alles.«

Wieder schnaubte Lysandra halb amüsiert, halb gekränkt. »O nein. Sie haben die Natur erst aus dem Gleichgewicht gebracht. Dort, wo jetzt die Salamanderhauptstadt ist, war einst ein blühendes Gebirge mit viel Grün. Die Krakenhauptstadt lag in der Mitte eines Kontinents, die Schwanenstadt hatte so etwas wie Jahreszeiten und die Fuchshauptstadt lag in einem Wald! Reste davon sieht man noch heute! Jeder kennt die Fuchswälder. Die Geister bringen das Gleichgewicht der Erde durcheinander!«

»Aber warum sollte Freya sie dann beschwören wollen?«

»Das würde ich auch gerne wissen! Sie hat diese unsägliche Taufe bekommen und danach ist sie durchgedreht! Sie hat unsere ganzen Freunde umgebracht und ist weggelaufen! Ich dachte, wenn wir den Schwanengeist wegsperren, kommt sie wieder zu sich!«

»Den Schwanengeist … Was?« Die Brünette zog die Augenbrauen zusammen. »Wegsperren? Wie? Warum?«

Lysandra schnaubte unwillig und machte auf dem Absatz kehrt. »Am Tag ihrer Taufe ist etwas mit Mara passiert. Ich weiß einfach, dass der Schwanengeist daran schuld ist.« Sie zögerte leicht. »Deine Freundin, sie hütet einen Geist, oder nicht? Sie hat Altes Blut.« Die andere nickte. »Bedeutet sie dir viel?«

»Sie ist meine Familie.«

»Du bist hier, weil du sie beschützen willst.«

»Natürlich!«

»Schön.« Sie griff nach dem Brett, das sie zuvor in die Seitengasse gepfeffert hatte. »Komm. Festhalten.«

»Du ... Du nimmst mich mit? Wieso?«

»Freya hat deiner Freundin sicher gesagt, sie soll den Geist beschwören, dann könntet ihr gehen, oder? Sie hat aber noch nie das wieder hergegeben, was sie sich genommen hat. Ich will die Geister einsperren, du deine kleine Freundin wieder. Es wäre in unserem Interesse, wenn ich dich nicht erschieße und damit den Zorn von einem weiteren Alten Blut auf mich ziehen würde.« Wartend stellte sie sich weiter vorne aufs Brett.

Es war zwar schwerer, mit zwei Leuten zu fahren, aber sie musste schnell zurück. Die Situation war weitaus schlimmer, als sie zunächst gedacht hatte.

Endlich sprang die Brünette auf.

»Lysandra«, die Stimme der Mandra zitterte, während sie die Seitengasse hinuntersausten. »Ich hätte es wissen müssen, nicht wahr?«

Sie brauchte etwas, um zu verstehen, was diese Frage bedeuten sollte. Sie waren in der gleichen Situation, ob es ihr passte oder nicht. War es überhaupt möglich, Maras Schritte vorauszusehen? Bis sie die Gasse verließen, schwieg sie.

»Ich bin mir sehr sicher, dass sie in den letzten Jahren häufig ein Messer in anderer Leute Rücken gerammt hat. Vielleicht habe ich einfach gehofft, es wäre inzwischen abgestumpft.«

24

Ihn durchfuhr ein Schauer, als sein Körper sein Bewusstsein zurück in die Realität kickte, die Welle der Übelkeit dagegen hielt an. Zitternd zwang er den dürren Körper auf die Unterarme.

Was war passiert? Gerade war Lysandra nach draußen gerannt und dann war es schwarz geworden. Er erinnerte sich an eine dumpfe Stimme, die ausreichte, um die Angst zurück in seine Knochen zu treiben.

Freya.

Sein Kopf schoss nach oben und der Schwindel zog ihm den Boden weg. Auf dem Rücken liegend starrte er eine Weile an die schimmernde, farbenfrohe Decke. Die warme Flüssigkeit an seinem Kopf nahm er dabei kaum wahr.

»Wie schön«, murmelte er leise zu sich.

Sein Rücken erkaltete schnell und senkte spürbar seine Körpertemperatur, aber es hatte etwas Entspannendes. Wieder kam ihm Freyas Bild vor Augen. Zusammen damit kehrten seine anderen Sinne zurück. Er hörte den geballten Lärm von draußen und der metallische Geruch von Blut, das offensichtlich sein eigenes war, füllte seine Nase.

Er musste zu Lysandra. Sofort.

Diesmal brachte er sich langsamer in eine sitzende Haltung. Schwindel und Übelkeit wollten ihn wieder übermannen, aber wenigstens schaffte er es auf die Beine. Zu allem Unglück war er allein, die unweit aufgespießten Chimära nicht mit eingerechnet, und versuchte zu verstehen, in was für einer Situation er sich befand.

Die Wände glitzernden und vibrierten, sein Atem schlug kleine Wolken. Der Frost schüttelte ihn einmal durch, bevor ihm der geöffnete Boden ins Auge sprang. Eine perfekt aufgereihte Treppe führte unter der Wächterstatue hindurch und ins Heiligtum hinab. Kein Wunder, dass sie den

Durchgang nie gefunden hatten. Lysandra war sich so sicher gewesen, die Statue wäre die Tür.

Torkelnd stolperte er in Richtung des Durchgangs in den Thronsaal. Tech funktionierte innerhalb der Heiligtümer nicht und auch in dessen Nähe war die Funktionsfähigkeit deutlich eingeschränkt, weshalb er den Koffer mit seinen Geräten draußen platziert hatte. Er schlüpfte durch den geheimen Durchgang und hörte direkt das leise Knacken in seinem Hinterkopf.

Er stutzte.

Da er das Back-up zum Zentralrechner war, dürfte er gar nicht an die Cloud angeschlossen sein. Lysandras paranoide Art verbot es ihm sogar, irgendwelches Tech am Körper zu haben, weil sie es als Zugriffspunkt für eventuelle Manipulation sah. Zeus war ihr heilig und sein Code sollte unverändert in der unbenutzten Seite seines Gehirns bleiben, in der Hoffnung, ihn niemals benutzen zu müssen.

Deshalb war es umso merkwürdiger, dass dieses unbehagliche Gefühl bei ihm anklopfte. Fühlte es sich so an, wenn Lysandra via Tech mit den Chimära sprach? Dieses Kitzeln im Kopf jagte ihm einen Schauder über den Rücken. Doch wenn es nicht Lysandra war, dann fiel ihm nur noch eine Identität ein, die zum einen wusste, dass er existierte, und zum anderen die Fähigkeit besaß, ohne einen Zugriffspunkt Kontakt zu ihm aufzunehmen.

»Zeus?«

Für ihn war es sonst unsinnig, nach dem Hauptserver zu fragen. Außer auf Lysandra antwortete er keinem, weil ihn außer ihr niemand verstand. Er kommunizierte über Piepgeräusche und Zahlenfolgen aus 0 und 1, die keiner identifizieren konnte. Diesmal aber antwortete der Server ihm mit einem Geräusch, das klang, als würde man eine Eisenstange über ein Metallgitter ziehen.

»Ich kann dich nicht verstehen«, sagte er außer Atem. »Kannst du mir nichts zeigen?«

Wieder kam ein angestrengtes Rattern, doch diesmal leuchtete ihm ein, wo er das Geräusch schon einmal gehört hatte. Es war genau dieser Laut, den Zeus von sich gab, wenn er eine sehr schnelle Abfolge von 1 und 0 über den Bildschirm jagte, meistens bei einem Streit mit Lysandra. Also war er entweder sauer oder er schob Panik.

»Warte! Warte, langsam!«

Unweit von ihm leuchtete der Inhalt seiner Tasche auf.

Ach ja, sein Computer. Da wollte er sowieso hin.

Er griff nach der abgenutzten Stofftasche, die gerade so von Luft und Liebe zusammengehalten wurde, und zog das Tech heraus. Zum Glück war es ein etwas größeres Modell als jenes, das Lysandra sonst benutzte. Sie brauchte aufgrund ihrer metallenen Augen nicht einmal einen Monitor. Doch kaum hatte er den Bildschirm nach oben geklappt, blieb ihm das soeben aufsteigende Erbrochene im Halse stecken.

Der Server hatte von selbst verschiedene Oberflächen gestartet, Bildübertragungen aus dem ganzen Reich, und jedes Bild zeigte mehr Chaos als das vorherige. Er erkannte die Salamanderstadt, in der dicker Dampf stand und die Anwohner vor Schmerzen schreiend durch die Gegend rannten und dann zusammenbrachen. Mandra, die gegen die Hitze weitestgehend immun waren, liefen dagegen mit Äxten, Schwertern und anderen spitzen Gegenständen aus dunklem Material gezielt hinter allem her, was an irgendeiner Stelle des Körpers Metall oder Tech trug.

Ein ähnliches Bild wiederholte sich viele Male, in sandigen Dünen, auf metallenen Platten über dem Meer, der Dunkelheit unter der Erde, unter Wasser und zwischen eisigen Winden – alle mit eigenen Katastrophen.

An einer Stelle erkannte er ein Monument, das in der Schwanenstadt stand. Hier unterschied sich die Szene nicht sonderlich von dem, was andernorts geschah. Die Cygna bewegten sich nur systematischer vorwärts.

»Lysandra?«, rief er und begann hastig, auf den Tasten zu tippen, damit er irgendwie die Anführerin erreichte. »Lysandra, bitte! Antworte!«

Auf einem der Bilder sah er sie auf einem schwebenden Brett vorbeirauschen. Sie war hierher unterwegs! Sie musste das unbedingt sehen. Vielleicht lag es ja an den Lichtern, aber etwas scheuchte die anderen Völker auf, die nicht den Chimära angehörten. Kurzerhand klappte er sein Tech zu, stolperte in Richtung Tür.

Er ließ den Eingang hinter sich, da packte ihn jemand am Arm, alles in ihm zog sich zusammen. Er rechnete mit einem Messer an der Kehle.

»Wo willst du hin?«

Mit großen Augen starrte er nach oben und ihn überkam eine kurze Welle der Erleichterung. Ein Lächeln schlich sich auf seine Lippen.

»Kaz! Du lebst! Wo ist Lysandra? Hast du sie nicht mitgebracht?«

»Ein wenig schwierig in diesem ganzen Chaos, findest du nicht?«

»Wie hast du es hierher geschafft?«

»Das Ziel sind Chimära mit sichtbarem Tech. Cygna sind sehr streng darin, die ihren zu beschützen.«

Das nahm er hin. Er war nie gut darin gewesen, viele Informationen auf einmal aufzunehmen. Lysandra behielt ihn nur bei sich, weil sich Zeus' Back-up auf einer seiner Gehirnhälften befand. Mehr war er ihr nicht wert. Er war ein wandelnder, langsam alternder Datenstick, der wegrennen konnte, wenn die Lage zu brenzlig wurde, und damit Lysandras wertvollstes Gut, Zeus, schützte.

»Ich muss zu ihr! Freya hat die Tür aufgemacht! Dieses Mädchen ist bei ihr und-«

Kaz unterbrach ihn: »Welches Mädchen?«

»Das mit dem Krakengeist.«

»Sie ist die Hüterin?«

»Ich glaube schon. Es ging so schnell. Freya hat gefragt, ob ich das Back-up bin und mir den Stock an den Kopf geschlagen.«

»Nicht fest genug.«

Vielleicht war es die Art, wie Kaz diesen letzten Satz sagte, aber eine völlig andere Art von Übelkeit mischte sich in seinem Magen zu der schon bestehenden. Auch sein Hals schnürte sich zu. Es war diese Hundertachtziggradwende zu dem, was er von Kaz kannte.

Der Schwarzhaarige war nicht die kuscheligste Person, aber sowohl er als auch Lysandra hatten sich wiederholt auf ihn verlassen. Mit einem frechen Grinsen auf den Lippen wuchs er nie ganz auf, doch mit diesen plötzlich kalten Augen eines Imperators stand ein völlig anderer Mann vor ihm.

»Was heißt das?«, presste er mit einem dicken Kloß im Hals hervor.

»Dass du mehr Glück als Verstand hattest. Immerhin wartet General Vulture schon seit über zwanzig Jahren auf diesen Tag. Ein Back-up könnte alles ruinieren. Es war schwer genug, ein Stück Magie in Zeus zu bekommen. Schön, dass es mit der Fremden endlich funktioniert hat.« Der kleine Vulpa machte einen Schritt zurück, aber Kaz packte ihn am Kragen. »Du wirst das nicht verderben. Deine Art wird mit dem ganzen Rest der Welt untergehen.«

Mit unnatürlicher Kraft warf Kaz ihn zu Boden. Dabei verlor er den Griff um den Computer, der einige Meter von ihm entfernt mit einem lauten Knacken aufsprang. Der Bildschirm blieb an wenigen Kabeln mit der Tastatur verbunden und die Videos und Bilder von allen Chimära des Landes flackerten in einer wilden Abfolge auf. Betäubt starrte er nach oben, den großen, gewundenen Turm hinauf, als sich Kaz zu ihm kniete und am Hals packte.

»Nimm das nicht persönlich, okay? Ich nehme deinen Namen mit. Wir werden beide das Ende dieser Geschichte nicht mehr erleben, in deinem Falle ist es vermutlich besser so.«

Die bunten Lichter, die sich in dünnen Streifen am Turm entlangzogen, erloschen allmählich. Stattdessen kroch ein tiefes Schwarz durch die sorgsam eingelassenen Lichtkanäle.

Er verstand nicht, was Kaz sagte, während er seinen Schädel immer und immer wieder gegen den eisigen Boden donnerte.

Es klang fast wie ein Lied oder ein Gebet. Irgendwie beruhigend. Sogar der Schmerz war ihm egal.

Als das letzte Leben aus ihm wich, sah er Kaz noch in den Schatten verschwinden.

Im Nichts.

Als hätte er nie existiert.

25

Jegliche Wärme, die sich in ihr beim Anblick des riesigen Kraken angesammelt hatte, wich augenblicklich, als das Eis unter Cecils Füßen vibrierte und das Glitzern des Schnees verblasste. Mit einem Heulen, das ihr die Seele zerriss, bewegte sich der Krakengeist, reckte sich gen Himmel und blieb wie erstarrt in dieser Haltung stecken. Über die unzähligen Augen legte sich ein gräulicher Schleier und ein erstickendes Röcheln rüttelte am schlangenhaften Körper.

»Was passiert mit ihm?«, fragte sie panisch, einige Schritte nach vorne stolpernd.

»Es ist gut. Die Anwesenheit auf dieser Ebene ist für die Geister sehr anstrengend.«

Freya legte die Hand auf Cecils Schulter und kurz fühlte sie die Hitze der anderen Cygna in ihren Rücken. Während Freya die Stirn an ihren Hinterkopf legte, rollte ihr heißer Atem über Cecils Nacken unter ihre Kleidung, wo er eine Mischung aus Frösteln und feuchter Hitze hinterließ.

»Ich bin stolz auf dich, weißt du?« Freya sprach leise. »Als du den Geist an dich nahmst, dachte ich nicht, du würdest ihn auch tatsächlich beschwören können. Er hat gut gewählt.«

Warum aber löste sich das Gefühl nicht, dass der Geist sich selbst zerriss oder sich am besten gleich am zerstörten Baum aufspießte?

Cecil zitterte zunehmend. »Was p-passiert jetzt?« Die Worte krochen zögerlich über ihre Lippen und klammerten sich lieber an ihre Kehle. »Der Krakengeist ist hier, aber … wo sind die anderen?«

Vier Geister.

So viel hatte Freya unmissverständlich klargemacht. Es brauchte vier Geister, um das Tech von den Lebenden zu trennen und das Gleichgewicht wieder herzustellen.

Vier Geister. Der Fuchs, der Kraken, der Salamander und der Schwan.

»*Wusstest du, dass es zwei Schwanengeister gibt?*«, hallte es in ihrem Kopf wider.

Ergab das nicht fünf Geister? Wozu brauchte sie dann den Kraken?

»*Man sperrte ihn im Heiligtum ein. Seine Wut gegenüber den anderen Geistern war zu groß und hätte die Chimära zusammen mit dem Rest der Welt in den Abgrund gerissen.*«

Cecil riss die Augen auf und vergaß das Atmen. Langsam senkte sie den Blick auf die Eisfläche, unter der unendliche Finsternis angestaut war. Der Griff an ihrer Schulter wurde fester.

»Ich bin dankbar«, sagte Freya kühl. »Wirklich. Dein Vorgänger ...« Ein amüsiertes, leises Lachen. »Sagen wir, er war intelligenter als du.«

Sie streckte den Arm neben ihr aus und Cecil folgte dem ausgestreckten Finger. Eingefallen in den Rillen der Rinde, bedeckt von Schnee und Eis, prangten die Überreste eines Skeletts, dessen Schädel mit einem Messer durch die Augenhöhle und die Rückwand des Kopfes an besagten Baum gepinnt war.

»Mit genau diesem Messer schlitzte er sich die Kehle auf. Das ist jetzt zehn Jahre her. Zehn lange, schmerzhafte Jahre. Ich war so wütend, dass ich seinen Geist am liebsten für immer an diese Welt gefesselt hätte, damit er sehen kann, wie die Grundordnung wiederhergestellt wird.« Freya schlang den Arm um Cecils Hüfte und krallte sich in den Talisman, der in ihre Haut eingebettet war.

Schlagartig wurde Cecil eiskalt, die Umgebung hüllte sich in einen unwirklichen, dunstigen Schleier. Das laute Brüllen des Krakengeistes, der sich heftig zuckend und windend in einem schwarzen Nebel auflöste, bekam sie nur am Rande mit. Nur der panische Schlag ihres Herzens, das aus ihrer Brust springen wollte, klopfte dumpf gegen ihre Ohren. Das Grollen unter ihren Füßen wurde lauter.

Eis knackte und krachte.

FRESKALA!

Der aufkommende Sturm hinterließ schmerzende Eiskristalle auf ihrer Haut. Sie spürte einen Griff in ihrem Inneren, der mit purer Wut etwas aus ihr rauszerrte.

LASS

Nasse Kälte kroch immer weiter ihre Beine nach oben, bis ihre Gliedmaßen taub wurden.

MICH

Noch ein Brüllen. Das Eis krachte. Dunkelheit machte sich breit, die sie an einem Stück verschlang.
Die Wut von Äonen brach über sie herein.

RAUS!

Fast schon verzweifelt krallte sich Kenna an den metallischen Körper der Chimära. Die künstliche Haut unter dem falschen Stoff war glitschig, ganz so, als wäre sie dafür gedacht, jegliche Annäherung abprallen zu lassen.

Lysandra raste, anders konnte man es nicht nennen, zwischen den kämpfenden Parteien hindurch. Dabei vermied sie mehr als einen fliegenden Speer, einige weitere ausrastende Cygna, die sie von Weitem kommen sahen, und warf Kenna bei einer besonders scharfen Kurve fast vom Brett.

»Warum werden wir langsamer?«, brüllte Kenna gegen die Windrichtung, als die glitzernden Lichter des gewundenen Turms verblichen und nur dunkle Striche zurückblieben.

»Ich weiß nicht. Weit kommen wir aber sowieso nicht mehr!«

»Wieso?«

»Tech versagt im Heiligtum, und wenn deine Freundin die Tür aufgemacht hat, wird die Magie …«

Die Lichter der Straße erloschen schlagartig, sodass nur noch das schwache Licht durch die obere Eisdecke drang. Lysandra fluchte so laut, dass Kenna den Krach der metallenen Leitungen unter sich fast nicht hörte. Gleichzeitig fielen zwei Chimära mit einem Cygna vom Dach, was der eigentliche Ursprung von Lysandras Ausbruch war. Kenna konnte sich nicht mehr halten und krachte so schnell mit dem Gesicht auf dem Boden auf, dass sie das kurze Gefühl der Schwerelosigkeit während des Fluges gar nicht wertschätzen konnte. Sie stöhnte, aber Schwindel und Schmerz ebbten viel schneller ab, als sie zunächst befürchtet hatte. Ihr Interface fiepte dabei fröhlich vor sich hin.

Lysandra war gegen einen der Steine geprallt, trotzdem in deutlich besserer Verfassung als sie. Schnell hatte sie den Schwindel abgeschüttelt und war zurück auf den Beinen, sodass Kenna den Drang hatte, es ihr gleichzutun.

Ein weiterer Schrei folgte, im Augenwinkel rauschte eine glänzende Waffe auf sie zu, von der sie sich gerade noch wegdrehte, bevor man ihr den Bauch aufschlitzen konnte. Aus Reflex zog Kenna das Messer aus seinem Versteck an der Hose und bohrte es dem angreifenden Cygna mit einer gekonnten Bewegung in den Nacken. Sie traf auf weniger Widerstand als erwartet, es glitt hinein wie in ein Stück gekochtes Huhn, und der Körper sackte in sich zusammen. Ein weiterer Cygna schien mit den beiden Chimära beschäftigt zu sein.

Kenna packte sich die Frau aus Tech und zerrte sie mit sich.

»Beweg dich! Wenn überhaupt, dann soll Freya dich aufspießen! Mach schon!«, fauchte sie Lysandra an.

Überrumpelt von dieser Aussage setzte die Anführerin der Chimära zu einer Antwort an, unterließ es dann doch und hastete mit Kenna die Treppen zum Turm nach oben, blieb jedoch auf der letzten Stufe wie angefroren stehen.

Der schneeweiße Vorplatz war mit einer Lache dicken Blutes überzogen und in der Mitte, mit eingeschlagenem Schädel und kaum zu erkennen, lag ein kleiner Vulpa. Lysandra störte sich nicht an dem Blut, rannte und fiel neben ihm auf die Knie.

»Scheiße«, flüsterte sie atemlos, sah von der Leiche zum Eingang und über den Platz.

Keine Spur vom Täter. Einer der Cygna hatte ihn umgebracht und liegengelassen. Kenna tänzelte um die Lache herum Richtung Torbogen und rief erneut nach ihr. Lysandra konnte sich nicht gleich losreißen, anfassen wollte sie den Vulpa aber nicht. Stattdessen griff sie sich den auseinandergebrochenen Computer, der in der Blutlache lag.

Zum wiederholten Mal rannte Ponpon am Rand des Sees auf und ab. Er sah rein gar nichts wegen dieser merkwürdigen Riesenschlange mit den Tentakeln, die einfach aufgetaucht war! Sollte das der Krakengeist sein? Dabei hatte er gehört, ein Kalmara würde bei seinem bloßen Anblick verrückt werden. Das leichte Unbehagen war nie und nimmer mit einem wirren Verstand gleichzusetzen. Dann wiederum war er ja kein reiner Kalmara. Vielleicht war er für diesen Wahnsinn nicht empfänglich. Das, oder er war schon so verrückt, dass es nicht mehr schlimmer ging.

»*FRESKALA!*«

Plötzlich bebte der Boden, sodass es Ponpon von den Füßen riss und er im Schnee landete. Unter dem Körper des Krakengeistes kroch plötzlich schwarzer Rauch hervor, der sich in den Boden und die Lichter unter dem Eis bohrte. Sofort überkam ihn ein kalter Schauder, als hätte man alle Wärme, so wenig hier davon übrig war, aus der Luft gesaugt. Einige dünne Schattenstränge schossen nach oben und umschlangen den Körper des Kraken, der vor Schmerzen aufbrüllte. Ponpon schob sich mit angstverzerrtem Gesicht über die eisige Erde, weg von dem grotesken Schauspiel.

Ein Arm nach dem anderen zwang sich die Schwärze mit schmatzendem Geräusch unter die Schuppen des Kraken, in die unzähligen Augen, die sich panisch in den Augenhöhlen bewegten, bis die ganze Bestie zuckte und mit einem weiteren Brüllen von den Schatten verschluckt wurde.

Ponpons Blick irrte umher. Zunächst sah er den Rücken der größeren Cygna, um sie herum unzählige Kerben in der vorher glatten Eisfläche. Nebst Wasserspritzern schossen weitere Schatten aus der Tiefe, die sich mit jedem Wimpernschlag schneller durch das Eis bohrten und die funkelnden Lichter verschlangen – und mit dem Licht verschwand die sanfte Melodie aus der Luft.

Der Kalmara starrte, Cecils schlaffer Körper schlug auf der Eisfläche auf und Freyas schwarze, mit Blut befleckte Hand mit dem Anhänger des Krakengeistes wurde sichtbar.

»Nein!«

Klauen des Schreckens klammerten sich um seine Eingeweide. So schnell er konnte, sprintete er nach vorne, streckte die Hand aus, rutschte aus und landete mit dem Gesicht zuerst auf einer brechenden Eisplatte. Wasser spritzte und brannte auf seiner Haut wie Säure. Als er wieder aufsah, glitt Cecils Körper zwischen den Spalten hindurch.

»Du hättest weglaufen sollen, als du noch die Gelegenheit dazu hattest.« Der Blick aus Freyas kalten Augen war direkt auf ihn gerichtet.

Ihre Haut, übersät mit schwarzen Flecken, erinnerte ihn an eine sterbende Berührte. Normalerweise wurden Berührte schwächer, wenn sich die Haut mehr und mehr von dunkel zu hell wandelte, bis sie schließlich einfach umkippten, sofern sie nicht vorher aufgrund des schlechten Rufs an unnatürlichen Umständen starben. Würde Kenna auch sterben, wenn das Schwarz die bleiche Haut völlig verschlungen hatte?

Wo war sie nur, wenn man sie mal wirklich brauchte?

Mühelos schritt die Cygna über die immer unförmiger werdenden Risse, in die sich schneller und aggressiver knackend weitere Lücken schmolzen.

»Schade eigentlich. Ich begann gerade, dich zu mögen.«

»Warum tust du das? Das ist alles deine Schuld! Du bist wahnsinnig!« Ponpon tat sein Bestes, um wieder auf die Füße zu kommen, fand in seiner Hast aber keinen Halt.

Freya schien dagegen keine Probleme zu haben.

»Ach, bitte. Ich nenne es kreativ.« Freya schnaubte abwertend. »Sie ist nichts weiter als ein Vogel, der aus seinem Nest gefallen ist.«

»Sie sah dich trotzdem als Freundin! Was ist mit Kenna? Ist sie dir etwa auch egal?«

»Mittel zum Zweck. Nichts weiter.«

»Aber-«

»*Siru!*«

Mit dem Anhänger in der Hand holte sie aus und ein schwarz schimmernder, wässriger Arm schoss aus dem See, der sich um ihn wickelte und ihm die Luft abschnürte.

Kenna folgte Lysandra, doch kaum passierten sie die Monstrosität eines Throns, bohrte sich unnatürliche Finsternis durchs Eis und raubte der Umgebung das letzte bisschen Licht. Auch die scharfen Ränder, die Umrisse verschiedener Leute und Tiere verschwanden völlig aus ihrem Sichtfeld. Für einen Moment fürchtete Kenna, sie wäre blind geworden.

»Was zum … Was ist los? War das Freya?«

Sie ertastete die Wand nach einem Anhaltspunkt. Lysandra blieb still, aber Kenna hörte, wie sich ihre kleinen Scharniere und Metallplatten bewegten.

»Lysandra?«

»Ich weiß es nicht.« Die Anführerin der Chimära zögerte. »Die Leitungen im Eis transportieren Wind, Licht, Wasser, Energie und Magie. Vielleicht ist etwas kaputtgegangen.«

»Das klingt aber nicht so, als ob das bisher jemals passiert wäre.«

»Ist es auch nicht.« Etwas bei Lysandra klickte und Kenna erkannte die glühenden Umrisse ihrer Hände und Arme, die eine Schusswaffe umschlossen. Für einen flüchtigen Moment erinnerte es sie an die leuchtenden Streifen unter Freyas Haut, nur härter und kantiger. »Komm.«

Mit dem Glühwürmchen als Anhaltspunkt lief Kenna der Chimära hinterher. Nach und nach gewöhnten sich ihre Augen an die neuen Lichtverhältnisse, bis sie schließlich am Ende des Gangs einen Raum erkannte, in dem eine Schwanenstatue in sanftem Blau glühte. Sie wirkte so abgehoben vom Rest der schwarzen Wände, als würde sie sofort das Wort an sie richten wollen.

»Scheißvieh!«, fluchte Lysandra, die vor einer in den Boden führenden Treppe stoppte und einen herabgefallenen Stein lieblos gegen die Statue schmetterte. »Da hätte ich noch ewig suchen können.«

»Welches Vieh?«

»Der Hüter des Heiligtums. Die Statue da. Bei den Cygna heißt es, die Statue würde den Weg nur für Altes Blut offenbaren. Da er freigegeben wurde, sind sie schon drin.«

26

So viele Erinnerungen kamen auf einmal wieder hoch. Daran, wie sie das erste Mal einen Blick auf die farbenfrohen Lichter geworfen hatte, wie die Cygna in den Straßen sangen, zusammen mit den Häusern der Stadt, davon, wie sie dieser faszinierenden jungen Frau begegnet war, die sie, trotz fehlenden Armes, zum Tanz aufgefordert hatte. Dieser magische Tag würde für immer in ihrem Gedächtnis eingebrannt bleiben. Damals war die Welt noch in Ordnung gewesen. Jeder Tag, an dem die Sonne über dem gefrorenen Himmel aufgegangen war, war gefüllt gewesen von Magie und einzigartigen Augenblicken.

Später dann, sie war schon älter gewesen, verblasste diese Magie und Enttäuschung nahm ihren Platz ein. Die Sonne folgte nur einem Zyklus. Die Lichter der Stadt und die Musik waren lediglich Echos der Priester und des Fürsten Buccinat, die vom Eis aus dem Heiligtum nach außen getragen wurden. Biolumineszenz, die auf die Vibration eines Liedes reagierte, nichts weiter. Mit zunehmenden Jahren verlor sie die Faszination an allem.

Nur die eine Magie, die war geblieben: Die Schwanengeister. Zwei an der Zahl, schwarz und weiß. Schwert und Schild der Cygna. Mit und ohne eigenen Willen.

Die Großen Geister, die Drachen ihrer Zeit, existierten nicht einfach so. Sie brauchten einen Körper, eine Substanz, durch die Magie gewirkt wurde. Die übrige Zeit schliefen sie in ihren Heiligtümern, bis sie jemand von Altem Blut, Magiewirkende, erweckte und die Brücke zwischen der wirklichen Welt und derjenigen der Geister schlug.

Deshalb war ihr dieser Anblick von Ponpon, eingeschlossen im kalten Wasser, nicht gänzlich unbekannt. Sie hatte unendlich viele Aufnahmen der Katastrophen der Geister und dessen Hüter und Hüterinnen gesehen, eine schlimmer als die andere. Sie überlegte, ob sie ihn ertränken sollte, aber sie ließ es und schleuderte ihn stattdessen zurück ans Ufer. Er würde zusammen mit dem Rest der ganzen verdreckten Welt untergehen. Nur die Stärksten erwiesen sich als würdig, gerettet zu werden.

»*Niemand kann sie dir zurückgeben.*«

Diese Worte klangen seit Jahren in ihr wider, jeden Abend, jede Nacht und in jedem Traum. Es stimmte, niemand gab ihr das zurück, was sie einst verloren hatte. Nicht ihre Zeit, nicht ihre Familie, nicht die Liebe ihres Lebens, die es vorzog, sich das lebende Herz herauszureißen, statt es ihr zu schenken.

Freya zitterte. Sie hatte Angst. Natürlich hatte sie die. Oder war sie nervös? Vorfreude? Wut? Vielleicht alles auf einmal. Sie wusste, dass sie vom großen Nichts erwartet wurde, denn für Mörder gab es keinen Platz in der Nachwelt. Der Weiße Schwan würde nicht kommen, um sie auf den stillen See zu bringen, wo sie ihre Liebsten wiedersah. Keiner der Geister würde sie in irgendeine Nachwelt bringen. Es war alles eine Lüge. Sie waren Parasiten, die diesen Planeten ihrem Ende zuführten.

In der einen Hand hielt sie den Anhänger des Kraken, mit der anderen sammelte sie die anderen aus ihrer Kleidung. Jetzt musste sie die Illusion nicht weiter aufrechterhalten. Das Metall der Anhänger schwärzte sich an den Rändern, beschlug und verrottete langsam. Wenn sie zerfielen, brachen die Hüter, die unter dem Eis schliefen, mit ihnen auseinander.

»Ich bin bereit«, murmelte sie zu sich. »Bereit, das Ende einzuläuten. Bereit, die Finsternis auf diese Erde zu holen, sie von dem Schund, der sich Leben nennt, zu reinigen. Ich bin bereit, den Schwarzen Schwan zu befreien, auf dass er an der Spitze der Vier Geister Brücken und Mauern im Meer versenkt, die Erde verbrennt, die Luft gefrieren lässt und das Licht aus dem Himmel bannt.«

Seit Jahrzehnten wartete sie darauf, diese Worte endlich zu sprechen. Jahrzehnte, in denen sie im Inneren verrottete, weil sich der Geist des schwarzen Schwans an sie gekettet hatte, voller Albträume, Schmerzen und Einsamkeit. Jahrzehnte, in denen sie das Leid aus Jahrtausenden heimgesucht hatte. Die Welt sollte an der Asche ihrer verbrannten Träume ersticken, doch wenigstens war es *echt*.

»Mara!«

Dieser Name schon wieder. Dieser … Scherz, mit dem sie das reparierte Tech gekennzeichnet hatten. *Chi-Mara*, aus dem allmählich *Chimära* geworden war. Sie konnte jede einzelne Tauflinie auf ihrer Haut fühlen, die bei dem Gedanken daran aufgebracht kribbelte.

Außer Atem starrte Kenna auf Freya und den aufgebrochenen See. Es schien sie nicht zu stören, nur auf einer übergroßen Eisscholle zu stehen, aber dass sie sich überhaupt ohne Probleme auf beiden Beinen aufrecht hielt, drückte ihre Lunge weiter zu. Ihr Gehstock ragte unweit von ihnen entfernt in die Erde gerammt gen Himmel. Lediglich der heruntergebrochene Baum auf der anderen Seite des Sees schenkte hierbei ein letztes bisschen Licht. Freyas rot glühende Taufmale dagegen schienen es dagegen zu verschlingen.

»Du hast viel länger gebraucht, als ich angenommen habe.«

»Hör auf! Weißt du überhaupt-«, brüllte Lysandra, kam jedoch nicht weit.

»Ich weiß genau, was ich tue!«, unterbrach Freya sie. »Die Konsequenzen sind mir bewusst.«

»Wieso machst du es dann?«

Die Cygna lächelte. Sie wirkte so völlig verändert. Ihre Haltung war entspannt, ihre Hände locker als Schale vor sich gehalten und sie sah glücklich aus.

»Das würdest du nie verstehen, Chi. Niemals. Du bist nicht mehr echt.«

Kenna schnaubte und drückte die Metallfrau auf die Seite, sich selbst an ihr vorbei.

»Wo ist Cecil?«

»Frag doch deinen Freund.«

Freya nickte in eine Richtung und unweit sah Kenna Ponpon im Schnee liegen. Sie war mit wenigen Schritten bei ihm, aber unter dem Rand der Kleidung schimmerten dunkelrote und grüne Male hervor, als hätte man ihn zwischen zwei Steinplatten gepresst.

»Pon«, flüsterte sie leise und rüttelte an seiner Schulter. »Wach auf! Wo ist Cecil?«

»*FRESKALA!*«

Kenna erstarrte, ebenso wie Lysandra. Suchend sahen sich beide Frauen um. Die grollende Stimme hatte keinen Ursprung und doch brachte sie das Wasser, das zwischen den Eisplatten sichtbar war, dazu, in winzigen Wellen zu vibrieren.

»*Hvergi takalup.*« Diesmal war es Freya, die mit ihren Worten die Erde zum Beben brachte. »*Hvergi hilja.*«

Fester rüttelte sie an Ponpon. Die unheilvolle Stimme, die wie dicker Nebel in der Luft hing, zusammen mit Freyas bösartigem Mantra, versteiften in ihr alle Muskeln.

Mit jedem Mal schien das Vibrieren stärker zu werden.

»Hör auf!«, brüllte Lysandra erneut.

Sie richtete die Waffe auf Freya, doch der abgefeuerte Schuss verpuffte irgendwo unterwegs. Der Chimära entglitten die Gesichtszüge.

»Salz, Rauch, Sand und Eis. Einst stiegen diese vier großen Drachen vom Himmel und brachten das Gleichgewicht zurück in die Welt.« Während Freya sprach, brannten sich die schwarz-glühenden Linien weiter in ihre Haut, sodass sie anfingen, zu dampfen. »Obwohl sie Katastrophen über die Welt brachten, pendelte sich die Macht der Vier ein, sodass sich vier neue Stämme erhoben, die miteinander harmonieren konnten.«

Die Amulette in ihren Händen glühten und ein weiteres Brüllen riss erste Spalten in den Gletscher, in den die Schwanenstadt eingelassen war. Weit weg stieg dicker, schwarzer Rauch aus den Erdspalten, Wellen schlugen gegen jahrhundertealte Bauten und Wind riss alles mit sich mit.

»Der fünfte unter ihnen, der ohne Geist und Körper, derjenige, der sie anführen sollte, wurde mit der Macht der Vier weggesperrt. Die Dunkelheit schlief. Jetzt soll die Welt und alles, was sie bewohnt, ihr wohlverdientes Ende finden.«

Das letzte bisschen Tech wandelte die übrig gebliebene Energie in verzweifeltes Flackern um, das in der Dunkelheit der Stadt und in den Tiefen des Eises an sterbende Sterne erinnerte. Aus dem See, dem Gefängnis, krochen immer weitere Schatten und formten das Brüllen in seine ursprüngliche Form. Das schwache Licht des Baumes wurde von der ganzen Gewalt der Finsternis verschluckt.

»*Hvergi takalup*. Du kannst nicht weglaufen.«

Der Albtraum schlug die Krallen seiner massiven Gestalt an die Innenwände des gewundenen Turms.

»*Hvergi hilja*. Du kannst dich nicht verstecken.«

Worte, die all die Wut und Verzweiflung der Welt beinhalteten. Das Leben hätte schon vor Tausenden Jahren ausgelöscht werden sollen. Nun würde es zum Ende kommen. Mit den Vier, deren Macht mit den Schatten infiziert war, kippte die Waage und die Welt würde mit einem großen Feuerwerk zugrunde gehen. Zuletzt würde nur der schwarze Schwan über das unendliche Nichts herrschen, aus dem sie gekommen waren. Alles, was es dafür brauchte, war der Hass eines Alten Blutes auf dieser Welt.

»Kenna.« Ponpons Atem ging schwer und er zitterte, während er die Augen einen Spalt aufschlug. Die Brünette konnte ihren Blick nicht von dem Monster abwenden, dass sich vor ihr formte. »Kenna … Cecil … Sie ist …«

Worte, die ihre Aufmerksamkeit auf den Kalmara pinnten. »Wo ist sie?«

»Sie hat den Kraken beschworen. Sie … sie …«

»Ponpon! Wo ist Cecilliana?«

»Im See bei Freya.«

Das war alles, was sie hören musste.

Sie ließ Ponpon zurück und sprintete los in Richtung Freya, starrte suchend in das dunkle Wasser.

Noch immer völlig perplex sah Lysandra auf die Frau, die sie einmal geheiratet hatte. All die Zeit hatte sie geglaubt, sie könnte es wieder reparieren, wenn sie Freya nur finden würde. Freya hatte schon immer eine gewisse Grundeinstellung zur Welt vertreten, doch ihr gemeinsamer Wunsch, das Leben für die Gemeinde zu vereinfachen, ihre Liebe zu jedem schlagenden Herzen, hatte sie erst zusammengebracht. Es zu verbessern, indem man es ausradierte, gehörte absolut nicht dazu!

Im Augenwinkel sah sie Kenna wie eine Besessene loslaufen. Da kam ihr eine Idee. Der Bildschirm war zwar hinüber und ihre Augen konnten dessen Worte nicht sehen, aber sie öffnete den Computer in ihrem Arm.

»Zeus!«

Hoffentlich funktioniert das!

Die Magie an diesem Ort war so stark, dass sie mit keinem perfekten Signal rechnete, aber sie hatte nicht umsonst Jahre damit verbracht, im ganzen gewundenen Turm Tech zu installieren. Tatsächlich erhielt sie ein kratzendes Echo einer Antwort. Lange würde diese Verbindung nicht halten.

»Du musst die Leitungen überladen!« Eine besonders starke Erschütterung riss sie fast von den Beinen. »Und ja, ich weiß, dass es eine bescheuerte Idee ist!«

Aber vermutlich die Einzige.

Ursprünglich wollte sie die Geister in eigens dafür vorgesehene Kapseln sperren, die mit elektromagnetischen Feldern funktionierten, aber so erreichten sie ja aus dem Turm zumindest zeitweise etwas Ähnliches. Ein unsicheres Kratzen machte sich in ihrem Hinterkopf breit. Sie hasste es manchmal, dass ihr Rechner nicht blind tat, was man ihm auftrug.

»Ja, ich bin mir sicher! Alle um den gewundenen Turm! Tu es einfach!«

Verzögert, aber für jemanden wie sie hörbar, knisterte Elektrizität durch die Leitungen im Eis, sofort fixierte der Geist, dessen Blick eben noch Richtung Himmel gerichtet gewesen war, ihre vergleichsweise winzige Form. Die Bestie schnellte auf sie zu, doch zusammen mit dem hochfrequenten Surren und brennenden Leitungen heulte es vor Schmerz auf. Freya stieß einen Schmerzensschrei aus, der in ihr alles zerbrechen ließ.

Cecil.

An diesen Gedanken klammerte sich Kenna, während sie über die Eisfläche schlitterte. Das Wasser war dunkler als die tiefste Nacht, verschluckte alle Sterne darin, sodass sie kaum die Schneeflocken auf der Oberfläche sah. Aber sie war hier! Sie fühlte es!

»Cecil!«

Ihr Ruf wurde nur von dem Monster übertönt, das sich über sie beugte und das Ende des Sees ansteuerte. Kenna presste die Handflächen auf die Ohren, doch Freyas markerschütternder Schrei hallte tief in ihren Knochen nach, dort, wo sie nach wie vor den kleinen Funken fühlte, der sich nach Freya verzehrte. Sie sah die Cygna auf die Knie fallen, die ersten Tropfen Blut quollen aus den eingebrannten Linien auf ihrer Haut. Selbst die kunterbunte Kleidung färbte sich in feucht-roten Flecken.

Der anfängliche Anflug von Besorgnis wurde schnell von der unsäglichen Wut in ihrem Bauch weggebrannt. Sie hatte Cecil einfach versenkt wie ein kaputtes Schiff!

»Du!«

Kenna lief zu Freya, schlitterte vielmehr, und packte sie fest am Kragen, um sie mit dem Rücken gegen das Eis zu drücken und mit dem Knie auf dem Bauch zu fixieren. Ihre Muskeln waren noch immer angespannt und zuckten vor Schmerz, während der schwarze Schwan über ihnen wütend den Körper gegen die Wände schlug. Mit jedem Schlag schien sich der Boden weiter zu bewegen. Die Eisplatten wackelten gefährlich und kalte Tropfen bohrten sich wie Nadeln in ihre Haut.

»Sag mir sofort, wo Cecil ist!«

Gezielt packte Freya die Seite ihres Kopfes, in der das Implantat eingebettet war, und ein Schlag fuhr durch Kennas ganzen Körper. Ehe sie es sich versah, hatten sich ihre Rollen vertauscht. Freyas steifes, knackendes Bein hielt sie nur zusätzlich fest.

»Du hast mir gar nichts zu befehlen!«, presste sie hervor. »Du bist genauso verdorben wie alle anderen! Bleib in der Rolle, die dir zugeordnet ist!« Die zweite Hand fand ihren Hals und drückte genüsslich zu. »Denkst du ernsthaft, ich könnte etwas wie *dich* lieben? Eine Berührte? Jemand wie du bringt nur Unglück über andere!«

Kenna wollte sich wehren. Jede Faser in ihrem Körper schrie nach Luft, wollte die Cygna wegstoßen, doch auch als sie die Hand wieder lockerte, blieb das grässliche Gefühl des Erstickens bestehen. Blutige Tropfen landeten in ihrem Gesicht und Freyas erschöpfter Atem klopfte an ihren Lippen.

»Ich war gnädig genug, dir ein Stück des schwarzen Schwans zu schenken. Du hast deine Rolle bis hierher perfekt gespielt. Versau es jetzt nicht.«

Ein Schock, wie ein Schlag direkt ins Herz, ließ sie aufschreien. Das kleine Stück in ihrer Brust breitete sich weiter aus, klammerte sich an ihr Herz und wand sich durch jede Ader bis in ihr Hirn. Glücksgefühle mischten sich mit unsäglicher Angst, doch Kenna verstand, dass dieses Glück nicht von ihr selbst kam.

Freya hatte sie betrogen.

Das Stück Magie, das sie ihr zu Schlucken gegeben hatte, diente nur ihrer eigenen Agenda.

Es funktionierte! Es funktionierte wirklich!

Ein kleiner Funken Ekstase durchfuhr Lysandras sonst toten Körper und der ungeliebte Muskel in ihrer Brust machte einen Satz. Zwar war das Fiepen in ihren Ohren schwer zu ertragen, aber der Geist wand sich im elektrischen Feld. Er würde nicht ausbrechen, und wenn Freya erst die Kraft verlassen und ihre Konzentration brechen würde, musste er gezwungenermaßen zurück in seinen Käfig unter dem Eis.

»Freya …«

Ihre Frau war über die Mandra gebeugt, die aussah, als würden ihr gleich die Augen aus dem Kopf springen. Sie musste irgendetwas tun! Aber ihre Waffe funktionierte hier nicht. Vielleicht tat es jedoch eine andere: der Gehstock. Es benötigte nur einen einzigen Treffer.

»*Hvergi takalup.*«

»Zeus?«

»*Hvergi hilja.*«

»Zeus! Sag etwas!«

»*Hvergi takalup. Hvergi hilja. Hvergi takalup. Hvergi hilja. Hvergi takalup. Hvergi hilja. Hvergi takalup. Hvergi hilja. Hvergi takalup. Hvergi hilja.*«

Eine Zeile nach der anderen baute sich vor ihren Augen auf, wurde heller, bis es sie fast blendete. Als würde sie direkt in die Sonne starren. Lysandra presste die Handflächen gegen das Gesicht, versuchte, den aufkommenden Schmerz zu ignorieren, aber immer heißer und heißer bohrte er sich in ihren Kopf und jede einzelne ihrer Gliedmaßen.

»Ich war gnädig genug, dir ein Stück des Schwarzen Schwans zu schenken«, dröhnte es in ihren Ohren. »Du hast deine Rolle bis hierher perfekt gespielt. Versau es jetzt nicht.«

»Freya! Hör auf! Bitte!« Sie hoffte, ihr Schrei würde ihre Frau irgendwie erreichen, während ihre Beine nachgaben und sie in den Schnee sank.

»Deshalb mischt man Magie nicht mit Tech.« Freya sprach mit der Mandra. Der fast schon zärtliche Wortlaut ließ ihr die Galle hochkommen. »Dank dir habe ich ein kleines Stück des Schwarzen Schwans in Zeus eingesetzt. Mit dem Stück Magie, das du im Salamanderheiligtum zu dir genommen hast, jenes, dass dich dazu gebracht hat, mich zu lieben. Vater sagte immer: Wenn du etwas zerstören willst …«

»… dann zerstöre es von innen heraus.«

Kenna wusste nicht, ob sie in das Blau des Himmels oder in jenes von Freyas Augen sah. Alles in ihr schmerzte und dieser kleine Funken Wärme, den sie sich so sehr erhofft hatte, war nicht da. Nein, es war keine Lüge gewesen. Oder doch? Liebe war ein so eindeutiges Gefühl. Ihr halbes Leben hatte sie Cecil geliebt und bei jedem Kuss, den sie mit Freya getauscht hatte, genau gewusst, was sie empfand, so kurz ihre Zeit auch gewesen war. Machte es überhaupt einen Unterschied?

Die sich hin- und herwerfende Dunkelheit über ihnen stoppte zeitgleich mit dem Schmerz, der jeden Muskel versteift hatte.

Das Ungetüm stieß ein weiteres Brüllen aus, das nur von den Hilfeschreien der Stadt, den Geräuschen von splitterndem Holz, Gestein, Gebeinen und Eis übertönt wurde. Bilder der einbrechenden Welt und endenden Leben huschten über ihr Interface.

»Keine Sorge, Kenna«, flüsterte Freya atemlos, ein trockenes Lächeln auf den Lippen. »Ich lasse dich zu deinem Kind. Du wirst mit ihr dortbleiben. Also habe keine Angst.«

Das Eis unter ihr gab nach und Freya zwang sich zum Stehen, torkelte wenige Schritte rückwärts. Ihr blieb nicht die Zeit, um Luft zu holen, da sank ihr Körper schon durch die Spalte im Eis und sie wurde von völliger Finsternis und Kälte umarmt.

Freya hatte gewonnen.

Das war das Ende. Jede nur erdenkliche Art von Gewalt entfachte sich auf einmal mit ganzer Wut auf die Überreste der gebrochenen Welt.

Nur ganz unten, tief in der Dunkelheit, sah Kenna einen kleinen, rotorangefarben pulsierenden Punkt.

27

Auf den Krach folgte unsagbare Stille, die den tauben Körper einschlossen wie einen Kokon. Aller Schmerz verflog, der Stress perlte ab und nur das langsame Pochen des Herzens wehrte sich gegen den Absolutzustand.

Es war … schön. Wie Schlaf.

Zeit hatte keine Bedeutung mehr. Vielleicht waren Sekunden, Stunden oder gar Jahre vergangen. Das war völlig ohne Belang. Sie wollte nicht aufwachen. Die freudige Ekstase aus Nichts stellte eine willkommene Abwechslung dar.

Kein Wegrennen mehr, kein Tod, nur Stille und Harmonie. Sanfter Walgesang begleitete sie, die Wellen schaukelten ihr unsichtbares Bettchen.

Kind leg dich hin,
Schlaf fest.

Warum also fühlte es sich an, als würde sie aufgeben? Sie erinnerte sich nicht einmal mehr daran, wo sie war. Ihre Augen waren so schwer. Wie war sie hierhergekommen?

»*Cecil!*«

Und diese Stimme.

Sie kannte diese Klänge, nur woher? Etwas daran ließ ihr Herz fester gegen den Stillstand schlagen. Eigentlich wollte sie gar nicht schlafen, oder?

Langsam zwang sie ihre Augen auf und Chaos erschien vor ihr. Berge, die in der Mitte auseinanderbrachen, vertrocknete Leichen, die zusammen mit Metall auf den Boden des Meeres sanken, Sand, der die Haut von den Knochen der Lebenden fetzte.

Dann nichts mehr. Nur Stille. Ruinen, aus denen keiner die Zivilisation der Vergangenheit las und keine neuen Geschichten geschrieben wurden.

»*Das ist das Schicksal, das man dieser Welt zuschrieb*«, sagte eine sanfte Stimme, die sie wie eine warme Decke einhüllte. »*So wird es eines Tages sein. Dunkelheit und Stille. Das Ende.*«

Das Ende.

Irgendwie ... war das nicht fair, nicht wahr? Vorbei? Wie konnte etwas enden, was noch gar nicht richtig begonnen hatte? Sie war überall. Diese Wut, die sich gegen die ganze Welt richtete, strömte durch sie hindurch. Der Ursprung dieser Magie war sie selbst.

»*Cecil!*«

Kenna.

Das war Kenna!

Die *Mandra* hatte sie ihr Leben lang beschützt. Schon seit der Zeit, aus der sie einst von ihr aus dieser Kutsche geholt worden war. Jahrelang hatte sie sich gefragt, wohin man sie gebracht hätte, wenn Kenna nicht gewesen wäre. Mit Sicherheit hätte es ihr vorzeitiges Ende bedeutet. Kenna hatte ihr jedoch eine Chance gegeben, war ihr die Mutter gewesen, die sie nie gehabt hatte. Diese Schuld bezahlte sie ihr Leben lang zurück.

»*Willst du sie beschützen?*«

Ja. Ja das wollte sie. Mehr als alles andere.

»*Willst du alle beschützen?*«

Sie wollte Kenna beschützen. Sie wollte Ponpon beschützen. Alle Kinder wie sie, die kein Zuhause und keine Herkunft hatten. Sie wollte nicht sterben! Ein kleines, schwach flackerndes Leuchten funkelte direkt vor ihr. Cecil streckte die Hand aus. Zumindest glaubte sie das. Im Schein des Lichtes erkannte sie Kenna.

»*Du musst atmen.*« Das Flüstern wurde eindringlicher. »*Atme, Cecilliana!*«

Ihre Finger waren bereits um die kleine Flamme geschlungen, doch Atmen? Sie musste atmen. Alles hing davon ab. Sie würde nicht zulassen, dass es keine Zukunft für sie gab!

»*Freskala!*«

28

War er tot? Er musste tot sein. Andererseits ... Bedeuteten Schmerzen nicht, dass man noch lebte?

Ponpon fühlte, wie sein Bewusstsein immer wieder verloren ging, doch diesmal klammerte er sich an die Realität. Stöhnend stützte er sich auf den Unterarmen auf, öffnete die Augen und wurde begrüßt von Beben, Kratzen, Knallen und Schreien um ihn herum. Nicht in seiner unmittelbaren Nähe, eher dumpf, als wäre er unter einem Haus versteckt, während der Rest des Dorfes abgeschlachtet wurde.

Im Augenwinkel lag die Chimära mit den Metallarmen, starrte regungslos auf den See, auf dem Freya, inzwischen heftig blutend, kniete. Sie sah nicht aus, als würde sie lange durchhalten. Sich verkrampft das schmerzende Bein haltend stand sie auf, blickte hinauf zu dem Monster, dessen Schatten immer weiter in die Eiswand sickerte. Alles Licht war aus der Umgebung gewichen. Ironisch, dass er ihr gefolgt war, um nicht zu sterben.

»Keine Sorge.« Selbst in dem Lärm der Umgebung hörte er Freya deutlich. »Ich erspare dir das langsame Ende. Ich kann dich gut leiden.«

Sie richtete den Blick zurück auf den Geist, der die Klaue aus der Wand löste und dabei diverse Metalldrähte und -kabel mitriss. Der stumme Befehl war eindeutig. Ponpon schloss die Augen wieder.

Hoffentlich war es schnell vorbei.

»*Frelskala!*«

Das eine Wort rollte mit einer Wucht über den See, der einige der kleiner gewordenen Eisschollen aus ihren Positionen riss und aus dem Wasser beförderten. Die Kralle des schwarzen Schwans knallte gegen den herausbrechenden Lichtblitz und der Schatten heulte erneut auf. Beim Zurückziehen blieb ein Teil der Kralle am Licht kleben und Freya stimmte in den Schmerzgesang mit ein.

Die Lichtflut breitete sich aus und hüllte Ponpon und Lysandra gänzlich ein, ehe sie eine Form annahm und den Federflügel schützend über die beiden hielt. Wie eine Welle rollte es durchs Eis, durch den Boden und die Decke, und tauchte die ganze Stadt in ein buntes Lichterspiel. Der Blick aus den sanften Augen des weißen Schwans blieb auf seinem Gegenspieler fixiert, während er die an die Brust gepresste Klaue langsam öffnete und Cecil und Kenna behutsam neben ihrem Freund absetzte. Cecil hielt ihre Ziehmutter fest, der das Bewusstsein fehlte. Klitschnass waren die beiden. Mit dem Erscheinen der Lichtgestalt verebbte das Erdbeben, das den Gletscher spaltete.

»Ce-Cecil«, stammelte Ponpon leise. »Wie …?«

»Keine Ahnung. Aber ich bin hier.« Cecil lächelte sanft, legte Kenna neben Ponpon auf die Erde. Sie und Lysandra waren vollkommen apathisch. Es war schwer zu erkennen, ob sie bei Bewusstsein waren. »Pass auf sie auf, okay?«

Freya starrte mit weit aufgerissenen Augen zu ihnen. Langsam ballten sich ihre Hände, ihr Ausdruck verdunkelte sich und jeder Muskel in ihrem Körper spannte sich bis zum Zerreißen an. Sie schlug mit den Fäusten aufs Eis, hinterließ dort ihre Abdrücke, und zwang sich auf das zitternde, kaputte Bein.

»Du kannst es nicht verhindern!« Freyas blutende Erscheinung bebte. Die Haut an ihrer Hand war weggerissen und tropfte. »Du hättest weiterschlafen sollen!«

»Bist du glücklich damit, Freya? Mit diesem Krieg, den du angezettelt hast? Mit dem ganzen Blut, das an deinen Händen klebt?« Cecil versuchte, ruhig zu bleiben.

»Urteile nicht über Dinge, von denen du keine Ahnung hast! Diese ganze Welt ist ein Albtraum! Es ist besser für alle, wenn sie verschwindet!«

»Nur weil dir diese Welt nicht passt, heißt das nicht, dass alles schlecht ist – sie hat so viel zu bieten! Ich dachte, wir wären Freunde! Du bist geliebt worden und willst das doch alles wegwerfen? Das kann ich nicht zulassen!«

»Ein Kind wird mich nicht stoppen! Ich werde dich einfach umbringen, und danach den Rest dieses Abschaums! Und wenn es noch einmal zehn oder gar hundert Jahre dauert!«

Die Bestie über Freya brüllte und holte tief Luft.

Jetzt hieß es: Alles oder gar nichts. Wenn Cecil sterben sollte, war es umsonst. Die wenige Verbundenheit, die sie noch zu Freya spürte, würde der älteren Cygna reichen, um die Schwanenstadt und den Rest der Welt mit Tod zu überziehen, der bis in alle Ewigkeit andauern würde. Vom Tod kam man nicht zurück.

Magie besteht aus drei Teilen: einer Quelle, einer Aktion und einem Ziel.

Cecil griff tief in sich. Da war das kleine Licht, das sie fest umklammerte und ihre Brücke zum Weißen Schwan darstellte. Sie fühlte die Schwingen, die sich dem anrollenden Sturm entgegenstellten, und das Eis, das sich nach und nach aufbaute. Ihre Haut kribbelte unter den Eiskristallen, willig, sich dem schwarzen Wesen entgegenzustellen. Hellblaue Linien huschten über ihre Haut.

Der weiße Drache öffnete das Maul.

»*Fraveh!*«

Ein Strahl aus Eis und Licht traf auf schwarzes Feuer, schnitt wie ein Messer hindurch. Die Spitze bohrte sich tief in Hals und Rachen des finsteren Wesens, dessen schmerzhafter Schrei noch in Äonen nachhallen würde. Seine Gestalt zerfiel und die Schatten zogen sich zwischen die Spalten im Eis zurück, die sich mit lautem Knacken und Knistern wieder schlossen.

Der Nebel verflog und es blieb nur Freya zurück, ausgebrannt und besiegt, aus den Heiligen Malen auf ihrer Haut blutend.

Die weiße Bestie steckte den Kopf durchs Eis, als würde es sich nur um Nebel handeln, zog weitere Körper heraus, die sie ebenfalls an den Rand des Sees legte. Erst dann sah sie zu Freya.

Die sanfte Stimme der Lichtkreatur erklang tief in ihr.

»Ich hege keinen Groll gegen dich. Du hast Frieden verdient wie jeder andere.«

Sie reckte den Kopf gen Himmel, stieß ein leises, barmherziges Lied in die Luft, das die letzte Dunkelheit vertrieb und das Eis um sie herum zum Erleuchten brachte, schöner und bunter als jemals zuvor. In jenem Licht löste sie sich auf.

Zwischen den Splittern des gläsernen Baums brach ein lebenshungriger Spross hervor.

Kenna, endlich wieder bei Sinnen, starrte zu Cecil nach oben. Mit der Bestie verschwanden die Linien von ihrer Haut und sie sackte leicht in sich zusammen. Doch kaum war auch die schwarze Bestie weg, löste sich die Klammer um ihren Körper und sie konnte aufstehen. Ein dünnes, heißes Rinnsal stahl sich unter dem Metall auf ihrer Haut heraus und über ihre Wange. Die Magie, die sie gepackt hatte, sie war verschwunden.

Auch Lysandra erhob sich und stolperte von ihnen weg.

»Ist … es vorbei?«, fragte Kenna leise.

Sie half Cecil, als diese sich unter Ponpons Arm schob, um den Kalmara-Mischling auf die Beine zu heben. Ein neuer, hellweißer Fleck zierte den Handrücken der Berührten.

»Ich glaube nicht, dass es vorbei ist«, antwortete Cecil ehrlich. »Aber für jetzt? Aufgehalten.«

Kenna nickte. Der Schatten war wieder unter dem Eis. Man hielt das Ende nicht für immer auf. Sie war sich sicher, dass der Tag kommen würde, an dem die Erde nicht so viel Glück hatte. Diesen Tag würden sie jedoch nicht mehr erleben. Sie beobachtete Lysandra, die inzwischen vor Freya stand. Die blonde Cygna zitterte, die Arme schlapp neben sich hängend, ihre Form wurde womöglich nur noch von den bunten Tüchern zusammengehalten.

»Mara«, hauchte Lysandra in die Stille.

Kenna erwartete vieles. Sie erwartete einen Wutausbruch. Sie erwartete, dass Freya ausholen und ihrer Frau eine verpassen würde. Sie erwartete einen erneuten Versuch, den Schwarzen Schwan zu rufen.

Eine leichte Verlagerung des Gewichts und Freyas Bein machte alldem einen Strich durch die Rechnung. Etwas in Kenna hüpfte, doch fing Lysandra die Cygna auf, ehe sie ungebremst zu Boden fallen konnte. Vorsichtig, als würde sie ein Kind ablegen, sank sie mit ihr im Arm auf die Eisfläche.

Kenna tauschte mit Cecil und Ponpon einen Blick, dann setzten sie sich zu ihnen. Keiner sprach es aus, doch es war klar, dass nicht alle das Heiligtum verlassen würden. Freyas Haut war purpurfarben, Fetzen hingen hinunter und ihr Atem ging stockend. Unter der roten Farbe glänzten die hellblauen Augen.

»Es hätte so nicht enden müssen, weißt du? Ich hätte dir helfen können«, sagte Lysandra leise und strich ihr sanft über die Haare.

»Nichts hätte mir … geholfen.«

»Ich hätte es versuchen können. Wenn du aufwachst, versuche ich es, okay?«

»Verarschen … kann ich mich … allein.«

»Freya«, mischte sich Kenna ein. »Es tut mir leid.«

Sie konnte kaum etwas sehen, aber die Worte aus Kennas Mund überraschten Freya dann doch. Die rauen Finger umschlossen ihre. Nicht, dass sie sich dagegen wehren konnte. Ihr Körper tat nicht mehr das, was sie wollte.

»Warum?«

»Ich habe gesehen, dass es dir schlecht geht. Von Anfang an. Ich hätte fragen sollen, wieso.« Kenna schüttelte abwesend den Kopf. Nach einer Pause fügte sie hinzu: »Für mich ist es echt.«

Sie wusste nicht, woher diese Worte aus dem Mund der Mandra kamen. Aber dann musste sie selbst zugeben, dass diese kleine Reise zu den besten Geschichten zählte, die sie in ihrem Leben voller Albträume und Schmerz erlebt hatte.

Sie war kein Fan von Happy Ends. Sie hielt die Hand der Mandra fest und legte den Kopf etwas weiter an Lysandras Oberkörper. Zur Abwechslung war ihr warm. Der sanfte Herzschlag ihrer Frau war noch da.

Der Wind sich dreht,
Die Erde summt.
Kind leg dich hin,
Schlaf fest.

Sie konnte nicht genau sagen, wer sang, aber es war schön.

Der Geist an deiner Krippe steht.
Find Ruh' darin
In deinem Nest.
Kind leg dich hin,
Schlaf fest.

Vielleicht wäre das Leben doch nicht so beschissen verlaufen, hätte sie diese Leute vorher getroffen.

So starr die Zeit,
Dein Weg war weit.
Kind lass die Flügel ruh'n.
Leg dich hin.

Das lebende Herz erinnerte sie an bessere Zeiten. Zeiten, in denen sie mit Chi gelacht, in der sie mit ihr im Dreck nach Tech gebuddelt hatte.

Wenn Licht verstummt
Und Blut gefriert,
Du ewig wirst geborgen sein,
Ohne Scham und ohne Pein.
Kind lass deine Beine ruh'n.
Schlaf fest.

Cecil und Ponpon hätte sie mehr Geschichten erzählen sollen. Es gab so viele davon. Zu sehen, wie die beiden in geschwisterlicher Rivalität agierten, war irgendwie amüsant.

Wenn der Schatten leise summt,
Dich ein Federkleidchen ziert.

Kenna hätte sie eine faire Chance geben sollen. Auch wenn sie anderes behauptete, sie hielt den Moment, den sie geteilt hatten, in Ehren.

Ruh dich aus und gib dein Herz,
Zurück an den, der es dir gab.

Ihr Ziel würde sie aber niemals aufgeben. Sie war General Vulture. Es war ihre heilige Pflicht, das Ende zu beschwören. Erst dann würden alle Schmerzen und Albträume aufhören.

Lass los den Schmerz,
Bis zum nächsten Tag.

Nichts würde sie von ihrem Weg abbringen. Doch gerade jetzt … war sie glücklich.

Leg dich hin.

Sie schloss die Augen.

Schlaf fest.

29

»Kenna?«

Seit diesem Tag waren schon etliche Monate ins Land gegangen. Eigentlich war kein Tag verstrichen, an dem sie nicht an Freya gedacht hatte. Ihr Lächeln, als das Leben aus ihr gewichen war, machte sie glücklich und traurig zugleich.

»Hey, Schnarchnase! Wir warten auf dich.«

Cecil schaffte es aber auch immer, ihre Laune wieder zu heben. Wie sie binnen so kurzer Zeit von einem Mädchen zu einer Frau geworden war, ließ sie jedes Mal überquellen vor Stolz. Die Markierungen auf ihrem Körper war sie nie vollständig losgeworden. Sie glühte nur nicht wie eine übereifrige Lampe. Lysandra an ihrer Hand störte das aber nicht.

»Ha!« Ponpon kletterte den Felsen nach oben. »Ich wusste es! Da vorne ist es!«

»Du hast gesagt, es ist viel weiter südlich«, antwortete Cecil keck.

»Nein!«

»O doch! Du hast die Wette verloren! Her mit dem Ding!«

Kenna lachte für sich, während Cecil und Ponpon stritten und Lysandra nur wissend grinsend danebenstand. Sie hätte ihnen genau sagen können, wer was gesagt hatte, aber das würde den Spaß verderben.

»Geht das schon wieder los? Schaffen die beiden auch mal einen Tag, ohne sich zu zanken?«

Mit ihrem Arm zog sie Kenna sanft näher zu sich.

»Das wäre doch langweilig. Lassen wir die beiden. Wie geht es den anderen?«

»Müde. Alle zusammen. Wenn wir da sind, dann schlafe ich erst einmal drei Tage.«

»Ich auch.«

Die Zeit dafür hatten sie zwar nicht, aber irgendwann musste man sich den niedersten Trieben wie Schlaf hingeben.

Die Welt war nicht wie vorher. Freya, vielmehr General Vulture, hatte ihren Tribut gefordert. Die Städte waren größtenteils ausradiert und die Erde übersät von den Nachwirkungen von Erdbeben, Sandstürmen, Fluten, Blizzards und vielen weiteren Katastrophen. Keiner konnte sagen, wie viele Leben der Tag der Schatten wirklich gefordert hatte.

Kenna fühlte sich fast wieder wie bei der Suche nach Tech in heruntergekommenen Ruinen, als sie sich zu ihren Freunden stellte und die Baustelle der Hauptstadt erblickte. Nur sammelten sie statt Tech die Überlebenden ein und brachten sie in das neu geformte Zentrum.

Es würde einige Generationen dauern, aber die Erde würde sich erholen. Dort, wo zuvor der große Palast der Vier Herrscher gestanden hatte, in dem die Überreste von Zeus in einem kleinen Kasten inmitten zerfallener Knochen und Metall fröhlich vor sich hinrechneten, hatte sich ein See gebildet. Kenna mochte das Gewässer besonders gerne.

Manchmal, wenn das Wetter gut war und sie die Kinder zum Spielen dorthin mitnahm, landete dort ein wunderschöner, schwarz-weißer Schwan und drehte seine Runden.

Sein verdrehtes Bein störte ihn nicht.

NACHWORT

Für meine Mutter.
Obwohl sie nicht mehr unter uns ist,
lebt ihre Fantasie in mir weiter.

Für meinen Vater.
Obwohl wir nicht blutsverwandt sind,
ist er immer für mich da.

Für meine Großmutter.
Obwohl es ihr selbst nie wirklich gut ging,
hat sie nie die Hoffnung in mich verloren.

Dieses Buch ist für alle verlorenen Seelen,
die das Licht in ihrem Leben nicht immer sehen können -
und ein Danke an diejenigen,
die das Licht in meinem sind.

C.I. Ryze

Christine Ina Ryze, geboren 1991 im schönen Rheinland, lebt den Traum der Hundemama und schuftet für eine imperialistische Katze als Dosenöffner. Nebenbei kommt der Job als Projektmanager auch noch unter.

Neben ihrer Hingabe zum geschriebenen Wort, insbesondere im düsteren Reich der Dystopie und Fantasy, hat sie eine Leidenschaft für Kunst und Kultur aller Art und schwingt den digitalen Pinsel für allerhand Illustrationen und Skizzen. Über die eigenen Witze werden dabei auch gelacht. Die künstlerische Ader wurde ihr hierbei schon von der Mutter in die Wiege gelegt.

Klick dich in unser Sortiment:

www.gedankenreich-verlag.de